vmn

Viel Spaß!

Der Autor

Peter Ritter wurde 1966 in Kronach geboren. Er lebt seit 1986 in Bamberg, wo er heute als Lehrer für Englisch, Informationstechnologie und Kunsterziehung tätig ist. Nebenbei schreibt er Schultheaterstücke und Romane und tritt als Sänger und Gitarrist von Bands auf.

Peter Ritter

Jumpin' Jack

Bamberg-Krimi

vmn
Verlag M. Naumann

Verlag M. Naumann, **vmn**, Hanau, 2013
Druck: Aalexx Buchproduktion GmbH, Großburgwedel

ISBN 978-3-943206-16-6

Umschlagfotos: Matthias Kachelmann

1. Auflage 2013

Bibliografische Information der Deutschen Nationalbibliothek
Die Deutsche Nationalibliothek verzeichnet diese Publikation in der Deutschen Nationalbibliografie; detaillierte bibliografische Daten sind im Internet über http://dnb.ddb.de abrufbar.

Herzlichen Dank an alle, die mich bei der Arbeit an `Jumpin' Jack' unterstützt haben. Besonders hervorheben möchte ich Kriminalhauptkommissar Rainer Wolfschmitt, der mich in Sachen Polizeiarbeit beriet und Uwe Schillhabel, der das vollständige Werk als erster sichtete.

Für

alle Freunde von Kommissar Schreiber

I was born in a cross-fire hurricane
And I howled at my ma
in the driving rain,
But it's all right now, in fact, it's a gas!
But it's all right. I'm Jumpin' Jack Flash,
It's a Gas! Gas! Gas!

The Rolling Stones, Jumpin' Jack Flash

Hundstage

29. Juli bis 1. August

Der Mann gähnte, klappte das Buch zu und hielt es nachdenklich in den Händen. Im Licht der Nachttischlampe musterte er den Umschlag.

»Jack the Ripper« schimmerte der Titel in großen weißen Buchstaben. Darunter ein Untertitel und die Abbildung einer verlassenen nächtlichen Londoner Straße, in der das Licht einiger Laternen schwach durch die dicke Nebelsuppe drang.

Schon beim Kauf des Buches hatte ihn die schaurigschöne Umschlaggestaltung magisch angezogen. Obwohl er es bereits unzählige Male gelesen hatte, war es kaum abgegriffen, da er stets höchst umsichtig damit umgegangen war. Wie mit allen Büchern seiner umfangreichen Ripper-Sammlung.

Behutsam legte er das Buch zurück aufs Nachttischchen neben den leeren Cognacschwenker. Er knipste die Lampe aus, ließ sich ins Kissen sinken und verschränkte die Arme hinter dem Kopf. Er starrte ins Dunkel seines Schlafzimmers und überlegte: Warum faszinierte Jack the Ripper, ein Serienmörder, der in London einst Frauen umbrachte, noch immer die Menschen – heute, über hundertzwanzig Jahre später?

Sicherlich lag es nicht an der Anzahl seiner Opfer. Fünf Morde wurden ihm offiziell zugeschrieben. Das waren vergleichsweise wenig.

Pedro Alonso Lopez, dem »Monster der Anden«, wurden mehr als 300 Taten zur Last gelegt, vorwiegend an kleinen Mädchen und jungen Frauen, die er zuvor vergewaltigt hatte. Er hatte in den 1970er Jahren im Grenzgebiet von Kolumbien, Ecuador und Peru bis zu dreimal die Woche zugeschlagen und saß heute in Ecuador in Haft. »Ich bin der Mann des Jahrhunderts. Niemand wird mich je vergessen«, hatte er einmal gesagt. Doch es krähte kein Hahn mehr nach ihm.

Der Mann lächelte zynisch und lauschte dem gleichmäßigen Nieseln des nächtlichen Dauerregens, der in Intervallen auch dicke Tropfen auf das Sims des Schlafzimmerfensters platschen ließ. Nachdenklich nagte er an der Unterlippe.

Nein – die Zahl der Opfer spielte keine große Rolle. War es dann vielleicht die Grausamkeit, die einen Serienmörder unvergesslich machte? Jack hatte die Frauen aufs Schlimmste verstümmelt. Doch auch hier fielen dem Mann auf Anhieb Gegenbeispiele ein: Täter, die Jack an Brutalität kaum nachstanden und dennoch nicht annähernd so berühmt waren.

Fritz Haarmann, der »Werwolf von Hannover« hatte in der Zeit nach dem ersten Weltkrieg junge Homosexuelle in seiner Wohnung durch einen Biss in die Kehle getötet. Haarmann, ein Fleischkonservenhändler, hatte die Leichen zerstückelt und soll sie sogar zu Wurst verarbeitet und das Fleisch verkauft haben. Dabei hatte er es immerhin auf 24 Opfer gebracht. Trotzdem sprach auch von ihm schon lange kein Mensch mehr.

Der Mann schüttelte langsam den Kopf.

Nein – auch die Grausamkeit war nicht entscheidend.

Doch was war es dann? Wodurch wurde ein Mörder letztendlich zum Mythos?

Er nickte leise vor sich hin.

Eigentlich kannte er die Antwort schon lange, sie lag klar auf der Hand: Man durfte sich nicht erwischen lassen, das war der entscheidende Punkt.

Jack the Ripper war bis heute ein Phantom geblieben, der große Unbekannte. Immer wieder rätselten Polizei und Experten, wer es gewesen sein könnte, ellenlange Listen von Verdächtigen wurden aufgestellt und zigfach abgearbeitet. Es gab unterschiedlichste, teils abenteuerliche Theorien. So brachten manche Hobby-Detektive den Ripper mit dem englischen Königshaus und den Freimaurern in Verbindung. Andere behaupteten gar, es könnte sich in Wirklichkeit um eine Frau gehandelt haben. Die Jagd nach Jack the Ripper wurde für viele zur Besessenheit, zur eigenständigen Wissenschaft, in der zahllose Ripperologen unermüdlich auf Spurensuche gingen und noch heute Archive durchstöberten, Literatur wälzten, Originalschauplätze aufsuchten, oder taten, was auch immer nötig sein mochte, um den großen Durchbruch zu erzielen. Doch keiner fand je die Lösung.

Der Mann grinste wölfisch, seine Augen glänzten im Mondlicht, das zwischen den nächtlichen Regenwolken durchs Fenster drang.

Ja – sich nicht erwischen lassen: Das war es. Endlose Spekulationen hielten die Flamme am Lodern, machten Jack zur Legende, zum Superstar unter den Serienkillern – unsterblich.

Auch der Ort des Geschehens war nicht zu unterschätzen. Was waren schon ein paar Bergdörfer in den Anden oder eine Stadt wie Hannover gegen eine Weltstadt vom Format Londons, die schon zu Zeiten des Rippers die größte Europas war und noch heute zahllose Touristen anzog? An einem derart faszinierenden Ort fanden ominöse Morde gleich weltweit Beachtung, konnten im Nachhinein für das glanzvolle Bild einer solchen Stadt sogar das Tüpfelchen auf dem »i« sein. London-Touristen liebten den Grusel und die Londoner liebten ihren Serienmörder. Sie machten aus ihm das große Geschäft, er war ein wichtiger Teil ihrer Stadt geworden.

Der Mann seufzte. Aber war nicht auch Bamberg eine herrliche Stadt? Gewiss war sie mit ihren gerade mal 70.000 Einwohnern ein verschwindend mickriges Nest gegenüber London, wo schon damals alleine im East End mehr als zehnmal so viele Menschen wohnten.

Dennoch: Auch Bamberg hatte seinen besonderen Zauber mit seiner über tausendjährigen Geschichte und der historischen Innenstadt, die mit ihren zahllosen Sehenswürdigkeiten, Cafés und Gaststätten ein regelrechter Touristen-Magnet war.

Nur einen Serienmörder, den hatte Bamberg nicht. Sicher – im Frühjahr 2007 waren im Hain, dem städtischen Park, junge Frauen erwürgt worden. Doch es hatte zu wenige Opfer gegeben und vor allem: Der Täter war gefunden worden. Akte zu – kein Mythos.

Der Mann atmete tief durch, lauschte dem Regen und lächelte versonnen vor sich hin.

Nein – Bamberg hatte keinen Jack the Ripper zu bieten, aber hatte eine solch wunderschöne Stadt nicht ihren eigenen Killer-Mythos verdient?

Kriminalhauptkommissar David Schreiber nahm einen Schluck Pils, setzte den Glaskrug behutsam zurück auf den Bierdeckel und stützte die Ellbogen auf die Bar. Im Spiegel an der Wand hinter dem Tresen musterte er sein hageres Gesicht und sein kurz geschorenes, graumeliertes Haar. Letzteres war schon wieder etwas dünner geworden. Überhaupt sah er alt aus, fand er. Daran konnte auch sein neues, kurzärmliges Hemd nichts ändern. Es war dunkelblau und eng geschnitten, so, wie Jugendliche es gerne trugen. Nachdenklich glitt Schreibers Blick über die weitläufigen Räumlichkeiten hinter seinem Rücken.

Der *Live Club*, inmitten Bambergs Kneipenmeile, der Sandstraße, teilte sich in zwei Bereiche: die Zone vor der großen Bühne, vor der es die Tanzfläche und links und rechts erhöhte Sitzbereiche gab, und die Bar-Abteilung, wo Stehtische mit Barhockern, eine kleine Bühne und der lange Tresen waren. Hinter diesem glitzerten, dezent beleuchtet, zahlreiche Gläser in den braunen Holzregalen. Das große Modell eines alten Dreimasters, das von einem kleinen Meer bunter Spirituosenflaschen umringt war, wurde von Halogenleuchten angestrahlt.

Schön war er schon geworden, der *Live Club*, den man 2010 umgebaut hatte. Richtig schön sogar, dachte Schreiber.

Der Club war seine neue Stammkneipe geworden, nachdem die *Blues Bar* schräg gegenüber für immer geschlossen hatte. Ab und zu trauerte Gewohnheitstier Schreiber ihr noch etwas nach. Der urigen Atmosphäre, dem schummrigen Licht, den dunklen Holzpaneelen an den Wänden, über denen Fotos schwarzer Bluesmusiker und verschiedene Instrumente gehangen hatten. Aber wenigstens hatte man diese Objekte hier im *Live Club* wieder aufgehängt, Holzpaneelen gab es auch und, was am wichtigsten war, regelmäßig Live-Musik. Schreiber war auch schon hier aufgetreten mit seiner vierköpfigen Blues Band, den *B.Bulls*, in der sein Arbeitskollege, Kriminaloberkommissar Peter Aurich, seit über zwanzig Jahren Schlagzeug spielte.

Schreiber gefiel die Musik im Club fast immer – an diesem Freitag allerdings nicht: Eine junge Band gab auf der großen Bühne deutsche Pop-Musik zum Besten, eigene Lieder mit gewollt anspruchsvollen Texten, die Schreiber, obwohl er sie nicht verstand, missmutig machten. Das ausdrucksslose Stimmchen der Sängerin tat sein übriges. Dies und die Tatsache, dass es in den vergangenen Wochen unaufhörlich geregnet hatte, brachten Schreibers Stimmung auf den Nullpunkt.

»Ich will wieder einen gescheiten Blues hören«, nörgelte er muffig.

»Sieh's ein Kumpel: Wir gehören zum alten Eisen«, sagte sein Bar-Nachbar und schlug ihm freundschaftlich auf die Schulter.

Schreiber lächelte Aurich, der neben ihm lümmelte, müde an. Aurich trug das gleiche Hemd wie er, nur in orange. Plötzlich stutzte Schreiber.

»Wie schaust du denn überhaupt aus?«, fragte er, weil Aurich sein schütteres langes Haar offen trug.

Aurich zog verwundert die Brauen hoch und musterte sich kritisch im Bar-Spiegel.

»Das sieht ja total übel aus«, gab sich Schreiber die Antwort selbst. »Bind dir wieder 'nen Pferdeschwanz!«

Aurich scannte die jämmerlichen dünnen Strähnen, die ihm links und rechts über die Ohren hingen und nickte einsichtig. Dann zog er einen Haargummi aus seiner Jeans und tat, wie ihm geheißen.

»Soso, wir gehören also zum alten Eisen«, murmelte Schreiber. Sie verfolgten im Spiegel das bunte Treiben hinter ihnen.

Der Club war voller junger Menschen, die launig plapperten, zechten und tanzten. Seit der Bamberger Bürgermeister im vergangenen Jahr den 10.000sten Studenten in der Stadt begrüßt hatte, fühlte sich Schreiber mit seinen 44 Jahren immer öfter wie ein Opa, wenn er sich sein Feierabendbier gönnte.

»Na ja, so ab dreißig aufwärts gehen die Leute halt immer weniger aus. Sie gründen Familien und werden häuslich«, gab er zu. »Aber das haben wir ja alles schon hinter uns«, schloss er matt und kratzte sich am Kinn.

Bilder seiner Ehe gingen ihm durch den Kopf. Seine Ex-Frau Karin und seine inzwischen 19-jährige Tochter Nike wohnten schon seit elf Jahren in Nürnberg.

Aurich nickte brummend.

»Andererseits – wenn sie sich wieder scheiden lassen, kommen sie alle wieder, gell?«

Aurich wusste, wovon er sprach. Sowohl er, als auch seine Freundin Gisela, mit der er seit knapp drei Jahren zusammen war, hatten gescheiterte Ehen hinter sich. Er hielt Schreiber aufmunternd sein Bier hin und sie stießen an. Dann schwiegen sie wieder.

»He, Schreiber«, murmelte Aurich plötzlich und stieß ihn mit dem Ellbogen an. »Wie findest du denn die da drüben? Die guckt schon die ganze Zeit her.«

Er wies unauffällig die Bar entlang, an deren Ende eine attraktive Blondine in Schreibers Alter saß.

Schreiber sah nicht hin.

»Fang nicht wieder mit der nervigen Kuppelei an«, wehrte er ab und starrte stur in seinen Glaskrug.

Aurich seufzte, scannte seinen Nachbarn besorgt von der Seite und trommelte mit den Fingern auf die Bar.

»Schreiber, so kann das nicht weiter gehen«, setzte er an.

»Reg dich ab. Muss ich jede Frau anmachen, nur weil ich Single bin, oder was?« wiegelte Schreiber ab.

»Du weißt genau, was ich meine. Nur, weil du seit Jahren in Sophie verknallt bist, machst du vor allen anderen Frauen dicht und lässt dich auf nichts mehr ein. Das ist nicht gut, Mann! Gar nicht gut!«

Schreiber nahm einen Schluck Bier und nickte nachdenklich. Was hatte es schon für einen Sinn, Aurich zu widersprechen? Er hatte ja Recht. Als Kriminalhauptkommissarin Sophie Thiele vor acht Jahren ins Kommissariat 1 für Delikte gegen Leib und Leben gekommen war, hatte sich Schreiber von der ersten Sekunde an hoffnungslos in sie verliebt. Die gut aussehende Kollegin war vier Jahre jünger als er, sportlich und trug ihr braunes Haar meist zu einem Pferdeschwanz gebunden, aus Faulheit, sich aufwändiger zu frisieren. Dieses Markenzeichen war nur eines der zahllosen Details, die es Schreiber angetan hatten. Noch dazu verstanden sich die beiden prächtig, und Thiele wäre sicher nicht abgeneigt gewesen, wenn da nicht ihr glückliches Familienleben mit Ehemann Pete und Töchterchen Luisa gewesen wäre.

Wie oft schon waren sich Thieles und Schreibers Blicke über ihre Schreibtische hinweg begegnet, in dem Wissen, in dieser Sekunde genau das Gleiche zu denken …

»Schreiber!«

Schreiber zuckte erschrocken zusammen.

»Oh Mann«, stöhnte Aurich kopfschüttelnd. »Ich sag's dir noch mal. Das ist nicht gut. Ein Mann braucht doch eine Frau! Schon alleine wegen dem … na ja … ich meine: Wann hast du denn zum letzten Mal … du weißt schon …«

Schreiber starrte mit offenem Mund in die Ferne und nahm dann die Finger zum Zählen. Als er eine Hand voll hatte und die zweite zu Hilfe nahm, wurde Aurich ungeduldig.

»Was zählst du denn da? Die Wochen?«

Schreiber sagte nichts.

»Die Monate?«, bohrte Aurich weiter.

»Ist ja jetzt auch egal«, winkte Schreiber gereizt ab.

»Du hast recht, okay? Ich mach die da drüben aber trotzdem nicht an. Und jetzt sag mir lieber, wie es mit der Band weitergehen soll. Die letzten Konzerte waren mau besucht. Wir brauchen mehr Publikum!«

Die Ablenkung funktionierte.

»Hab mir auch schon Gedanken drüber gemacht«, stieg Aurich sofort darauf ein. »Ich hab unsere Website gestern ein bisschen aufgepeppt. Aber noch wichtiger ist unser Plakat. Das ist viel zu alt und langweilig, das zieht nicht mehr. Außerdem sehen wir doch alle gar nicht mehr so aus wie auf dem Bild.«

»Hm«, machte Schreiber. »Da ist was dran. Schon irgendeine Idee?«

»Bitches«, sagte Aurich knapp.

»Bitches?«, wiederholte Schreiber ungläubig.

»Bitches. Sex sells, verstehst du?«

»Soso.«

»Lass dich überraschen. Demnächst gibt's ein geiles Foto-Shooting.«

»Du redest ja wie ein Teenager – lauter Anglizismen.«

»So what?«

Schreiber grinste müde und prostete Aurich zu.

»Na, da bin ich ja mal gespannt«, sagte er mit einem Anflug von Skepsis. Dann verfielen die beiden wieder in Schweigen.

Gedankenverloren beobachteten sie Sam, den Englisch sprechenden Barkeeper, und Lucie, die junge Bedienung, wie sie hinter der Bar herumwuselten. Die beiden hatten nach der Schließung der *Blues Bar* neue Jobs im *Live Club* angetreten.

»Na ja. Wenigstens hat es in den vergangenen zwei Jahren keine Morde gegeben«, wechselte Schreiber erneut das Thema.

Aurich nickte. Nachdem 2007 ein Frauenmörder den Hain unsicher gemacht hatte, war 2008 ein Student in seiner Wohnung erstochen worden. Nach beinahe drei ruhigen Jahren war Bamberg, wenn man seine Größe bedachte, statistisch gesehen wieder auf durchschnittlichem Niveau.

»Verschrei es nicht«, mahnte Aurich. »Ich hab eh so ein komisches Gefühl, dass bald wieder was passiert.«

»Ehrlich?«, wunderte sich Schreiber. »Ich trau dem Frieden auch nicht.«

»Also: Ruhe jetzt!«, wiederholte Aurich.

Schreiber trank, setzte nachdenklich das Bier ab und seufzte.

»Wer weiß, was als Nächstes auf uns zu kommt?«, fragte er und grinste schief.

Der Mann trommelte mit den Fingern auf dem Lenkrad herum und beobachtete das Kommen und Gehen vor dem Eingangsbereich des *Romantico*, dem beliebten Tanzlokal am Berliner Ring. Es war im ersten Stock eines großen Komplexes untergebracht, wo es im Erdgeschoss verschiedene Läden, ein Restaurant und einen Supermarkt gab. Das *Romantico* war bekannt dafür, dass hier neben jungem Volk auch die reiferen Semester verkehrten, Feierlustige ab Dreißig aufwärts, die mit Begeisterung dem Discofox frönten.

Die Nachtschwärmer, die durch die gläserne Schwingtür traten, beachteten den Mann im parkenden Auto nicht weiter. Wer schon nach Hause ging, huschte geduckt durch den Regen zu seinem Fahrzeug. Andere, die jetzt erst ankamen, knallten schwungvoll die Autotüren zu und steuerten zielstrebig den Eingang an.

Doch selbst wenn sie ihn sahen, würde ihn später niemand erkennen. Dafür hatte er gesorgt. Außerdem war es ganz normal, dass Leute auf dem Parkplatz warteten, um jemanden abzuholen.

Der Regen nieselte leise auf die Windschutzscheibe, auf der die Tropfen wie Tränen glitzernde Bahnen zogen.

Er lehnte sich bequem zurück und sah auf seine Armbanduhr: 23:55 Uhr. Gleich musste sie kommen, man konnte die Uhr danach stellen.

Jeden Freitag die gleichen Rituale. Sie würde ab 22 Uhr alleine auf ihrem Stammplatz an der Bar sitzen und zwei Cocktails trinken. Anders als am Samstag, würde sie genau um Mitternacht zahlen, um rechtzeitig zu Hause zu sein.

Bis dahin studierte sie im Lichterspiel der Discokugeln die anwesenden Männer. Manchmal kamen welche zu ihr, doch mit denen wurde sie nicht warm, sie gefielen ihr nicht, sie waren betrunken oder alles zusammen. Der Mann ihrer Träume war jedenfalls nicht dabei, und er würde auch nicht kommen. Jedem, der sie so dasitzen sah, war sofort klar: Wenngleich sie nicht hässlich war, hatte sie schon zu lange gewartet, war gefangen in ihren Gewohnheiten, hatte ihre Verliererrolle unbewusst längst akzeptiert, während ihre früheren Freundinnen daheim saßen und Kinder hüteten. Ihr Leben in Einsamkeit war wie ein eigener Organismus geworden, ein Monster, das sie fest im Griff hatte und nie mehr loslassen würde.

Was für ein jämmerliches Dasein. Wenn er es recht bedachte, tat er ihr eigentlich einen Gefallen. Er würde sie, die graue Maus, nicht nur aus ihrer ewigen Warteschleife befreien, sondern sie sogar zu etwas Besonderem machen. Sie würde mit einem Schlag bekannt werden, und vor allem: Durch sie würde er sich weiter verwandeln und irgendwann endgültig zu seinem wahren Ich finden.

Da kam sie! Die Neonleuchte über dem Haupteingang tauchte sie kurz in kaltes Licht, als sie ins Freie trat und sofort ihren Regenschirm aufschnellen ließ. Sie sah aus wie immer: ein enges, grünliches Sommerkleid, in dem sie eine unglückliche Figur machte, wie er unter der geöffneten Jeansjacke erkennen konnte. Hochhackige schwarze Schuhe – billig, zu viel Makeup in ihrem müden Gesicht, zu jugendlich für ihr Alter.

00:02 Uhr. Wie erwartet hatte sie ihre Gewohnheiten nicht geändert. Gut. Er selbst war schon seit Wochen nicht mehr da gewesen. Keine der Bedienungen und auch keiner der Stammgäste würde noch an ihn denken, er hatte sich immer im Hintergrund gehalten und sich nie länger mit jemandem unterhalten.

Ihre Handtasche über der Schulter, lief sie nur wenige Meter an seiner Kühlerhaube vorbei. Sie würde zu Fuß nach Hause gehen, sie hatte es nicht weit.

Durchs Seitenfenster sah er ihr noch kurz nach. Folgen brauchte er ihr nicht, er kannte ihren Weg.

Er startete den Wagen, das Radio erwachte zum Leben und spielte gerade eines seiner Lieblingslieder, Moon over Bourbon Street von Sting:

»Oh you'll never see my shade or hear the sound of my feet

while there's a moon over Bourbon Street.«

Er summte leise mit und rollte langsam über den Parkplatz davon.

Am Montagmorgen kettete Schreiber vor der Kriminalpolizeiinspektion in der Schildstraße seinen rostigen Drahtesel mit einem schweren Schloss an das

Gestell für Fahrräder. Als geborener Bamberger wusste er, dass man in dieser Stadt in Punkto Fahrräder gar nicht vorsichtig genug sein konnte.

Er ging durch die gläsernen Schiebetüren des modernen Beton-Komplexes mit den leuchtend grünen Fensterrahmen, grüßte beiläufig die Kollegen an der Rezeption und machte sich auf den Weg nach oben zum Kommissariat 1.

Beim Treppensteigen zog er ein Taschentuch heraus und putzte seine randlose Brille, die er wegen beginnender Alterssichtigkeit wieder gegen die Kontaktlinsen eingetauscht hatte. Die Gläser hatten trotz der blauen Schildmütze – einer von Schreibers zahlreichen Mützen – ein paar Regentropfen abbekommen.

Auf dem Gang kam ihm Kriminaloberkommissar Fritz Bayer entgegen, der für seine gewöhnungsbedürftigen Outfits bekannt war: goldene Blenderuhr mit zahllosen Edelsteinen, Vokuhila-Frisur mit Strähnchen, dicker Schnurrbart und knallbunte Hawaiihemden, ganz im Stil der achtziger Jahre. Nur seine Jeans und die sportlichen braunen Sneakers stammten aus dem neuen Jahrtausend.

Schon von weitem konnte Schreiber erkennen, dass Bayer bis zu den Ohren grinste, womit er Schreiber allerdings nicht anstecken konnte, da dem das diesige Regenwetter zu sehr aufs Gemüt schlug und er ohnehin ein Morgenmuffel war.

»Morgen, Fritz«, murmelte er nur verwundert.

»Morgen, Schreiber«, gab Bayer, ein Lachen unterdrückend, zurück, als die beiden aneinander vorübergingen.

»Was ist denn so witzig?«, wollte Schreiber dann doch wissen und drehte sich um.

Aber Bayer winkte nur ab und verschwand lachend

und Kopf schüttelnd durch die Tür zum Treppenhaus. Schreiber blieb kurz vor seinem Büro stehen und sah Bayer noch verdutzt nach, ehe er hinein ging. Als er seine tropfende Regenjacke an der Garderobe aufhängte, hörte er aus dem Nachbarbüro Thieles Stimme und sah hinüber.

Sie saß mit übereinander geschlagenen Beinen bei Kriminaloberkommissarin Julia Steinfels an deren Schreibtisch und unterhielt sich angeregt, in der Hand die Kaffeetasse, die ihr Schreiber einmal geschenkt hatte – es war ein Cartoon zweier verliebter Mäuse drauf.

Er lächelte. Bei Thieles Anblick durchflutete es ihn warm. Wie jeden Morgen. Sie trug eine perfekt sitzende Jeans und eine enge blaue Bluse, die sogar zu seinem neuen Hemd passte. Mit dem Universum im Einklang bewunderte er das Schimmern ihres braunen Haars, das sich als straff gebunder Pferdeschwanz im Haargummi bündelte, so Thieles schöne Kopfform betonte und großzügig den Blick auf ihre grazil geschwungenen Ohren und den elfenartigen Hals frei gab.

Schreibers Träumerei zerplatzte wie eine Seifenblase, weil Steinfels ein großes Stück Gewürzgurke, das sie vorher tief in Nuss-Nougat-Creme getunkt hatte, abbiss und sich bei dem Anblick alles in Schreiber zusammenzog.

Steinfels war im siebten Monat mit Zwillingen schwanger und würde in den nächsten Tagen ihre Babypause antreten. Sie hatte vor eineinhalb Jahren in einem Kollegen vom Nachbar-Kommissariat für Eigentumsdelikte ihre große Liebe gefunden und sah jetzt, mit 39, noch Mutterfreuden entgegen. Sie war die gute Seele des Kommissariats, das sie mit zahlreichen Grünpflanzen bestückt hatte, die sie liebevoll pflegte. Dass sie schwanger war, sah man der Blondine mit der frechen Kurzhaarfrisur kaum an, da sie auch sonst recht mollig war. Sie kaute genüsslich ihren Gurken-Nuss-Nougat-Creme-Mix und hörte Thiele interessiert zu.

»Mich hat er auch schon gefragt«, sagte die gerade. »Der spinnt doch wohl total, oder?«

»Das geht ja gar nicht. Ich überleg mir zweimal, ob ich weiter zu ihren Konzerten geh«, antwortete Steinfels mit vollem Mund.

Schreiber stutzte. Steinfels war ein großer Fan seiner Band und konnte nur die Konzerte der *B.Bulls* gemeint haben.

»Morgen«, sagte er vorsichtig, schob die Daumen in die Gesäßtaschen seiner Jeans und lehnte sich zaghaft an den Türrahmen.

Statt zurückzugrüßen, sahen die beiden ihn nur an, wie Grundschullehrerinnen, die einen rüpelhaften Jungen zur Rede stellten.

»Äh, was? Was geht gar nicht?«, tastete er sich behutsam vor.

Die Kolleginnen ließen die Frage unbeantwortet.

»Ganz ehrlich«, sagte Thiele und fixierte ihn wie die Schlange das Kaninchen. »Hast du etwas davon gewusst?«

»Wovon denn?«, fragte er und zuckte hilflos die Schultern.

Die Frauen musterten ihn kurz mit wissenschaftlichem Interesse und sahen sich dann gegenseitig an.

»Die Verwunderung war echt, oder?«, fragte Thiele.

Steinfels nickte, leckte sich die Lippen und tunkte die abgebissene Gurke wieder tief in die Nuss-Nougat-Creme.

Thiele wandte sich wieder an Schreiber.

»Also gut, Tiger. Damit bist du vom Haken«, gab sie zu seiner Erleichterung Entwarnung. Auch, dass sie ihn wieder Tiger nannte, war ein gutes Zeichen.

»Aber der Peter fängt ja wohl total an zu spinnen, gell?«, fragte Thiele und sah wieder zu Steinfels, die kauend nickte.

»Jetzt klärt mich halt endlich auf!«, drängte Schreiber.

Steinfels schluckte ihren Bissen hinunter, spülte mit einem ordentlichen Schluck Früchtetee nach und räusperte sich.

»Also, David, das ist so«, begann sie. »Wenn ein Mann und eine Frau sich ganz doll lieb haben, dann machen die sich nackig und der Mann tut seinen ...«

Schreiber verdrehte die Augen und stöhnte genervt auf, worauf die Kolleginnen losprusteten und vergnügt mit ihren Tassen anstießen.

»Frag einfach den Peter, okay?«, ergriff Thiele japsend wieder das Wort. »Er ist gerade drüben bei Tanja. Wenn du Glück hast, hat sie ihn noch nicht umgebracht. Richte ihm dann bitte aus, dass wir vielleicht wieder zu euren Konzerten kommen, wenn er sich bei uns entschuldigt.«

»Danke, Prinzessin«, knurrte Schreiber.

Er nannte sie nur so, wenn sie ihn nervte, ansonsten war sie für ihn immer nur seine Schnegge.

»Du warst echt eine große Hilfe«, schloss er sarkastisch, ging durch sein Büro, vorbei an den beiden Schreibtischen zu dem Raum auf der gegenüberliegenden Seite, aus dem gedämpft Aurichs Stimme drang.

Als Schreiber gerade hineingehen wollte, stieß er fast mit dem heraus kommenden Aurich zusammen. Der bemerkte ihn aber gar nicht, weil er sich, die Klinke in der Hand, im Türrahmen noch einmal umdrehte und zurück ins Zimmer schaute.

Über seine Schulter sah Schreiber Kriminaloberkommissarin Tanja Schmoll an ihrem Schreibtisch sitzen. Sie trug eines ihrer dunklen Kostüme, durch das sie, zusammen mit dem hochgesteckten Haar und der schwarzen Kunststoffbrille, wie eine Grundschullehrerin wirkte – streng, aber auch sexy.

Sie betonte ihren hübschen Kussmund stets durch sehr dunklen, fast schwarzen Lippenstift. Die attraktive Brünette war bekannt für ihre sachliche, aber nicht unfreundliche Art. Doch jetzt funkelte sie Aurich wütend an.

»Also, Tanja, falls du's dir doch noch überlegst …«, setzte der an. Weiter kam er nicht, weil er die Tür reflexartig zuzog, um sich vor dem heranfliegenden Telefonbuch zu schützen.

»Du hast was?«, fragte Schreiber ungläubig und stemmte verärgert die Fäuste in die Hüften.

Er stand mit Aurich auf dem Gang, außer Hörweite der Kolleginnen.

»Jetzt reg du dich nicht auch noch auf«, verteidigte sich Aurich. »Da ist doch nix dabei.«

»Hä?«

»Die Jutta hat schon zugesagt, cool was? Stell dir mal vor, wie geil das …«

Schreiber gebot ihm mit erhobener Hand zu schweigen und schloss kurz die Augen, um seine Gedanken zu ordnen.

»Jetzt mal ganz langsam, Aurich. Du willst mir also weismachen, dass die Jutta, also unsere Kriminalobermeisterin Jutta Kuschke, sich mit uns für das neue

B.Bulls-Plakat fotografieren lassen will – im Bikini?«

»Sie fand die Idee spitze«, sagte Aurich und zuckte mit den Schultern. »Hat gemeint, dass sie so was schon immer mal machen wollte.«

»Ja, fangen denn hier alle an durchzudrehen?«

»Jetzt mach dich mal locker, Schreiber. Wir schreiben 2011, Mann! Es wird doch schon seit zig Jahren jede Frau eines Politikers, Schauspielers oder von sonst wem alle naslang in irgendeiner Zeitschrift im Bikini gezeigt. Das ist ganz normal. Und du musst zugeben, dass die Jutta echt super aussieht, und die Sophie und die Tanja sowieso.«

»Nein«, sagte Schreiber bestimmt.

»Ich meine, die sollen sich doch nicht ganz ausziehen.«

»Nein.«

Aurich machte mit den Händen eine große, ausschweifende Geste.

»Stell dir mal vor! Wir *B.Bulls*-Jungs, ganz cool in der Mitte, mit unseren Instrumenten natürlich, also ihr mit euren Gitarren und dem Keyboard und ich mit meinen Sticks und der Snare Drum, und um uns rum die scharfen Bikini-Mädels, die uns anschmachten ...«

»Wieso diskutiere ich eigentlich mit dir?«, unterbrach ihn Schreiber, woraufhin Aurich die Arme fallen ließ und ihn strafend anschaute.

Schreiber atmete tief durch, sah sich kurz um und zischte dann mit gesenkter Stimme: »Wir sind Bullen, verdammt noch mal! Wer soll denn vor unseren Kolleginnen noch Respekt haben, wenn die sich öffentlich als Bikini-Häschen räkeln?«

»Apropos Häschen«, hackte Aurich ein und zeigte mit dem Finger auf ihn. »Ich hatte da noch so eine Idee mit diesen lustigen Hasen-Ohren ...«

»Jetzt sei endlich ruhig, Mann!« fauchte Schreiber. »Sei froh, wenn der Chef nichts davon mitbekommt!«

»Wovon soll ich nichts mitbekommen?«, fragte Erster Kriminalhauptkommissar Konrad Laut, der gerade aus seinem Büro kam.

Der Mann lehnte am Fenster, hielt das Messer wie ein Chirurg mit drei Fingern und begutachtete es nachdenklich. Wie schön der blanke Stahl das Licht reflektierte. Seine Gedanken wanderten in die Vergangenheit.

Das erste Mal hatte er es vor ein paar Jahren probiert. Es hatte überraschend gut geklappt, man musste nur schnell genug sein und den ersten Schnitt von hinten ausführen – mit einem konsequenten Streich und tief genug. Dann gab es keine Schreie und das Blut spritzte in die entgegengesetzte Richtung.

Ein wohliger Schauer durchfuhr ihn bei der Erinnerung an den Duft ihres noch warmen Körpers.

Später hatte er die Methode noch verfeinert. Wenn man sie zuerst würgte und dann schnitt wenn sie rücklings vor einem lagen, war die Gefahr verräterischer Blutflecken noch geringer.

Mit den Morden waren seine Träume intensiver geworden. Es waren immer dieselben: Er durchstrich das nächtliche London des Jahres 1888, wo er die heruntergekommenen, schlecht beleuchteten Straßen Whitechapels regelrecht vor sich sehen konnte. Aus den Kneipen drang das Gegröle Betrunkener und ihm war sogar, als könne er den Gestank nach Abfall und Fäkalien riechen. Und dann die Frauen: ihre Gesichter greifbar nah, ihre stechenden Alkoholfahnen, der beißend-süßliche Schweißgeruch ihrer Haut, dann das Gerangel – ein kurzer Kampf, das Gefühl ihrer Hälse in seinen Händen, flinke Streiche mit dem Messer und schließlich Bilder der verstümmelten Körper.

Die Träume wurden so realistisch, dass er schließlich zu der Überzeugung kam, tatsächlich dort gewesen zu sein.

Er ging dem nach, indem er etwas tat, was er vorher nie richtig ernst genommen hatte: Er suchte einen Hypnotiseur auf, der Spezialist für Reinkarnationen war. Und tatsächlich – in der Sitzung stellte sich heraus, dass er in einem früheren Leben Ende des 19. Jahrhunderts in London gelebt hatte.

Die Gewissheit erfüllte ihn mit tiefer Zufriedenheit und noch am selben Tag erschien ihm erstmals sein früheres Ich. Es tauchte in der Nacht einfach wie aus dem Nichts auf, materialisierte sich vor ihm und trat ihm mit einem wissenden Lächeln gegenüber. Für den Mann war es ein unglaubliches Glücksgefühl, so, als ob er sich zum ersten Mal im Leben ganz vollständig sah und sich ihm das letzte Geheimnis seiner selbst erschlossen hätte.

Der Mann betrachtete sein Auge in der Klinge des Messers. Bei seinen Ausflügen hatte er es schon öfter vorsorglich mitgenommen, und irgendwann war der passende Moment einfach gekommen.

Doch für Bamberg würde er sorgfältig planen müssen, alles musste wohl durchdacht sein, komponiert wie die Töne einer Sinfonie oder die Farben eines Gemäldes.

Details mussten berücksichtigt werden, wie zum Beispiel die Sache mit dem Blut. Weil es am Ende doch nicht ganz ohne Flecken ging, war ihm die Idee mit den Overalls gekommen, von denen er bereits einige besorgt hatte.

Auch musste er immer einen Plan B haben, wie zum

Beispiel bei Nummer zwei, falls sie am Freitag nicht ins *Romantico*, sondern ausnahmsweise zur Sandkerwa ging.

Ansonsten würde alles so ähnlich ablaufen, wie schon 1888 in Whitechapel. Er würde die Geschichte seines eigenen Ichs wiederholen – hier in Bamberg, genau 123 Jahre später. Er würde die alten Zeiten wieder aufleben lassen, gewissermaßen den Hut vor sich selbst ziehen, sein eigenes anonymes Denkmal errichten und so unsterblich werden – ein Rätsel für die Ewigkeit, wie schon damals. Und nur er selbst, der Künstler, würde die Lösung kennen und irgendwann mit ins Grab nehmen. Das Grab jedoch brauchte er nicht fürchten, denn er war ja schon öfter zurückgekommen.

Der Mann ließ das Messer sinken und lächelte hinüber zum Sessel in der Ecke.

Der Mann, der dort saß, lächelte zurück. Er hatte die Beine bequem übereinander geschlagen, eine Hand mit einem goldenen Siegelring stützte sich auf einen Gehstock mit Silberknauf, er trug eine schwarze Melone und einen dunklen Mantel aus dem späten neunzehnten Jahrhundert. Ansonsten sah er aus wie der Zwillingsbruder des Manns am Fenster. Er würde nichts sagen, wie immer.

Der Mann am Fenster zwinkerte seinem Besucher zu, fuhr sich mit der Zungenspitze über die Lippen und starrte wieder auf sein Messer.

Es gab Tage, da hatte Schreiber das Gefühl, dass alle außer ihm verrückt geworden waren.

»Es muss am Wetter liegen«, brabbelte er halblaut vor sich hin, als er ächzend in die Pedale trat und sich auf dem Nachhauseweg die Pfisterbrücke hinauf kämpfte.

Der Regen machte gerade Pause, dafür hatte der Wind aufgefrischt, und die dunklen Wolken flogen fast wie im Zeitraffer über die Altenburg hinweg, die Schreiber zwischen den Häusern der Pfisterstraße hindurch in der Ferne über Bamberg thronen sah. Aber er konnte das schöne Bild nicht genießen, denn das Wetter verursachte ihm Kopfschmerzen. Oben auf der Pfisterbrücke pochte es zwischen seinen Ohren, während unter ihm laut polternd ein großer Güterzug vorbeirollte.

Voller Unverständnis dachte Schreiber an Lauts Reaktion, nachdem sie ihm eine entschärfte Version ihres Gespräches aufgetischt hatten. Darin sollten zwar Polizistinnen auf das neue *B.Bulls*-Plakat, allerdings nicht in Bikinis. Lauts Gesicht hatte sich sofort aufgehellt, und er war Feuer und Flamme gewesen, hatte vom Bild der Polizei in der Öffentlichkeit und Imagepflege gesprochen, dass man sich auf dem Plakat doch einmal von einer ganz anderen Seite zeigen konnte, Schreiber und Aurich unbedingt an der Idee dran bleiben und ihm zeitnah konkrete Vorschläge vorlegen sollten.

»Ganz klasse«, murmelte Schreiber, als er den Zenit der Brücke hinter sich ließ.

Lauts Reaktion passte so gar nicht zu ihm, war er doch ansonsten für seine sachliche und zielstrebige Art bekannt. Das Auftreten des stämmigen Endfünfzigers mit dem grauen Seitenscheitel und den zeitlosen Trenchcoats, die er über seinen faltenfreien Anzügen trug, rundete das Bild eines kompetenten, von allen respektierten Chefs ab.

Und dann so was. Wenigstens hatte ihm keine der Kolleginnen von der Bikinisache erzählt. Dafür hatten sie mit Aurich geschmollt, nur das Nötigste zu ihm gesagt oder zickige Spitzen austeilt.

»Der Playboy liegt übrigens in der dritten Kabine«, hatte Steinfels Aurich nachgerufen, als er mal raus musste.

»Was für ein Irrenhaus«, murmelte Schreiber matt und schämte sich, weil ein älterer Herr, den er vom Sehen kannte, das Selbstgespräch bemerkt hatte und ihn erstaunt musterte. Schreiber war froh, dass er auf der abschüssigen Pfisterstraße schnell an ihm vorbei fuhr.

Zuhause in seiner Altbauwohnung am Kunigundendamm schluckte er eine Schmerztablette und zog sich rasch um. Er warf Jeans und Hemd auf den alten Sessel in der Ecke und holte seine Laufkleidung aus dem Spiegelschrank. Als er in die Jogginghose schlupfte, sah er aus dem Fenster und ließ den Blick vom Main-Donau-Kanal zur Silhouette Bambergs schweifen. Von der Michelskirche und dem Dom konnte er nur die Turmspitzen erkennen. Die dunklen Wolken zogen jetzt langsamer darüber hinweg. Sie sahen aus, als schlichen sie nur herum. Wie seltsame Phantome schienen sie auf den passenden Moment zu lauern, sich auf die Stadt zu stürzen, wie Löwen auf eine Gazelle.

Dieser trübe August war für Schreiber eine doppelte Strafe, wo er doch ein typischer Sommermensch war. Als Stammgast im Hainbad, Bambergs beliebter Flussbadestelle am linken Regnitzarm, tankte er in den warmen Monaten Energie und wappnete sich so für den Winter, in dem er eher zu trübsinnigen Stimmungen neigte. Er zog sich ein rotes T-Shirt an und entschied sich für die alte, beige Baseballkappe. Als er sich an der Wohnungstür nach den Laufschuhen bückte, presste ihm der Schmerz regelrecht die Augäpfel heraus. Schreiber musste nach draußen.

Er polterte im Treppenhaus die zwei Etagen hinunter, drückte die hölzerne Haustür auf und schob sich ins Freie. Nach einem kurzen Schulterblick rannte er quer über die Straße, ein Stück den Gehweg auf der Damm-Mauer entlang, um bei der nächsten Treppe nach unten in den Luitpoldhain zu gelangen. Auf dem geteerten Uferweg ging es Richtung Bug.

Der Rhythmus seines Atems und das Geräusch seiner Schuhe auf dem Asphalt lullten ihn schon bald ein, wie in Trance nahm er die Rasenflächen und Bäume wahr, die links an ihm vorbeizogen.

In seinem verzweifelten Versuch, dem Pochen im Kopf davon zu laufen, gab er alles, überholte Spaziergänger, die ihre Hunde ausführten und andere Jogger, die zwanzig Jahre jünger waren als er.

Der Wind frischte auf. Trotzig hielt Schreiber dagegen, obwohl ihm schon bald der Puls in den Schläfen hämmerte und die Beine schwer wurden.

Er ließ den Kiosk am Adenauerufer hinter sich, wo nur ein paar ganz Hartnäckige unter der Überdachung bei ihrem Bier saßen, die Bänke davor waren leer.

Auch der künstliche Sandstrand, den er wenig später passierte, war hinter seinem Bastzaun vereinsamt, die Beachbar geschlossen, der Volleyballplatz lag brach.

Unter der Heinrichsbrücke begannen Schreiber die Kräfte zu schwinden, sein Atem ging rasselnd, er bekam Seitenstechen.

Irgendwann stand er vornüber gebeugt auf der Schleuse über dem Main-Donau-Kanal und hielt sich mit beiden Händen am Geländer fest. Während unter ihm die Wassermassen rauschend in die Tiefe stürzten, keuchte er sich die Seele aus dem Leib. Die jungen Jogger holten ihn wieder ein und rannten lässig weiter in Richtung Jahnsportplatz.

Die Verwandlung

7. bis 28. August

»Hallo? Hier Maier. Ich rufe wegen Ihrer Katze an. Ich habe sie gefunden.« …

»Ja. Heute Nachmittag. In der Königsstraße. Sie hatte wohl auch ein bisschen Glück, dass Sonntag ist. Da fahren ja nicht so viele Autos, wissen Sie?« …

»Jaja – ihr geht's gut.« …

»Jedenfalls ist mir Ihr Aushang im Supermarkt eingefallen. Ich hab mir ihre Telefonnummer auf Verdacht abgerissen. Das mach ich immer so, seit mir vor ein paar Jahren schon mal ne Katze zugelaufen ist.« …

»Doch sie ist es – ganz bestimmt. Ich konnte sie gleich in meine Wohnung locken, wo ich ihr erst mal etwas Milch gegeben hab. Sie war wohl auch schon ein wenig ausgehungert.« …

»Nein, nein. Es geht ihr sonst wirklich gut.« …

»Ich würde sie vorbeibringen. Ich muss dann eh noch mal weg. Da kann ich das gleich erledigen.« …

»Ja.« …

»Das kenne ich. Finde ich schnell.« …

»Kein Problem. Also dann: bis später.« …

»Nichts zu danken«, schloss der Mann, legte auf und grinste das Telefon an.

Er hatte sich die Adresse der Frau nicht notiert, da er sie ohnehin längst kannte, ebenso wie er wusste, dass sie alleine wohnte.

Ihm fiel ein, dass er noch den Müll raus bringen musste. Er ging zur Tür, an der ein großer blauer Plastiksack lehnte. Er war etwas schwerer als sonst, denn ganz unten lag in einem extra Beutel die Katze.

Schreiber stellte seinen Rucksack mit den Badesachen beim Telefontischchen in der Diele ab, kickte seine Flipflops neben ein paar Ausgehschuhe und wechselte in seine Hausschlappen. Er wollte gleich duschen, denn seine Haut fühlte sich noch schmierig von der Sonnencreme an.

Nach dem verrückten Montag vor einer Woche war der Sommer zurück gekommen und hatte Bamberg mit einem kleinen Zwischenhoch verwöhnt, so dass Schreiber nun doch wieder in sein geliebtes Hainbad hatte gehen können – jeden Tag nach Dienstschluss für ein Stündchen. Auch das Wochenende war bei strahlendem Sonnenschein und Temperaturen um die 25 Grad gerettet gewesen. Doch für die kommende Woche war schon wieder schlechteres Wetter angekündigt.

Den Sonntagnachmittag hatte Schreiber ein letztes Mal im Hainbad verbracht, wo er mit Thiele, ihrem Mann Pete und Aurich an einem der Tische beim Kiosk Schafkopf gespielt hatte – Aurichs Freundin Gisella war Brunskadderin gewesen.

Während der letzten Runden, in denen Schreiber eine Glückssträhne gehabt hatte, waren grauen Wolken aufgezogen, und sie hatten das Spiel schließlich abbrechen müssen. Als Schreiber nach Hause geradelt war, hatte es schon spürbar abgekühlt, und er hatte die ersten feinen Tröpfchen wie kleine Nadelstiche auf Unterarmen und Nacken gespürt.

Er schlurfte ins Wohnzimmer und sah aus dem Fenster. Die Tropfen waren dicker geworden, und der Himmel hing bedrohlich dunkel über der Stadt. Wetterfühlig wie Schreiber war, spürte er schon wieder ein Drücken im Hinterkopf.

»Scheißsommer«, murmelte er matt.

Stöhnend kippte er seinen Kopf nach links und rechts, wobei seine Nackenmuskulatur laut knackte. Er seufzte tief und schlurfte in die Küche, wo er mit fahrigen Fingern das Tütchen einer Schmerztablette aufriss und diese in ein Glas Wasser plumpsen ließ. Er wollte gerade ins Badezimmer gehen, als im Gang das Telefon klingelte.

Er ging durch den Fitnessraum hinüber, musterte kurz das Display und nahm ab.

»Süße?«, sagte er knapp.

»Du sollst mich doch nicht so nennen!«, protestierte Nike am anderen Ende der Leitung.

»Sorry, aber ich hab das jetzt einfach gebraucht«, antwortete er. »Wie geht's?«

»Jaja, alles klar. Und selber?«

»Passt scho«, fränkelte Schreiber, die Kopfschmerzen verschweigend. Er ging zurück in die Küche.

»Hör mal, Papa. Du bist doch ein moderner, flexibler Typ, stimmt's?«

»Nöh«, sagte Schreiber, nahm das Glas und stürzte das Wasser in einem Zug hinunter.

»Gut«, sagte Nike. »Die Sache ist nämlich die: Ich will in Bamberg studieren. Anglistik und Kommunikationswissenschaft, ab dem kommenden Wintersemester. Cool, was?«

»Cool.«

Schreiber ahnte schon, was seine Tochter gleich fragen würde, und schielte durch die offen stehende Küchentür in den Fitnessraum, Nikes ehemaliges Zimmer. Jetzt stand dort ein Rudergerät, und ein Sandsack hing an der Decke. Den Großteil des Raumes nutzte er allerdings als Rumpelkammer, die er schon lange hatte ausmisten wollen.

»Jedenfalls weißt du doch, wie schwer man zurzeit

eine Wohnung findet«, erklärte Nike. »Vor allem eine preisgünstige. Und die Studentenheime sind eh alle voll. Ich hab mich schon ein bisschen umgehört, aber bisher nur ein Angebot bei so einer WG. Die ist aber voll versifft.«

»Und da willst du zurück zu deinem alten Vater ziehen und lieber eine eigene versiffte WG aufmachen?«, fragte Schreiber.

»Exakt.«

»Geritzt.«

»Echt?«

»Unter einer Bedingung.«

»Ja?«, kam es misstrauisch.

»Ich darf dich Süße nennen.«

»Ne, oder? Das ist jetzt aber nicht dein Ernst?«

»Doch. Und? Deal or no deal?«

«Dreimal am Tag und nie vor Besuchern.«

»Den ganzen Tag und nie vor Besuchern«, zockte Schreiber.

»Ach Papa!«, wandt sich seine Tochter.

»Deal or no deal?«

»Das ist Erpressung!«

»Präzise. Andererseits: keine Miete. Deal or no deal?«

»Du weißt aber schon, dass das ziemlich peinlich ist, wenn Leute über vierzig einen auf cool machen.«

»Lenk nicht ab. Deal or no deal?«

Stille in der Leitung.

»Deal.«

Schreiber grinste.

»Da drin ist meine Minnie?«, fragte Heike und schaute ungläubig auf den großen braunen Pappkarton, in den oben ein paar Luftlöcher gestochen waren.

Der Mann, der ihn hielt, stand vor ihrer Wohnungstür im Treppenhaus und grinste verlegen.

»Ich hatte nichts anderes zum Transportieren, und ich wusste nicht, ob sie beim Autofahren Ruhe gibt«, entschuldigte er sich. »Aber jetzt hat sie es ja gleich geschafft«, fügte er schnell hinzu.

Heike lächelte versöhnlich und wollte ihm den Karton abnehmen, doch er hielt ihn an sich gedrückt.

»Mir ist gerade ein bisschen schummrig. Hätten sie vielleicht ein Gläschen Wasser für mich?«, fragte er.

Heike überlegte kurz und schielte auf den Karton. Der Mann im blauen Overall lächelte charmant.

»Aber klar«, sagte sie. »Doch geben sie mir jetzt erst mal den Karton, damit wir vorher noch meine Süße rauslassen.«

Wieder machte er keine Anstalten, die Kiste loszulassen.

»Ach, das geht schon noch«, sagte er und schob sich an ihr vorbei in die Wohnung.

Aus dem Karton ertönte ein schabendes Geräusch

»Oh«, sagte Heike irritiert. »Ja dann …«

Sie konnte es nicht erwarten, ihre Minnie wieder auf den Arm zu nehmen und trat zurück, um den Mann vorbei zu lassen.

Dass dieser das Geräusch mit den Fingern selbst gemacht hatte, war ihr nicht aufgefallen.

Heike sah ihm zu, wie er den Karton in der Diele auf den Boden stellte, schaute noch kurz über die Schulter ins Treppenhaus und drückte die Tür zu.

Nach dem Duschen verputzte Schreiber hungrig ein paar Käsebrote und verleibte sich hinterher noch zwei Bamberger Tomaten ein, weil er Thiele irgendwann versprochen hatte, mehr Gemüse zu essen.

Anschließend fütterte er die Fische in seinem Aquarium, das er sich vor einem halben Jahr zugelegt hatte. Es stand neben dem Schreibtisch im Wohnzimmer und half ihm, abends abzuschalten. Auch beim Gitarre spielen sah er gerne den leuchtend bunten Neonsalmlern zu, wie sie schwerelos durch ihre stille Welt glitten, und den Panzerwelsen, die unermüdlich an den Steinchen am Grund und an den Glasscheiben herumwuselten.

Schreiber schraubte das Döschen mit dem Fischfutter zu und stellte es zurück neben das Becken. Er setzte sich auf den Schreibtischstuhl, beobachtete einen Wels, der gerade an der Schatztruhe mit dem Totenkopf hing, und überlegte, was er mit dem angebrochenen Sonntagabend machen sollte.

Entgegen seiner sonstigen Gewohnheiten hatte er keine Lust, Gitarre zu spielen oder eine CD aus seiner umfangreichen Blues-Sammlung zu hören. Nicht einmal ein Feierabendbier wollte er sich gönnen.

Nike ging ihm nicht aus dem Kopf, und er rief sie noch einmal an. Sie sagte, sie wolle Anfang September einziehen, war aber kurz angebunden, weil sie noch ausgehen wollte.

Am Ende verbrachte Schreiber den Abend, indem er einen Berg Wäsche bügelte und sich dabei einen Krimi ansah. Es ging um einen Sonderermittler, der die Fähigkeit hatte, bei Verdächtigen sofort zu erkennen, wenn diese logen.

Schreiber interessierte das Thema. Die Mitarbeiter seines Kommissariats hatten vor einem Jahr an einer entsprechenden Fortbildung teilgenommen. Über verräterische Gestik, Wortwahl, Stimmmelodie und Mimik bei Lügnern gab es fundierte wissenschaftliche Erkenntnisse, die in dem Seminar vermittelt worden waren. In den Workshops hatte sich Schreibers Kollegin Julia Steinfels als besonders talentiert entpuppt – daher hatte sie vorherige Woche auch sofort erkannt, dass Schreibers Verwunderung über Thieles miese Morgenstimmung echt gewesen war. Er selbst hatte aber auch nicht schlecht abgeschnitten und übte seit der Fortbildung immer wieder, indem er sich Interviews und Talkshows im Fernsehen ansah und dabei versuchte, Lügen zu enttarnen.

Während des Krimis trank er zwei große Flaschen Mineralwasser und genoss das Abklingen der Kopfschmerzen. In den letzten Minuten des Films musste er den Ton lauter stellen, weil draußen der Regen zunahm und dicke Tropfen lautstark auf sein Fensterbrett trommelten. Beim Abspann überkam ihn eine innere Unruhe und er überlegte kurz, sich einen Schirm zu schnappen und doch noch in den *Live Club* zu gehen. Er entschied sich dann aber dagegen.

Mit einer Flasche Mineralwasser stand er nur am Fenster und bestaunte das sintflutartige Naturschauspiel. Durch die herabstürzenden Wassermassen war ihm, als würde auch noch der letzte Teil seines Schmerzes aus ihm heraus fließen.

Er schmunzelte und freute sich auf die WG mit Nike. Dennoch hatte er, als er so da stand, ein ungutes Gefühl.

Der Pappkarton lehnte an der Wohnungstür. Er war jetzt flach zusammengeklappt, der Mann würde ihn bequem unter dem Arm tragen, wenn er ihn später wieder mitnahm.

Jetzt schlich der Mann leise durch die Wohnung. Er warf einen flüchtigen Blick durch die Küchentür und entdeckte auf dem Tisch einige der Zettel mit dem

Bild der Katze und der Überschrift: »Wer hat meine Minnie gesehen?« Unter einer Beschreibung des Tieres stand die Telefonnummer der Frau.

Die Erinnerung brachte ihn zum Schmunzeln. Nachdem er sich die Katze geschnappt hatte, hatte er jeden Tag die Pinnwand im Supermarkt studiert, wohl wissend, dass bald ein solcher Zettel auftauchen würde. Alle Katzenbesitzer taten das, wenn sie ihr Tier vermissten.

Er ging ins Schlafzimmer, steuerte zielsicher die Kommode an und öffnete die Schubladen. Er stöberte in der Unterwäsche und entschied sich schnell für ein schwarzes Spitzenhöschen, an dem er kurz roch, ehe er es in der Tasche seines Overalls verschwinden ließ.

Es erfüllte ihn mit Stolz, dass er zu keiner Zeit sexuell erregt gewesen war. Seit 1888 in London hatte er sich weiterentwickelt. Damals war er nur seinen Trieben gefolgt, heute dagegen war er ganz in der Rolle des Künstlers, das Höschen diente nur der Erinnerung.

Er richtete sich auf und spähte vorsichtig durchs Fenster. Im Haus gegenüber war niemand zu sehen. Sein Blick wanderte nach unten auf die Straße, die bei dem diesigen Wetter wie ausgestorben war. Es hatte wieder zu regnen begonnen und der Wind ließ die dicken Tropfen schräg auf das Kopfsteinpflaster prasseln. Gut – er würde nicht mehr lange bleiben.

Zurück in der Diele, musterte er die Tote. Er hatte sie noch ein Stück von der Tür weg ins Wohnungsinnere gezogen und prüfte nun ihre Position: Alles stimmte. Finden würde man sie wohl nicht so schnell, aber das war schon in Ordnung. So konnte er es mit Nummer zwei, die er im Freien erledigen würde, gelassen angehen, weil man in Bamberg nicht in Panik war – noch nicht.

Plötzlich durchfuhr ihn ein Schauer, der seinen ganzen Körper erbeben ließ. Er spürte schon jetzt, wie die Verwandlung einsetzte, und er fühlte die tiefe Gewissheit, auf dem richtigen Weg zu sein.

Er beugte sich über die Tote, atmete tief durch und überlegte: Wie oft hatte er zugestochen? Er wusste es nicht mehr, begann zu zählen und kam auf insgesamt elf Wunden.

Es fehlten noch welche. Er hob das Messer auf und machte weiter, stieß mit unterschiedlicher Stärke zu und flüsterte leise mit: »Zwölf, dreizehn, vierzehn …«

»Noch fünfzehn Tage BZSK!«, rief Bayer vergnügt, so dass man es im ganzen Kommissariat hören konnte.

Da das wechselhafte Wetter wieder auf Sommer geschaltet hatte, standen zwischen den Büros alle Türen offen, und die Ventilatoren liefen.

Schwungvoll hängte Bayer seine Fransenlederjacke an der Garderobe unter seinen Motorradhelm und säuselte Schmoll, die schon an ihrem Computer saß, ein melodiöses »Morgen« zu. Sie nickte, um sich dann kopfschüttelnd wieder ihrer Arbeit zu widmen.

Bayer flog zur Tür des Nachbarbüros. »Morgen, Mädels!«, rief er Thiele und Schreiber zu, klopfte zweimal an den Türrahmen und lief zurück in sein Büro, wo er sich schließlich gegenüber Schmoll in seinen Schreibtischstuhl plumpsen ließ.

»Oh Mann! Der ist ja wieder ekelhaft gut gelaunt«, knurrte Schreiber, der gerade seine Mails überflog. »Dieses Jahr werde ich ihn aber nicht fragen, was BZSK heißt«, fügte er hinzu, musste dabei aber ein Grinsen unterdrücken.

Er schielte zum Tageskalender an der Wand, der Donnerstag, den 11. August anzeigte.

»Tu ihm doch den Gefallen«, flüsterte Thiele, ohne von ihrem Bildschirm hoch zu sehen. Sie las ebenfalls ihre Mails.

Schreiber schnaubte kapitulierend.

»Schätze, es kommt nicht darauf an«, murmelte er. »Die nächsten Wochen spinnt er eh wieder komplett.« Über die Schulter rief er: »Hey, Fritz! Was heißt eigentlich BZSK?«

»Bis – Zur – Sand – Kerwa. Fünfzehn Tage BZSK. Gut, gell?«, kam es wie aus der Pistole geschossen zurück.

»Oh ja! Echt witzig!«, jubelte Schreiber und sah Thiele dabei müde an. »Dieses Jahr machen wir aber mal zusammen einen drauf, gell?«

»Echt?«, kam es ungläubig von Bayer.

»Nein, nicht echt«, brummte Schreiber.

»Ach«, winkte Bayer drüben ab. »Aber Sophie! Du kommst fei schon amal mit, oder?«, rief er zurück.

»Klar!«, willigte sie ein und grinste Schreiber an.

Der verdrehte nur die Augen.

Die Sandkerwa war Bambergs größtes Volksfest. Jedes Jahr im August versetzte es die Innenstadt für ein paar Tage in einen Ausnahmezustand. Überall spielte Musik, es gab kulinarische Leckereien jeglicher Art, und das Bier floss in rauen Mengen. Allein der abendliche Leintritt war für viele einen Besuch wert: auf der einen Seite die beleuchteten Buden, aus denen einem der Duft nach gebrannten Mandeln und Bratwürsten in die Nase stieg, auf der anderen die Regnitz, deren Wellen die bunten Lichterketten reflektierten, mit denen man am anderen Ufer die Häuschen von Klein-Venedig liebevoll dekoriert hatte. Die Sandkerwa zog jährlich zahllose Besucher aus aller Welt an, und für die Bamberger war sie ein Pflichttermin.

Insofern fühlte sich Schreiber, obwohl er in der Stadt aufgewachsen war, wie ein untypischer Bamberger, denn er ging schon seit langem nicht mehr zur Sandkerwa. Als Jugendlicher war er noch gerne dort gewesen, doch mit zunehmendem Alter machten ihn die Menschenmassen immer nervöser, und irgendwann konnte er auf dem Fest nicht mehr richtig abschalten und Spaß haben.

Jeder im Kommissariat wusste das und hatte es aufgegeben, Schreiber zum Mitfeiern überreden zu wollen. Nur Bayer versuchte es noch hin und wieder.

»Wie wird denn das Wetter an der Kerwa?«, rief Thiele zu Bayer hinüber, wohl wissend, dass der sich diesbezüglich längst schlau gemacht hatte.

»Durchwachsen!«, kam es zurück.

Sandra trat durch die gläserne Schwingtür des *Romantico* ins Freie, ohne von den umherstehenden Nachtschwärmern beachtet zu werden. Sie fröstelte in der frischen Nachtluft und knöpfte ihre Jeansjacke zu. Wenigstens hatte der Regen aufgehört, sie trug ihren Schirm an einem Riemen über der Schulter, zusammen mit ihrer Handtasche. Zielstrebig lief sie am Parkplatz vorbei und überquerte die beiden Kreuzungsampeln am Berliner Ring bei Rot. Der Asphalt war schon trocken, nur ein paar kleine Pfützen glänzten noch im kalten Licht der Straßenlampen.

Sie war etwas müde von den beiden Cocktails. Wie jeden Freitag hatte sie an der Bar gesessen, getrunken, der Musik zugehört und auf den Richtigen gewartet.

Es war wenig los gewesen, wohl wegen der Sandkerwa, die am Tag zuvor begonnen hatte. Doch einer, ein neues Gesicht im *Romantico*, hatte ihr gefallen. Der hatte aber nicht auf ihre Blicke reagiert und schon nach kurzer Zeit begonnen, mit einer anderen zu flirten. Missmutig dachte Sandra daran, wie sich die beiden vor ihren Augen amüsiert hatten und sich schnell näher gekommen waren.

Sie lief die Hecke vor den Wohnhäusern entlang und suchte Trost bei dem Gedanken an ihr gemütliches Häuschen in der Scheubelstraße, das sie von ihren Eltern geerbt hatte. Dort wartete ihre Katze, mit der sie noch etwas schmusen würde, ehe es mit einem Liebesroman ins Bett ging. Nach ein paar Seiten würde sie dann endgültig die nötige Bettschwere haben.

Ihre hochhackigen Schuhe klackten auf dem verlassenen Gehweg. Nur wenige Autos rauschten noch auf dem Ring vorbei. Sie schaute auf ihre Armbanduhr: 00:08.

Die Hecke rechts von ihr wich der holzverkleideten Lärmschutzmauer, in der sie den Durchgang zur Siedlung erkannte. Es war eine Stelle, die ihr zu so später Stunde gar nicht geheuer war. Manchmal roch es dort nach Urin, und die Mauern boten perfekte Deckung für einen Hinterhalt.

Sandra verlangsamte ihre Schritte, als sich der dunkle Durchgang vor ihr auftat. Sie tippelte hinein und brachte sekundenschnell die kleine Passage zwischen den Mauern hinter sich. Sie wollte schon auf der anderen Seite heraustreten, als sie stehen blieb und lauschte. War da ein Geräusch gewesen?

»Hallo?«, fragte sie und späte angestrengt in die Dunkelheit.

Aus dem Gebüsch vor ihr war nichts zu hören, aber stand da jemand hinter dem Mauereck rechts vor ihr? Schließlich fasste sie sich ein Herz, huschte daran vorbei und tippelte sicherheitshalber noch ein Stück weiter auf den Weg in die Siedlung.

In der vertrauten Umgebung mit der Grünfläche und den Fliederbüschen zu ihrer Rechten kam sie sich albern vor wegen ihrer Ängstlichkeit und lief im normalen Tempo weiter.

Die zeilenförmig angeordneten Anwohnergaragen zu ihrer Linken waren durch ein Mäuerchen verbunden, und Sandra schielte im Vorbeigehen nach links in die Durchgänge, hinter denen ein paar Stufen hinunter zu den Garagen führten.

Im Licht einer Straßenlaterne kam ihr ein Nachbar mit seinem Hund entgegen.

»Hallo«, grüßte sie den älteren Herrn mit dem Rauhaardackel und nickte ihm im Vorübergehen zu.

»Grüß Gott«, kam es von dem Mann zurück.

Hinter ihrem Rücken hörte sie den Hund plötzlich kläffen und knurren. Verwundert sah sie über die Schulter.

Der Dackel zog in Richtung des Durchgangs in der Mauer zwischen den Garagen.

»Aus, Eddy! Aus!«, befahl der Mann, zerrte Eddy weiter und verschwand mit ihm in der Passage zum Berliner Ring.

»Des is doch eh bloß widder di Nochberskatz«, brabbelte er noch.

Sandra war fast an der letzten Garagenzeile vorüber und wollte schon die Wohnhäuser ansteuern, als sie das Piepen eines Handys hörte. Sie kannte den Ton von ihrem eigenen Handy, er signalisierte eine eingegangene SMS. Sie blieb stehen, drehte sich um und sah auf den Boden vor einem Baum am Rande des Wegs ein Display in der Dunkelheit aufleuchten.

Sie lief hin und blieb zögernd vor dem Gerät stehen. Jemand muss es verloren haben, dachte Sandra und sah misstrauisch über die Schulter zum Mauerdurchgang, den der Dackel eben noch angebellt hatte. Dann bückte sie sich nach dem Handy, hob es auf und musterte es: ein etwas älteres Modell mit Tasten. Gehörte es einem der Nachbarskinder? Da klingelte das Handy plötzlich.

Sandra zuckte zusammen und ließ es vor Schreck fast fallen. Der Klingelton war die Musik der legendären Duschmordszene aus dem Film Psycho. Die fiesen, schrillen Geigenstreiche jagten Sandra eiskalte Schauer über den Rücken, ihre Nackenhärchen stellten sich auf.

Erlaubte sich da jemand einen makabren Scherz? Sie konnte den Gedanken nicht zu Ende denken. Zwei Hände packten sie von hinten am Hals.

Schreiber ließ den großen, blauen Plattenbaukomplex der Graf-Stauffenberg-Realschule hinter sich und fuhr auf dem Radweg der Starkenfeldstraße weiter stadtauswärts.

Er war noch müde, weil er am Vorabend ein paar Bier im Garten des *Mahrs-Bräu* getrunken hatte und erst nach Mitternacht ins Bett gegangen war. Thiele und Aurich waren auch da gewesen. Er hatte sie gefragt, ob sie Lust hätten, Karten zu spielen und dafür auf einen Besuch der Sandkerwa zu verzichten. Weil die beiden schon am Donnerstag dort gewesen waren, war es ihm gelungen, sie zu überreden.

In Ermangelung eines vierten Spielers hatten sie Skat gespielt und nebenher über Aurichs Ideen in Punkto Plakat diskutiert. Am Ende hatten alle darüber gelacht – Aurich war allerdings uneinsichtig geblieben.

Dem gemütlichen Abend war ein böses Erwachen gefolgt. Der Chef hatte ihn um 7:30 Uhr angerufen und ihn gebeten, zusammen mit Thiele das Wochenende zu opfern.

»Ein Tötungsdelikt in Bamberg Ost« hatte er gesagt.

Wie bei der Sache mit dem Playboy vor knapp drei Jahren, sei wohl ein Messer verwendet worden, nur dass es nach Auskunft der Kollegen vom KDD diesmal »besonders hässlich« sei.

»Wenigstens scheint wieder die Sonne«, murmelte Schreiber, atmete tief durch und bog schwungvoll nach rechts in die Katzenheimer- und Sekunden später nach links in die Scheubelstraße, an deren Ende er schon die ersten Schaulustigen erkannte. Sie drängten sich vor dem rotweißen Absperrband, das die Kollegen quer über die Straße gezogen hatten.

Thieles silbergrauer Kleinwagen überholte ihn und fuhr hinter den Gaffern rechts heran. Schwungvoll stieg sie aus, verriegelte piepsend ihr Auto und wartete auf ihn.

»Morgen, Tiger!«, rief sie ihm schon von Weitem zu.

Im Heranfahren wunderte er sich, wie sie es wieder einmal schaffte, um diese Uhrzeit schon so blendend auszusehen. Ihre schwarze Lederjacke und die Jeans schienen wie maßgeschneidert für ihren von jahrelangem Karatetraining gestählten Körper. Ihr dezent geschminktes Gesicht wirkte mit der leicht gebräunten Pfirsichhaut jugendlich frisch. Nur ihre schwarzbraunen Augen strahlten in Erwartung der bevorstehenden Tatortsichtung weniger als sonst.

»Morgen, Schnegge«, grüßte er.

Er stellte sein Rad hinter ihrem Auto ab und öffnete den Reißverschluss seiner braunen Lederjacke. Ihm war beim Radeln warm geworden. Zusammen liefen sie zur Absperrung, schoben sich durch die etwa zwanzig Schaulustigen und duckten sich durch das Absperrband, das ein junger Kollege für sie hochhielt.

»Morgen«, sagte er.

Thiele und Schreiber nickten dankend und erwiderten den Gruß.

»Dort hinten zwischen den Garagen«, sagte der Polizist und wies über seine Schulter. »Ein paar Anwohner waren stinksauer, weil sie nicht mit ihren Autos zur Arbeit fahren konnten.«

»Kann man nix machen. Das hier hat Vorrang«, brummte Schreiber.

»Hab ich denen auch gesagt.«

Die beiden Kommissare liefen zwischen den Garagenreihen hindurch und nickten noch zwei KDD-Männern zu. Diese schritten gerade eine Sitzgruppe aus einigen Parkbänken ab, die sich in einer kleinen Grünanlage beim abgesperrten Durchgang der Lärmschutzmauer befand. Stumm nickten die Männer zurück.

Aus der Ferne erkannten sie Kriminaloberkommissar Franz Reinfelder vom KDD, der sie schon heranwinkte. Er trug eine enge Jeansjacke, die seine Bodybuilderfigur betonte, und eine grüne Baseballmütze, die seinen kahl geschorenen Kopf vor der morgendlichen Sonne schützte. Neben ihm standen die Spurensicherer Kriminalhauptmeister Hans Schindler und Muhammed Karaca in ihren weißen Overalls. Die drei warteten vor dem Mäuerchen zwischen den letzten beiden Garagen. Vor der einen stand ein weißes Zelt.

Thiele und Schreiber traten an die Gruppe heran und man begrüßte sich ernst.

»Sandra Hümmer, 39, alleinstehend«, berichtete Reinfelder. »Wohnte gleich hier in der Scheubelstraße. Ein Nachbar hat sie kurz nach sechs gefunden, als er seinen Hund ausführte.«

Er trat ans Zelt, griff nach der Plane und verharrte noch einen Moment. »Ist ganz schon heftig«, warnte er, klappte die Plane schwungvoll zur Seite und hielt sie auf.

»Ich hob ja scho einiges gsehn, ober des …«, kommentierte der rundliche Schindler brummend unter seinem dicken Seehundschnauzer.

Schreiber und Thiele mussten schlucken.

»Ach du Schande«, murmelte Schreiber.

Reinfelder erklärte, was offensichtlich war: »Durchtrennte Kehle, mindestens zwei tiefe Schnitte, ebenso lange und tiefe Schnittwunden am Unterleib.«

Die Tote bot einen Mitleid erregenden Anblick. Sie lag auf dem Rücken, ihr grünliches Sommerkleid war bis zur Hüfte hochgeschoben, der Stoff im Bauchbereich vollkommen zerfetzt und vom Blut durchtränkt. Ihr Kopf lag in einer großen Blutlache und war durch die Schnitte beinnahe abgetrennt worden.

Reinfelder ließ die Zeltplane wieder fallen.

»Tja, so hab ich vorhin auch geguckt«, sagte er, als ihm auffiel, wie bleich Thiele und Schreiber geworden waren.

»Da hat einer wirklich gewütet wie ein Schwein. Und das keinen Kilometer vom Kommissariat entfernt. Den Drecksack dürfte ich nicht alleine erwischen.«

»Wer sind die nächsten Angehörigen?«, fragte Schreiber.

»Eine Tante in Hallstadt«, sagte Reinfelder. »Die Eltern sind schon verstorben. Euer Chef spricht nach der Obduktion selbst mit ihr. Als ich ihm gesagt habe, wie die Sachlage ist, hat er gemeint, dass ihr hier erstmal genug zu tun habt.«

Schreiber nickte, dankbar, dass Laut ihm den schlimmen Gang ersparen würde.

»Zeugen?«, fragte Thiele.

Reinfelder schüttelte den Kopf.

»Bis jetzt noch nicht, und wir haben bereits in der gesamten Siedlung herumgefragt. Es gibt leider auch keine Hinweise auf ein Motiv. Ihre Handtasche lag neben ihr, das Geld und ihr Handy waren noch drin. Also kein Raubmord, und man hat auch nicht versucht, einen vorzutäuschen. Na ja – wäre in Anbetracht der Vielzahl und Art der Verletzungen wohl auch ziemlich sinnlos gewesen. Da waren Emotionen im Spiel, aber das zu deuten überlass ich lieber anderen.«

Er bedeutete den Kommissaren mitzukommen und stieg ein paar Stufen zu einem Durchgang im Mäuerchen hoch. Die Kommissare folgten ihm, während sich Schindler und Karaca wieder der Spurensicherung widmeten.

Auf der anderen Seite hielt Reinfelder auf dem Weg, der von einer zweiten Passage in der Lärmschutzmauer in die Siedlung führte. Reinfelder deutete mit dem Kugelschreiber auf die Passage, die man ebenfalls abgesperrt hatte.

»Sie ist von dort gekommen. Der Nachbar, der sie entdeckt hat, sah sie gestern noch um kurz nach zwölf, als er mit seinem Hund die Mitternachtsrunde machte.«

»Der selbe?«, stutzte Schreiber. »Wäre nicht das erste Mal, dass der Täter selbst die Polizei ruft.«

Reinfelder rümpfte die Nase und wiegte den Kopf hin und her.

»War aber nicht verdächtig. Er ist schon 71 und wohnt ein paar Häuser weiter mit seiner Frau. Der Mann war total aufgelöst und wirkt schon etwas zu gebrechlich, um das durchzuziehen. Jedenfalls hat er ausgesagt, dass sie alleine war und er hat, als er weiterging, auch niemanden am Berliner Ring gesehen, wo sie hergekommen ist. Sein Hund hätte aber hier kurz verrückt gespielt. Die Nachbarskatze, hat er gedacht. Aber wahrscheinlich hat der Dackel sogar schon den oder die Täter gewittert. Frau Hümmer wurde nämlich genau hier angegriffen.«

Er deutete auf schwarze Rückstände auf dem asphaltierten Weg.

»Die dürften von ihren Schuhen stammen«, sagte Reinfelder. »Kein Blut, wie ihr seht. Sie wurde aber bereits hier getötet oder zumindest bewusstlos gemacht und ohne Gegenwehr zum Durchgang geschleift.«

Er zeigte auf eine Stelle, an der die schwarzen Rückstände ein paralleles Schleifmuster zum Durchgang bildeten.

»Sie hat aufgehört zu strampeln, seht ihr? Ich tippe übrigens, dass sie gewürgt wurde, weil keiner einen Schrei gehört hat. Außerdem meine ich an ihren Augen diese typischen Punktblutungen erkannt zu haben. Wie auch immer: Man darf auf die Obduktion gespannt sein. Sie wird also runter zwischen die Garagen gebracht, einer ihrer Schuhe lag auf dem Treppchen. Und da muss man sie dann so zugerichtet haben. Es gibt sonst nirgends Blutspuren, und die Menge Blut bei der Leiche ist, wie ihr sehen konntet, erheblich. Es wäre übrigens sogar noch mehr gewesen, wenn ihr Herz nicht schon vor den Schnittverletzungen aufgehört hätte zu schlagen – wie gesagt, ich tippe auf Tod durch Erwürgen.«

Die Kommissare sahen sich um und ließen den Ort auf sich wirken.

Bilder der Toten, die sich vor wenigen Minuten unlöschbar in Schreibers Gedächtnis eingebrannt hatten, blitzten in ihm auf: das, was vom Kleid übrig geblieben war, ihre weit geöffnete, blutdurchtränkte Jeansjacke, der hochhackige Schuh an ihrem Fuß, die billigen Ohrringe, die verschmierte Schminke um ihre geöffneten Augen – hübsch herausgeputzt und dann so zugerichtet.

»Die war im *Romantico*, oder?«, fragte Schreiber.

Reinfelder nickte. »Ziemlich sicher. Eine Nachbarin meinte, dass sie da freitags immer hin ging.«

Er sah zur Passage in der Lärmschutzmauer.

»Muss natürlich noch überprüft werden – jetzt ist ja noch keiner da. Aber wir waren vorhin schon mal drüben. Der Name des Pächters stand an den Klingeln.«

Er deutete mit dem Stift den Weg in Richtung Siedlung entlang.

»Ihre Wohnung ist gleich hier ums Eck.«

Als der Mann in der Nacht nach Hause gekommen war, hatte er sofort die Leere in der Wohnung gespürt. Sein Besucher war nicht mehr da gewesen und würde auch nie wieder kommen – zumindest nicht wie früher. Von nun an würde er immer gemeinsam mit dem Mann kommen und gehen, denn er war ein Teil von ihm geworden. Zusammen waren sie ein und dieselbe Person.

Die Nacht war vorüber, der Mann lehnte an der geöffneten Badezimmertür und musterte sich nachdenklich im großen Spiegel über dem Waschbecken.

Dass die Verwandlung schon mit dem zweiten Opfer vollzogen war, überraschte ihn. Er nagte an der Unterlippe und überlegte. Die anderen Frauen würde er aber trotzdem – oder gerade weil die Verwandlung abgeschlossen war – noch erledigen. Alles war sein vorbestimmter Weg. Und nicht zuletzt galt es, sein Kunstwerk zu vollenden.

Bestimmt würden sie bald die erste in ihrer Wohnung finden. Ihre Leiche wartete, im Gegensatz zu Nummer zwei, mitten in Bamberg auf ihre Entdeckung. Schließlich galt es, auch der schönen Stadt gerecht zu werden und dabei an künftige Führungen für Touristen zu denken.

Ob die Polizei schon etwas ahnte, wenn sie die Tote fanden? Würden sie schon merken, mit wem sie es zu tun hatten, und dass sie alle nur Nebenfiguren waren – nichts als Statisten in einer Jahrhundertinszenierung?

Er trat ins Badezimmer und hielt sein Gesicht ganz nahe an den Spiegel, bis seine Nase fast das Glas berührte. Durch seine Augen konnte er auf den Grund seiner Seele sehen. Ja, sein neues Ich war jetzt untrennbar mit dem alten Ich verbunden, so viele Jahre hatte dieses geschlummert. Doch endlich waren die beiden zu einer Einheit verschmolzen, und es war ein unglaublich gutes Gefühl, so, als ob sich ihre Kräfte addierten. Sein großes, neues und altes Ich kannte keinen Raum und keine Zeit. In einem Wimpernschlag sprang es vom London des Jahres 1888 ins Jahr 2011 nach Bamberg.

Ihm war, als hätte er bisher an Schizophrenie gelitten, doch nun fühlte er sich geheilt und stärker denn je, spürte schon jetzt seine Unsterblichkeit.

Er war der größte aller Künstler, denn er schuf Rätsel für die Ewigkeit. Er würde sein Werk vollenden, wie schon damals, niemand würde ihn fangen, er würde von der Bildfläche verschwinden wie ein Phantom, keiner würde je sein Gesicht kennen, und dennoch würde er zum Mythos werden.

Er lächelte sein Spiegelbild an und nickte wissend.

Ja, die Verwandlung war vollzogen – er war im Jahr 2011 angekommen – er war Jumpin' Jack!

Thiele und Schreiber notierten sich die gespeicherten Nummern aus Sandras Handy und ließen das Gerät dann bei Schindler und Karaca, die es zur weiteren Auswertung nach Nürnberg weiterleiten würden. Man redete noch kurz miteinander.

Karaca hatte zum internen Gebrauch ein paar Bilder von den Gaffern gemacht.

Dann verabschiedeten sich Thiele und Schreiber von den Spurensicherern und liefen mit Reinfelder zum kleinen Eigenheim des Opfers. Die Häuschen der Siedlung waren alle in der gleichen Weise gebaut und leicht versetzt miteinander verbundenen, so dass der gesamte Komplex Schreiber an ein überdimensionales Akkordeon erinnerte. Überall standen Neugierige an den Fenstern, in einer Haustür hinter der winzigen Grünanlage, die zu jedem der Häuser gehörte, lehnte eine Frau mit einem grauen Pudel auf dem Arm.

»Weißt du noch, der kranke Drecksack, der damals den Hain unsicher gemacht hat?«, murmelte Thiele im Vorübergehen.

»Ts«, machte Schreiber. »Wie könnte ich den vergessen?«

»Ich dachte, der wäre schlimm gewesen«, sagte sie. »Und dann so was – hier in unserem verträumten Bamberg.«

Reinfelder schnaubte verächtlich.

Schreiber lächelte schwach.

»Und ich Volltrottel hab neulich noch im Spaß zu Aurich gesagt, dass wir es wahrscheinlich bald mit Jack the Ripper zu tun kriegen.«

»So viel zu solchen Späßen. Lass uns beten, dass wir hier eine Beziehungstat haben«, sagte Thiele.

Als sie sich der Haustür näherten, schwiegen die Polizisten und dachten zurück an das Jahr 2007.

Nachdem damals klar geworden war, dass die ermordeten Frauen im Hain den Auftakt zu einer Serie darstellten, war der öffentliche Druck auf die Ermittlungen unerträglich geworden. Die Zeit hatte gegen sie gearbeitet, Schreiber hatte sich wochenlang die Nächte um die Ohren geschlagen, zusätzlich angetrieben von der Tatsache, dass Thiele eines der Opfer persönlich gekannt hatte. Allen im Kommissariat war am Ende eine unendlich schwere Last von den Schultern gefallen. Jeder hatte gehofft, dass sich ein Fall dieser Größenordnung nie wiederholen würde.

Vor Sandras Häuschen stand ein uniformierter Kollege, der den drei Kommissaren zunickte, als sie durch die offen stehende Haustür eintraten.

»Das Haus hat sie von den Eltern geerbt«, kommentierte Reinfelder.

Selbst Schreiber, dessen Wohnung eher sperrmüllartig eingerichtet war, fiel auf Anhieb Sandras eigenwilliger Geschmack auf. Überall hingen großformatige Bilder mit Fantasy-Motiven. Sowohl auf der rosa Sitzgruppe im Wohnzimmer, als auch auf dem französischen Bett lagen bonbonfarbene Plüschkissen. Alberne, bunte Figürchen zierten neben billigen Liebesromanen die Regale. Die 39-jährige Frau schien mit dem Gemüt eines Teenagers ausgestattet gewesen zu sein, was sie für Schreiber schon wieder sympathisch machte und seine Wut auf den Täter schürte. Es war jene Wut, die er auch nach jahrelanger Routine noch an sich heran ließ, sie motivierte ihn und machte ihn bei der Ermittlungsarbeit hartnäckig und geduldig.

Sie sichteten den Kurzwahlspeicher von Sandras Telefon, in dem sie nur vier Einträge entdeckten: »Bianca«, »Katja«, »Lisbeth« und »Arbeit«, alles Bamberger Nummern.

Die Kommissare standen am Wohnzimmertisch, auf dem die Kollegen Sandras Laptop, ein Fotoalbum und einige Unterlagen abgelegt hatten.

»Der geht heute noch raus«, sagte Reinfelder und zeigte auf den Laptop. »Sie galt bei den Nachbarn als unauffällig, hatte selten Besuch, manchmal hat so 'ne dicke Blondine mit 'nem Kinderwagen vorbei geschaut. Es gibt 'nen Ex-Mann: ein Herr Kurt Söllner.«

Er wies mit der Nase auf das Fotoalbum und die Unterlagen.

»Keinerlei Hinweise auf irgendwelche Feinde. Aber wir sind ja erst am Anfang.«

»Wo hat sie eigentlich gearbeitet?«, fragte Schreiber.

»Beim *Big*, diesem großen Textildiscounter im Hafen. Sie müsste heute eigentlich arbeiten. Die haben ihr schon auf die Mailbox gesprochen.«

Schreiber stemmte die Hände auf die Hüften und sah sich um.

In einer Ecke sah er eine Transportbox für Tiere, aus der ein leises Miauen drang. Zusammen mit Thiele ging er davor in die Hocke. Eine Katze lugte misstrauisch zwischen den Gitterstäben hindurch.

»Süß«, kommentierte Thiele. »Mir zerreißt es jedes Mal das Herz, wenn die armen Kerlchen im Tierheim landen.«

»Hm«, stimmte Schreiber einsilbig zu und dachte daran, wie oft sie sich schon um den Verbleib der Haustiere Verstorbener hatten kümmern müssen. Es war fast schon ein Klassiker: alte Menschen lagen tot in ihren Wohnungen, oft tagelang unentdeckt, und wenn man sie fand, gab es auch noch den tierischen Mitbewohner: Hund, Katze oder Wellensittich – total ausgehungert oder ebenfalls tot.

»Das ist noch 'ne ganz Junge«, erklärte Thiele. »Schätze, höchstens eineinhalb Jahre.«

Als Schreiber in die gelben Augen der Katze sah, war ihm plötzlich, als wollte sie ihm etwas sagen. In ihrem Blick lag etwas Wissendes, eine Art Vertrauen.

»Die kommt erst mal mit zu mir«, hörte er sich sagen.

»Ist echt süß von dir, Tiger«, seufzte Thiele. »Aber das ist wohl kaum der richtige Zeitpunkt. Wenn ich dich erinnern darf ...«

»Mir schon klar – bin ja kein Anfänger«, unterbrach er sie gereizt, wohl wissend, dass kurz nach einem Tötungsdelikt keine Zeit zu verlieren war und er, in Anbetracht der Größenordnung des Falles, in den nächsten Tagen von früh bis spät arbeiten würde. Aber irgendetwas in ihm schien ihm keine Wahl zu lassen. Er atmete tief durch und sah Thiele versöhnlich an.

»Entspann dich, Schnegge«, murmelte er. »Die Obduktion ist eh erst später. Wir bringen ihr Geraffel schnell zu mir. Das geht ruckzuck, okay? Danach nehmen wir sie einfach mit ins Kommissariat, wo sie den Tag über bleiben kann, weil Sibylle sowieso die ganze Zeit wegen dem Schreibkram da ist.«

»Tiger«, setzte Thiele an.

»Mach dir nicht ins Hemd. Die wird ganz brav sein und gar nicht stören.«

Thiele lächelte geschlagen.

»Und heute Abend nimmst du sie dann mit heim. Deine Fische werden sich freuen. Wenigstens passt sie zu dir.«

»Ach ja?«

»Ist 'ne getigerte.«

Von einer Nachbarin erfuhren sie, dass die Katze Sophie hieß, was den Kommissaren trotz der noch frischen Erinnerung an Sandras Leiche ein Schmunzeln entlockte.

Sophies Sachen waren schnell zusammengetragen, flugs in Thieles Auto gebracht und von dieser dann zu Schreibers Wohnung gefahren worden, während Schreiber beim Bäcker Käse-Laugenstangen und Bamberger Butterhörnchen holte und zum Kommissariat radelte.

Sibylle Angermeier, die Schreibkraft, die ebenfalls von Laut aus den Federn geklingelt worden war, kam kurz nach ihm ins Büro.

»Morgen, David«, grüßte sie freundlich, legte eine Bäckereitüte auf einen der Schreibtische und hängte ihren Sommermantel an die Garderobe.

»Morgen, Sibylle«, erwiderte Schreiber, der gerade Kaffee aufsetzte. »Und? Auf der Sandkerwa gewesen?«

»Nur kurz«, winkte sie ab und kam zu ihm herüber. »Um elfa sind wir heim. Wir werden ja ned jünger, gell?«

»Ach geh!«, sagte Schreiber nur und musterte aus dem Augenwinkel die mollige Endfünfzigerin.

Sie trug wieder einmal ihren typischen Volksmusik-Moderatorinnen-Look, mit hellblauer Rüschchenbluse und dunkelgrünem Faltenrock. Ihr volles graubraunes Haar hatte sie sorgfältig zu einem Seitenscheitel geföhnt.

Sie öffnete das Wandschränkchen über der Kaffeemaschine, holte drei Brotzeitteller und ein Messer heraus und ging damit zum Schreibtisch, wo sie einen kleinen Marmorkuchen aus der Tüte zog.

»Also, wenn du nicht schon verheiratet wärst …«, sagte Schreiber beim Anblick seines Lieblingskuchens.

»Alter Kasper«, grinste sie und schüttelte den Kopf, der ein bisschen rot geworden war.

Sie frühstückten an Thieles und Schreibers Schreibtischen. Schreiber schilderte Sibylle kurz die Situation und ersparte ihr dabei die grausamen Details.

»Aber wenn der Franz und seina Leut' vom KDD noch brauchn, dann hätt' ich ja noch länger schlofn könna«, stellte sie fest.

Wie auf Kommando schob sich Thiele mit der Katzenbox zur Tür herein.

»Dann kümmerst du dich eben erst mal um unseren Besuch«, sagte Schreiber grinsend.

Sie frühstückten zu viert weiter. Sophie saß brav in der Ecke bei einem Schälchen Wasser und etwas Katzenfutter. Ihre Ängstlichkeit in der ungewohnten Umgebung war schnell verflogen, nicht zuletzt wegen Sibylle, die sofort einen Narren an der Katze gefressen hatte und gut mit ihr umgehen konnte.

Schreiber stand ans Fensterbrett gelehnt, ließ sich den Marmorkuchen schmecken und beobachtete Sophie beim Fressen.

Thiele, die neben Sibylle am Schreibtisch saß, nahm einen Schluck Kaffee und blätterte im Telefonbuch.

»Den Ex-Mann hab ich schon, falls er nicht weggezogen ist«, sagte sie, als sie die Tasse absetzte. »Es gibt nur einen Kurt Söllner in Bamberg. Wohnt in der Zollnerstraße.«

»Nun ja«, sagte Schreiber, ohne seinen Blick von Sophie abzuwenden. »Nachdem es bis jetzt der einzige uns bekannte Mann aus ihrem Umfeld ist, haben wir wohl nicht viel Auswahl.«

Frau Söllner stand in der Wohnungstür und blinzelte die Kommissare verschlafen an. Sie war klein, etwas pummelig, trug einen hellblauen Hausanzug, und ihr schwarz gefärbtes Haar war ungeordnet. An ihrem

Ärmel hing ein etwa zehnjähriger Junge, an den sich wiederum seine jüngere Schwester klammerte. Die Kinder schauten neugierig zu den Polizisten hoch, die im kühlen Hausflur des Reihenhauses ihre Dienstausweise wegsteckten.

»Sie wissen aber scho, dass Sandkerwa is«, sagte Frau Söllner.

»Sie waren also da. Mit ihrem Mann?«, fragte Thiele.

»Ja freilich. Aber worum geht's denn überhaupt?«

Thiele schielte nur nach unten, woraufhin Frau Söllner die protestierenden Kinder zurück in die Wohnung schob, in die Küche bugsierte und die Tür hinter ihnen schloss. Zurück an der Haustür blickte sie Thiele erwartungsvoll an.

»Wir ermitteln in einem Todesfall«, eröffnete Thiele. »Frau Sandra Hümmer.«

»Dem Kurt sei Ex?«, wunderte sich Frau Söllner, ohne ein Anzeichen von Mitleid. »Die hab ich aber auf der Kerwa ned gsehn.«

»Wie lange waren Sie denn auf der Kerwa?«

»Ich bis zehna. Dann bin ich mit die Kinner heim. Der Kurt is noch mit seina Kumbls om Katznberch gsessn.«

»Können wir Ihren Mann sprechen?«

»Meinedwechä«, sagte sie schulterzuckend und ließ die Polizisten in die Wohnung. Sie schielte noch das Treppenhaus rauf und runter, ehe sie die Wohnungstür hinter ihnen schloss.

Wenig später saß sie neben ihrem Mann auf dem beigen, abgewetzten Wohnzimmersofa, gegenüber den beiden Besuchern, die auf den Sesseln Platz genommen hatten.

Herr Söllner trug eine dunkle Jogginghose und ein ärmelloses, weißes Unterhemd. Er hatte einen Bierbauch und sein ganzer Körper war dicht behaart. Sein graumeliertes Haar hatte er sich mit Wasser zurückgestrichen, so dass seine Geheimratsecken deutlich zur Geltung kamen. Sein unrasiertes, verquollenes Gesicht und die geröteten Augen zeugten von einer durchzechten Nacht.

»Die Sandra, des gibd's doch gar ned«, brabbelte er mit nachdenklich gesenktem Blick.

»Wie lange waren Sie denn noch am Katzenberg?«, fragte Schreiber.

»Bis zwölfa. Dann sind wir noch in die Bars. Lauter jungs Volk hängd do rum. Und wos die saufn könna.« Er schüttelte den Kopf und rieb sich den Nacken.

»Wann sind Sie denn heim?«

»Ungefähr um halb zwah. Der Waldi und der Jubb hom sich a Daxi mid mir gedeild. Der Schorsch und der Hilmar sind geloffn.«

»Nur aus Routine. Wir bräuchten bitte die Namen und die Telefonnummern ihrer Freunde.«

Herr Söllner nickte.

»Versteh scho«, sagte er.

Schreiber lehnte am zivilen Dienstwagen, mit dem er vom Kommissariat aus weitergefahren war. Jetzt stand er in der Zollnerstraße vor Thieles Auto im Halteverbot. Gedankenverloren sah Schreiber auf das Display seines Handys und fuhr erschrocken hoch, als ein Radler ihm fast über die Füße rollte.

»Ausm Weg, Penner!«, motzte der junge Mann.

Thiele, die noch bei den Söllners geblieben war, kam gerade aus dem Haus und sah dem jungen Mann verwundert nach.

»Na, wenn das mal keine Beamtenbeleidigung war«, stellte sie fest und wandte sich an Schreiber.

»Söllners Saufkumpels bestätigen seine Angaben«, sagte dieser und steckte sein Handy weg. »Wenn wir aufgrund der Aussage des Nachbarn davon ausgehen, dass die Tat um kurz nach Mitternacht geschah, ist Söllner aus dem Schneider.«

Thiele nickte.

»Er ist auch schon seit zwölf Jahren von ihr getrennt«, sagte sie. »Das ist wirklich 'ne Ewigkeit. Heute sieht er seine Ehe mit ihr als so eine Art Jugenddummheit, und er schien auch keinerlei Groll gegen seine Ex zu hegen.«

Die Melodie der Indiana Jones-Filme ertönte, und Thiele zog ihr Handy aus der Jacke. Sie sagte nur ein paar Mal »Hm« und am Ende »Geht klar«, dann legte sie auf.

»Der Franz«, sagte sie. »Am Tatort sind sie gegen Mittag fertig. Er hat auch schon den Wiegand erreicht. Die Obduktion ist um 12:30 Uhr.«

Schreiber streckte sich und atmete tief durch.

»Also gut, Schnegge. Die letzten Stunden vor ihrem Tod rekonstruieren und ihr persönliches Umfeld beleuchten«, stellte er die anstehen Aufgaben klar. »Was magst du machen?«

»Tja, Tiger. Wenn du mir so charmant den Vortritt lässt, nehm ich das persönliche Umfeld. Ich fahr im Hafen bei ihrem Arbeitsplatz vorbei und versuche dann ihre Freundinnen zu erreichen.«

»Dann rede ich mit den Leuten vom *Romantico*. Abflug«, schloss er knapp und stieg in den Dienstwagen.

»Oui, mon general«, bellte Thiele, salutierte und ging zu ihrem Auto.

Der Pächter des *Romantico* entpuppte sich als ein alter Schulkollege. Johannes Schübner, früher als Joe bekannt, war an der Realschule in Schreibers Parallelklasse gewesen. Schreiber hatte ihn als lautes Großmaul in Erinnerung, das den Lehrern das Leben schwer gemacht, schwächere Mitschüler allerdings in Ruhe gelassen hatte.

Schreiber traf ihn an, als er gerade vor seinem Häuschen in der Pödeldorfer Straße in einen dunklen Kombi steigen wollte, in dem hinten ein farbenfroher Kindersitz angebracht war.

Schübner war mittelgroß, stämmig, hatte einen Dreitagebart und trug sein dunkles, dünnes Haar in einer struppigen, für sein Alter zu jugendlichen Kurzhaarfrisur. Mit seinem bunten Hawaiihemd und dem dicken Goldkettchen, das ihm auf die behaarte Brust hing, wäre er in Schreibers Augen auch als Bordellbesitzer durchgegangen. Trotz seines solariumgebräunten Teints kam er Schreiber recht alt vor. Ihm wurde klar, dass er selbst auch nicht mehr der Jüngste war. So ging es ihm immer, wenn er alte Schulkameraden traf, die er schon länger nicht mehr gesehen hatte.

Es dauerte ein paar Sekunden, bis Schübner Schreiber erkannte. Als der Groschen gefallen war, zog er die Brauen hoch, lachte auf und klopfte dem Kommissar kumpelhaft auf die Schulter. Die Männer hielten kurz Smalltalk. Schübner hatte vor drei Jahren eine fünfzehn Jahre jüngere Russin geheiratet, mit der er einen kleinen Sohn hatte. Schreiber erzählte von seiner Tochter Nike. Als der Kommissar den eigentlichen Grund seines Kommens erwähnte, wurde Schübner schlagartig ernst. Er bestätigte, dass Sandra Hümmer Stammgast im *Romantico* gewesen war. Er wollte gerade hinfahren, und Schreiber sollte einfach mitkommen.

Schreiber war das nur recht, so konnte er sich ein klares Bild von Sandras letzten Stunden verschaffen.

»Eine von meinen Mädels hat sich heute krank gemeldet. Wenn man nicht alles selber macht.«, rief Schübner, als er schwungvoll ins Tanzlokal vorausging, wo er mit ausgebreiteten Armen die große Tanfläche überquerte. »Tja, Schreiber: Das ist mein Reich! Du musst unbedingt mal vorbei schauen!«

»Warum nicht?«, rief ihm Schreiber nach und blieb im Eingangsbereich stehen, wo zwei große Glasbilderrahmen mit zahlreichen Fotos aus dem Lokal hingen. »Scheint ja gut zu laufen, dein Laden!«

Schreiber studierte die Aufnahmen: zahlreiche Schnappschüsse tanzender Gäste, Bilder von Feiernden an der Bar, Pärchen, die mit Sektgläsern in die Kamera prosteten oder sich beim Flirten unbeobachtet fühlten. Schreiber überlegte kurz, tatsächlich einmal her zu kommen, zumal viele der Frauen auf den Bildern im richtigen Alter für ihn waren. Er dachte auch an Aurichs Worte, dass er nicht länger an seiner platonischen Liebe zu Thiele festhalten sollte.

Doch schnell waren seine Gedanken wieder beim Fall. War Sandras Mörder auf einem der Bilder?

»Schreiber? Kommst du?«, rief Schübner und trat hinter eine der Bars.

Schreiber lief zu ihm und sah sich um. Drei Discokugeln glitzerten über der Tanzfläche, die hölzernen Barbereiche waren in einer Art Country-Stil gehalten, mit Balken, die eine Überdachung aus Bast trugen.

»Magst du was trinken?«, fragte Schübner hinter dem Ausschank, wo noch ungespülte Sekt- und Biergläser herumstanden.

»Ein Wasser, danke«, sagte Schreiber und schob sich auf einen der Barhocker.

Schübner stellte zwei Gläser auf den Tresen und schenkte ein.

Schreiber nahm gleich einen Schluck.

»Da hat sie immer gesessen«, sagte Schübner und deutete mit dem Daumen über die Schulter. »Genau auf diesem Hocker, jeden Freitag und Samstag.«

Es war der letzte Hocker, genau vor der Wand, an der ein Spiegel mit einem goldenen, barockartigen Rahmen hing. Ein guter Platz, um das gesamte Lokal zu übersehen.

»Aber sag mal, Schreiber. Was genau ist denn überhaupt passiert?«, wollte Schübner wissen.

»Sorry, Joe. Ich kann dir keine Details sagen, nur, dass wir von einem Tötungsdelikt ausgehen, okay?«

»Hm«, machte Schübner einsichtig. »Wir alle haben sie jedenfalls gekannt, weil sie schon seit Ewigkeiten herkam«, erzählte er. »Sie hat meistens Margaritas getrunken, manchmal auch Cuba Libres oder Mojitos. Früher waren öfter ihre Freundinnen dabei, aber in letzter Zeit kam sie meistens alleine.«

»Dann hast du sie also gut gekannt?«

»Nicht wirklich. Hin und wieder hab ich ein bisschen gequatscht mit ihr. Aber ich bin hier meistens überall gleichzeitig und komme kaum zur Ruhe.«

»Wie lange war sie gestern da?«, fragte Schreiber.

»Bis Mitternacht, wie jeden Freitag. Dann ging sie immer, weil sie samstags arbeiten muss, beim *Big* im Hafen – glaub ich.«

»Ist sie alleine gegangen?«

»Ja. Ich hab sie sogar noch selbst abkassiert. Da war keiner bei ihr. Ich wüsste auch nicht, wann sie das letzte Mal einen Kerl gehabt hat. Wenn du mich fragst, war sie einfach ein bisschen zu verklemmt, verstehst du?«

»Ist sie nicht oft angesprochen worden? Ich meine, dazu ist dein Laden ja wohl auch da, oder?«

Schübner lachte auf.

»Worauf du einen lassen kannst, mein lieber Schreiber. Hier wird auf Teufel komm raus rumgeflirtet, und es kommt auch nicht selten zum Vollzug, hähä. Ich nehm mich da gar nicht aus, aber psst! Bleibt unter uns.«

Er zwinkerte Schreiber zu, wurde aber gleich wieder ernst.

»Aber gestern hat sie keiner angequatscht. Sonst schon ab und zu, aber wie gesagt, sie hat keinen rangelassen. War wohl auch zu wählerisch. Nicht, dass sie sich das hätte leisten können, also mein Typ war sie nicht.«

»Und dir ist auch sonst nichts Außergewöhnliches aufgefallen? Vielleicht einer, der sie beobachtet hat oder ihr nachgelaufen ist?«

Schübner überlegte kurz und schüttelte dann den Kopf.

»Ehrlich nicht. Glaub mir, Schreiber, ich würde es dir sagen. Wenn hier einer meinen Gästen was will, bin ich der erste, den das interessiert.«

»Warst du gestern den ganzen Abend hier?«

»Bin ich jetzt verdächtig, oder was?«

»Komm schon«, sagte Schreiber nur.

»Verstehe, du musst das fragen«, lenkte Schübner ein. »Ich bin so um halb sechs gegangen.«

Er kratze sich am Kinn und sah kurz zur Seite.

Schreiber legte den Kopf schräg und lächelte.

»Und? Bist du zwischendurch mal raus?«, fragte er.

Schübner schnaubte gespielt genervt. Dann grinste er und schüttelte den Kopf.

»Okay, Schreiber. Früher oder später findet ihr Bullen das ja eh raus. Also: Ich war bei Claudia, so ungefähr von viertel vor zwei bis kurz nach drei. Ich hab ja schon gesagt, dass ich hin und wieder mal meinen Spaß hab. Später war ich dann wieder hier, bis um halb sechs. Wir machen hier immer durch, weißt du? Dann hab ich abgesperrt, und kurz später war ich zu Hause bei Tatjana. Die glaubt natürlich, dass ich die ganze Zeit hier war.«

Schreiber dachte sich seinen Teil und ließ sich Claudias Verbindungsdaten geben, die Schübner widerwillig herausrückte.

»Sei diskret für einen alten Kumpel, okay? Ich hab keinen Bock auf Stress mit Tatjana, nicht, dass ich das nicht im Griff hätte – aber trotzdem.«

»Ich werde sehen, was ich machen kann«, versprach Schreiber und erinnerte sich an die Schulzeit. Schon damals hatte Schübner den Mädels die Köpfe verdreht und sie mit seiner Treulosigkeit zum Wahnsinn getrieben. Trotzdem waren sie immer wieder zu ihm zurückgekommen, was Schreiber nie verstanden hatte.

»Du wirst bestimmt auch Marion und Nadine sprechen wollen«, sagte Schübner. »Die haben gestern gearbeitet und können dir alles bestätigen. Das mit Claudia wissen sie allerdings nicht. Aber vielleicht haben die ja bei Sandra was bemerkt, was mir nicht aufgefallen ist«, fügte er hinzu, aber er schien das nicht wirklich zu glauben.

Schreiber notierte sich die Telefonnummern und sagte: »Ich brauche eine Liste aller Gäste, deren Namen du kennst und die gestern hier waren.«

Er schlug in seinem Notizblock eine neue Seite auf und schob ihn mit dem Kugelschreiber zu Schübner hinüber. Der zog erstaunt die Brauen hoch, nahm dann aber den Stift und begann zu schreiben.

»Alles klar, Schreiber«, sagte er. »Schätze, ich kann dir locker fünfzehn Namen geben, von einigen allerdings nur Vornamen. Alles Stammpublikum – also sei lieb zu ihnen, und vergraul sie mir nicht. Du solltest dich auch mal auf unserer Homepage umsehen. Da gibt es ein Gästebuch und Bilder. Gestern haben wir auch wieder welche gemacht.«

Schreiber nickte.

»Und wie gesagt: Sei bitte diskret wegen Claudia«, erinnerte Schübner. »Ich helf dir auch wo ich kann.«

»Ich würde mich gerne noch ein wenig umsehen«, sagte Schreiber und ließ die Frage unbeantwortet.

«Nur zu. Tu dir keinen Zwang an«, lud Schübner ihn ein und schrieb weiter. In der anderen Hand hielt er sein Handy, auf dem er mit dem Daumen durch seine gespeicherten Nummern navigierte.

Schreiber lief zur Tanzfläche und ließ den Blick über sämtliche Sitzplätze im Lokal schweifen. Er überlegte, wo der Mörder wohl gesessen hatte, falls er Sandra schon hier ausspioniert hatte. Von den Sitzgruppen aus hatte man schlechte Sicht auf Sandras Ecke, sie waren allesamt zu niedrig. Ein paar Plätze auf Barhockern an den Enden der Barbereiche gefielen ihm schon besser, von dort aus konnte man alles beobachten. Er lief zurück zum Eingangsbereich und suchte die Plätze auf den aushängenden Partyfotos. Tatsächlich saßen dort meist Männer, mal alleine, zu zweit oder zu dritt.

»Zwölf hab ich schon!«, rief Schübner ihm zu und murmelte dann: »Mal sehen. Wer war denn noch da?«

Schreiber sah zu ihm hinüber, wie er sich am Kinn kratzte und im Lokal umsah.

»Jetzt steh ich grad auf dem Schlauch«, sagte er. »Ich hab hinten noch zu tun – vielleicht fällt mir ja beim Rumwursteln noch was ein.«

Er öffnete eine weiße Tür in der Ecke neben den Gläserregalen.

»Wie gesagt, wenn man nicht alles alleine macht

…«, rief er Schreiber zu und verschwand in einen Lagerraum, wo Schreiber ihn zwischen Getränkekästen, Fässern und Weinkartons rumoren hörte. Sein Handy hatte Schübner zusammen mit seinem Schlüsselbund und Schreibers Notizbuch auf dem Tresen neben den ungespülten Gläsern liegen lassen.

Schreiber fischte sein Handy aus der Jacke und wählte. Es tutete fünf Mal, bis sich eine verschlafene Frauenstimme meldete.

»Kaufmann.«

»Frau Claudia Kaufmann?«, fragte Schreiber.

»Ja.«

Schreiber stellte sich vor und schilderte die Situation.

»Wir befragen daher alle Gäste, die gestern Abend im *Romantico* waren«, erklärte er.

Claudia gab ebenfalls an, Sandra Hümmer vom Sehen her gekannt zu haben, doch auch sie hatte nichts Außergewöhnliches bemerkt.

Schreiber sah aus dem Augenwinkel, wie Schübner in der Tür zum Lagerraum erschien und sich mit verschränkten Armen gegen den Rahmen lehnte.

»Wann haben Sie das Lokal verlassen?«, fragte Schreiber.

»So um halb zwei«, hörte er Claudia sagen.

»Um halb zwei, verstehe«, sagte Schreiber und sah zu Schübner hinüber. Der lächelte, nickte ihm kurz zu und verschwand wieder nach hinten.

Nachdem er das *Romantico* verlassen hatte, telefonierte Schreiber auch mit Bedienung Nadine, der ebenfalls nichts aufgefallen war.

Marion, die zweite Bedienung, wohnte in der Kloster-Langheim-Straße, gleich in der Nähe des Kommissariats. Der Kommissar suchte die junge Frau in ihrer

Wohnung auf, wo sie zusammen mit ihrem Freund wohnte. Was Sandra anging, so hatte auch sie nichts Verdächtiges bemerkt. Obwohl er es schon wusste, fragte Schreiber noch einmal nach, wer am Vortag im *Romantico* gearbeitet hatte. Als er sich erkundigte, wie lange die Mitarbeiter im Lokal gewesen waren, platzte Marion zu seiner großen Überraschung damit heraus, dass sie Schübner zwischen 1:30 Uhr und 3:30 nicht im Romantico gesehen hatte.

»Wenn Sie mich fragen, war der auf einen Quicky bei der Claudia«, sagte sie. »So wie der den ganzen Abend mit ihr geflirtet hat. Außerdem weiß doch eh jeder, dass er seine Frau nach Strich und Faden bescheißt – aber von mir haben Sie das nicht. Ich brauch den Job noch 'ne Zeit lang.«

Als Schreiber zurück ins Kommissariat fuhr, hatte er das frustrierende Gefühl, praktisch nichts erreicht zu haben. Schübner schien ihm in jeder Hinsicht unverdächtig, und es gab nicht eine Spur, der man hätte nachgehen können.

Das gleiche Gefühl sagte ihm, dass Thiele beim *Big* am Hafen und bei Sandras Freundinnen auch nicht weiter gekommen war.

Die Bilder von Sandras Leiche ständig vor Augen, spürte er, dass die Tat wahrscheinlich nicht von jemandem aus Sandras Umfeld begangen worden war.

Obwohl Schreiber wusste, dass Discobesucher erfahrungsgemäß keine guten Zeugen abgaben, hoffte er inständig auf nützliche Aussagen von Gästen des *Romantico*. Jeder musste gefunden und befragt werden, irgendwer musste doch etwas bemerkt haben. Denn so viel war sicher: Sie gehörten zu den letzten, die Sandra lebend gesehen hatten.

Im kalten Licht des Obduktionssaals stand Gerichtsmediziner Doktor Wiegand mit ernstem Gesicht vor Sandras Leiche, die mit geschlossenen Augen und zurückgekämmten Haar auf dem Seziertisch lag.

Im Hintergrund bei den Waschbecken platzierte ein blasser Assistenzarzt ordentlich medizinische Instrumente auf einem Tablett.

Wiegand hatte sein volles, graumeliertes Haar unter die grüne OP-Haube gestreift. Er trug einen weißen Kittel und Latexhandschuhe. Mit der Leichenöffnung hatte er noch nicht begonnen, und das Skalpell in seiner Hand benutzte er nur, um auf bestimmte Bereiche an Sandras Körper zu deuten.

Obwohl die Tote bis zu den Schultern mit einem weißen Laken bedeckt war, staunten Thiele und Schreiber schon wegen der extremen Verletzungen im Halsbereich.

Gegen den typischen Krankenhausgeruch hielt sich Schreiber immer wieder sein frisch gewaschenes und ordentlich zusammengefaltetes Stofftaschentuch unter die Nase, das er am Morgen vorsorglich mit etwas Eau de Toilette eingesprüht hatte. Bei stärker verwesten Leichen war ihm früher schon schlecht geworden. Thieles Trick war, ab und zu an den Rückseiten ihrer Finger zu riechen, die das angenehme Vanille-Aroma ihrer Handcreme verströmten.

Wiegand schob mit dem knorrigen Zeigefinger seine Hornbrille zurecht und eröffnete seine Ausführungen mit einem tiefen Seufzer.

»Ich bin ja von Beruf wegen einiges gewohnt«, sagte er. »Aber wenn man bedenkt, dass die arme Frau derart zugerichtet zwischen ein paar Garagen lag – nun ja.«

Er atmete noch einmal durch und fuhr sachlich fort:

»Die äußere Leichenschau deutet auf Tod durch Erwürgen hin. Typische Hämatome am Hals sind, trotz überlagernder Schnittverletzungen, noch erkennbar. Dem Tastbefund nach dürfte das Zungenbein gebrochen sein. Und es gibt typische Punkblutungen in den Augenbindehäuten. Ansonsten: kleine Hämatome und Schürfwunden an den Extremitäten, wie von einem Kampf. Sie schlug um sich, strampelte auf der Erde liegend und wurde ein Stück weit geschleift. Unter den Fingernägeln haben wir etwas Gewebe sichergestellt.«

»Hautreste?«, fragte Schreiber in der Hoffnung auf eine DNA-Spur.

»Leider nein. Sah eher aus wie Fasern von einem Kleidungsstück. In Abdomen und Halsbereich multiple Stich- und Schnittverletzungen, die ihr postmortem zugefügt wurden. Zu denen komme ich später noch …«

»Die lateinischen Ausdrücke bitte nur im schriftlichen Bericht«, unterbrach ihn Schreiber. »Auch wenn ich gerade noch weiß, was postmortem bedeutet.«

Wiegand lächelte müde.

»Werde mich bemühen«, versprach er.

Er legte die Finger seiner linken Hand auf die Stirn der Toten und spreizte den kleinen Finger dabei ab. Dann kippte er den Kopf leicht nach hinten, so dass die Schnittwunden am Hals auseinanderklafften.

»Besonders auffällig sind diese beiden parallelen Schnitte, mit denen ihr gleich zweimal die Kehle durchtrennt wurde. Sie verlaufen von links nach rechts, gehen bis auf die Halswirbel hinunter und hätten sie fast enthauptet. Seht ihr?«

Er deutete mit dem Skalpell auf die Schnitte, die etwa zwei Zentimeter auseinander lagen, und bewegte Sandras Kopf behutsam hin und her.

Thiele schluckte. »Hat er versucht, ihr den Kopf abzutrennen?«, fragte sie.

»Wäre möglich«, sagte Wiegand. »Aber man kann es nicht wissen.«

Er strich die Haare der Toten zur Seite und zeigte mit dem Skalpell auf ihren Nacken, wo sich eine feine, dunkle Linie abzeichnete.

«Seht ihr das hier? Da wurde ihr ein Kettchen abgerissen.«

Er räusperte sich, legte das Skalpell neben die Tote auf den Seziertisch und klappte das Laken ein paar Mal um bis hinunter auf ihre Oberschenkel. Dann nahm er wieder das Skalpell und wies auf die Verletzungen am Unterleib.

»Von links nach rechts verlaufende Schnitte. Der hier ist besonders tief und im hinteren Bereich gezackt. Er geht von der Hüfte hoch bis ins Bauchfell. Zwei kleinere Einstiche an den äußeren Schamlippen.«

»Sie wurde also missbraucht?«, fragte Schreiber.

Wiegand schüttelte den Kopf.

»Wenn man von diesen Einstichen absieht – nein. Der vaginale Abstrich geht zwar routinemäßig ins Labor, aber es gibt hier keine Hinweise auf Penetration und auch keine Spermaspuren auf ihrem Körper, was mich etwas überrascht. Bei derart gelagerten Verletzungen ist erfahrungsgemäß häufig ein sexuelles Motiv im Spiel. Natürlich könnte sich der Täter auch selbst befriedigt und neben die Leiche ejakuliert haben oder so etwas Ähnliches.«

»Kann man schon was zur Tatwaffe sagen?«, fragte Thiele.

»Ein scharfes Messer, Klingenlänge circa zwölf Zentimeter. Es ist allerdings nicht erkennbar, ob es von einem Rechts- oder Linkshänder geführt wurde. Da die

Verstümmelungen postmortem vorgenommen wurden, müssen wir annehmen, dass das Opfer rücklings auf der Erde lag. Der Täter könnte von jeder Seite aus geschnitten haben: von links, von rechts, oder er kniete hinter ihrem Kopf.«

Der Assistenzarzt schob die Instrumente neben Wiegand und nickte ihm zu.

»Ich beginne jetzt mit der Leichenöffnung«, sagte Wiegand, beugte sich über die Tote, legte ihr sachte die Hand auf die linke Schulter und setzte das Skalpell am Ende des Schlüsselbeins an.

Als Thiele gegen 23 Uhr nach Hause kam, fand sie ihr blaues Haus in der Panzerleite vereinsamt vor. Ihr fiel ein, dass Pete mit Louisa auf der Sandkerwa war. Nur Ramon, der Basset Hound der Familie, kam ihr in der Diele Schwanz wedelnd entgegen. Sie ging in die Hocke und kraulte ihn zur Begrüßung hinter den langen Ohren.

Dann leinte sie ihn an und verließ mit ihm das Haus. Sie liefen durch den kleinen Garten, zum Türchen hinaus und bogen nach rechts in die Panzerleite.

Eine Gruppe Betrunkener, deren lautes Gelalle die Nachtruhe in der beschaulichen Wohngegend störte, wankte vor ihr die Straße entlang.

Hinter ihrem Rücken drangen aus der Ferne leise die Musik und das Stimmengewirr von der Sandkerwa in den nächtlichen Himmel.

Thiele blendete die Geräusche aus, holte ihr Handy aus der Jacke und wählte.

»Hallo Schatz!«, meldete sich Pete.

»Alles klar bei euch?«, fragte sie.

»Jaja. Wir laufen gerade heim. Ich hab Louisa nur noch ein Magenbrot gekauft.«

»Superlecker!«, kam die Stimme der Elfjährigen vergnügt aus dem Hintergrund.

»Stell dir vor«, fuhr Pete enthusiastisch fort. »Sie hat den Nick aus ihrer Klasse voll auf den Mund geküsst.«

»Nein!«, staunte Thiele und beobachtete grinsend, wie Ramon auf einer Grünfläche an einem Busch das Bein hob.

»Doch!«, bestätigte Pete. »Der Nick ist dann allerdings schreiend davon gerannt – aber immerhin.«

»Ich freue mich auf euch«, sagte Thiele und hörte beim Auflegen noch, wie die beiden anfingen, um das Magenbrot zu streiten.

Eine dreiviertel Stunde später lag Louisa vollkommen erschöpft in den Federn, und auch Pete, der sich neben seiner Frau im Ehebett zusammengerollt hatte, war schnell ins Reich der Träume gesunken.

Er war etwas angetrunken nach Hause gekommen, hatte ein großes Glas Mineralwasser hinuntergestürzt und dann mit Thiele ihre völlig überdrehte Tochter ins Bett gebracht.

Obwohl ihn Louisa ordentlich auf Trab gehalten hatte, hatte er sich noch die Klagen seiner Frau angehört, wie sie und Schreiber den ganzen Nachmittag die Berichte des KDD gesichtet und später Gäste aus dem *Romantico* befragt hatten.

»Schlaf ruhig schon. Ich bin noch zu aufgedreht«, hatte Thiele am Ende zu ihm gesagt.

Jetzt saß sie im Nachthemd neben ihm im Bett und legte das Taschenbuch, das sie gerade zu Ende gelesen hatte, auf das Nachttischchen. Sie musste den Schluss wohl noch einmal lesen, denn sie war nicht wirklich bei der Sache gewesen. Der vergangene Tag wollte sie einfach nicht loslassen.

Seufzend fuhr sie ihrem schlafenden Mann mit dem

Zeigefinger übers Ohr und überlegte. Ihre Gedanken kreisten um Sandras Leiche und Schreibers Bemerkung über Jack the Ripper.

Sie schaute hinunter auf ihren friedlich schlummernden Pete. Als Englischlehrer war er schon häufig in London gewesen und dadurch auch zum Hobby-Ripperologen geworden. Er besaß eine kleine Büchersammlung zum Thema.

Sie schlug die Decke zurück, erhob sich und ging barfuß hinüber in Petes Arbeitszimmer, wo sie die Schreibtischlampe anknipste und dann die Regalwand durchforstete. Schnell fand sie die Ripper-Sammlung, die vierzehn Taschenbücher umfasste, die meisten davon auf Englisch. Sechs Romane, acht Sachbücher, von denen wiederum zwei auf Deutsch waren.

Sie erinnerte sich, wie Pete ihr eines davon einmal empfohlen hatte, weil es den gesamten Fall Jack the Rippers mit den wichtigsten Verdächtigen beinhaltete. Bisher hatte sie aber nur darin herumgeblättert und die Abbildungen angesehen: polizeiliche Skizzen, Zeitungsausschnitte, angebliche Briefe Jack the Rippers, aber auch Fotografien, darunter eine besonders schockierende Tatortaufnahme. Diese wollte sie sich vor dem Schlafen nicht mehr ansehen, aber sie entschied sich, ein wenig im Buch zu lesen.

Zurück im Bett vertiefte sie sich in die Lektüre. Im Licht der Nachttischlampe lernte sie einiges über das London des Jahres 1888 und den Stadtteil Whitechappel, wo die Morde geschehen waren. Es folgten Kapitel über die Opfer, die man dem Ripper offiziell zuschrieb.

Gegen 1:30 Uhr begannen Thieles Augenlider schwer zu werden. Sie wollte das Buch schon zur Seite legen, als sie stutze und doch noch ein Stückchen weiter las. Ihre Augen weiteten sich, sie las immer schneller. Mit einem Mal war sie hellwach und saß aufrecht im Bett.

»Das gibt's doch gar nicht«, murmelte sie und las die Stelle noch einmal.

Das Buch in der Hand, stieg sie aus dem Bett und ging zurück in Petes Arbeitszimmer, wo sie sich das Telefon vom Schreibtisch schnappte und wählte.

Sophie saß auf Schreibers Schreibtischstuhl und beobachtete das Hin und Her der bunten Neonsalmler im Aquarium. Schreiber wiederum saß auf dem Sofa und beobachtete Sophie beim Beobachten. Sie gehörte jetzt offiziell ihm, das hatte Sandra Hümmers Tante ihm vom Chef ausrichten lassen.

Als er in der Nacht mit der Katze nach Hause gekommen war, hatte sie noch gefremdelt und skeptisch ihr neues Zuhause erkundet. Er hatte spüren können, dass sie ihr Frauchen vermisste. Doch nach vielem guten Zureden und einer späten Fütterung war es besser geworden, und sie hatte neugierig beobachtet, wie Schreiber ihre Katzenecke am Ende des Flurs einrichtete. Dort stand nun auch ihr Kratzbaum.

Schreiber nahm einen Schluck aus einer Flasche Mineralwasser, lehnte sich bequem ins Polster und wunderte sich, weshalb die Katze jetzt einfach so da saß und die Fische in einer Art musterte, wie sie normalerweise für Menschen typisch war.

Er erhob sich vom Sofa und ging zu ihr hinüber.

»Na du?«, murmelte er, nahm sie auf den Arm und ging mit ihr ans Fenster. »Bist 'ne ganz Schlaue, hm?«

Er hob sie vor sein Gesicht und musterte sie im Mondlicht. Vollkommen entspannt hing ihr warmer Körper zwischen Schreibers Unterarmen, und ihre gelben, hypnotischen Augen hielten seinem Blick ruhig und wissend stand.

»Müsstest du nicht versuchen, die Fische zu fangen, dabei wegrutschen und ordentlich auf die Schnauze fliegen – so wie in diesen Pannenvideos im Fernsehen?«

Sophie sah ihn nur an.

»Demnächst kommt übrigens Nike. Du wirst sie mögen«, flüsterte er und wollte sie wieder auf den Arm nehmen, als das Telefon klingelte. Verwundert blickte er auf die Digitaluhr auf dem Schreibtisch, deren grüne Ziffern 1:32 Uhr anzeigten. Er setzte Sophie zurück auf den Schreibtischstuhl vors Aquarium, ging in den Gang, nahm den Hörer ab und schaute auf das leuchtende Display. Es war Thiele.

»Schnegge?«, meldete er sich.

»Tiger – hast du schon geschlafen?«, hörte er ihre Stimme, die einen seltsamen Unterton hatte.

»Iwo. Ich hab mich noch ein bisschen im *Romantico* umgehört – gibt leider nichts Neues. Sophie war übrigens ganz brav als ich weg war. Und du?«, fragte er und hoffte, dass eine erste Spur der Grund für ihren späten Anruf war.

Er traute seinen Ohren nicht, als Thiele antwortete: »Wir suchen wirklich Jack the Ripper.«

Arm in Arm quetschten sich Julian und Silke durch die Eingangstür der Bar an der Schranne, wobei sie auf den Stufen stolperten und fast gefallen wären.

Sie fingen sich gerade noch, die Tür schlug hinter ihnen zu und die nach draußen dringende Popmusik verstummte wieder.

Die beiden mussten kichern, doch plötzlich zog Julian Silke an sich und küsste sie wild und leidenschaftlich auf den Mund, was sie ebenso ungestüm erwiderte.

Julians Hormone spielten verrückt, am liebsten hätte er ihr gleich hier die Kleider vom Leib gerissen und sie einfach gegen die Hauswand gepresst. Aber er konnte sich gerade noch beherrschen, löste sich von ihr, nahm sie bei der Hand und torkelte mit ihr ums Eck in die Lugbank, wo ihnen auf dem Kopfsteinpflaster zwischen den Altbauten vereinzelt grölende Betrunkene entgegen kamen.

Es war Sonntag und fast fünf Uhr morgens. Es dämmerte schon, die ersten Vögel sangen und die Geschäfte der Sandkerwa, um deren Sperrzeiten es in den vergangenen Jahren immer wieder Diskussionen gegeben hatte, waren längst geschlossen. Doch wer sich in Bamberg so gut auskannte wie Julian, wusste, wo man die Nacht durchmachen konnte.

Der Student schielte verliebt zu Silke hinüber. Sie sah toll aus: schlank, langes dunkles Haar und ein hübsches, südländisches Gesicht, dessen Schminke von der wüsten Knutscherei schon total verschmiert war. Mit ihren 33 Jahren war sie zehn Jahre älter als er.

Listig grinste Julian in sich hinein. Er stand auf Frauen, die älter waren, denn wegen des Altersunterschieds sahen sie es von Anfang an locker, und er konnte mit ihnen unverbindlich so richtig Spaß haben – keine Anrufe und SMS hinterher, und weiter ging's zur nächsten. Julian genoss sein Studentenleben in vollen Zügen.

Ständig auf Brautschau, hatte er sich mit seinem Mitbewohner quer durch die ganze Sandkerwa gebechert – seit Donnerstag, mit kaum Schlaf dazwischen. In den ersten beiden Partynächten war nichts gelaufen, weder bei ihm noch bei seinem Mitbewohner. Es hatte

Julian sehr frustriert, weil er seine Quote ansonsten ganz in Ordnung fand. Doch in dieser Nacht würde die Pechsträhne ein Ende haben. Dank der Wahnsinnsfrau an seiner Seite war er wieder in der Spur.

Sie hatten Silke und ihre Freundin am Grünhundsbrunnen beim Konzert einer Rockband angequatscht und waren dann zu viert um die Häuser gezogen. Alles war perfekt gelaufen, Julian und Silke waren schon bald zum Nahkampf übergegangen.

Nach der Kerwa waren sie noch beim Obstmarkt in den Keller des *Mojow-Clubs* und danach schließlich auf einen Absacker in die Bar an der Schranne gegangen. Es war eine lange Nacht gewesen, doch das Beste stand Julian noch bevor.

Nur noch ein paar Meter trennten ihn von seinem Glück. Sie würden sogar die ganze Wohnung für sich alleine haben, weil sein Mitbewohner die Freundin abgeschleppt hatte und mit zu ihr gegangen war.

Vor seiner Haustür in der Karolinenstraße hielt Julian, ließ Silkes Hand los und fummelte in seiner Jeanstasche nach dem Schlüssel. Die andere Hand hielt er sich vor den Mund, weil er aufstoßen musste. Ein säuerliches Gemisch aus Bier, Pizza, Limetten, Rum und Erdbeerlimes entwich ihm durch die Nase.

»Ups«, brabbelte er und dann: »Sekunde.«

Als er tapsig am Schloss herumfummelte, griff Silke ihm lüstern an den Po, schob ihm die Zunge ins Ohr und gab ein laszives Gurren von sich.

Endlich drinnen, arbeiteten sich die beiden die knarrende Treppe hoch und begannen dabei mit einem hektischen Vorspiel.

Auf dem ersten Absatz schob Silke ihn plötzlich weg, rümpfte die Nase und wedelte mit der Hand vor ihrem Gesicht.

»Das stinkt ja bestialisch hier!«, klagte sie würgend.

»Das ist nur der Typ da drin«, lallte Julian und zeigte auf eine Holztür, die einen Meter hinter dem Treppenabsatz zur kleinen Hinterhofwohnung im ersten Stock führte.

»Der ist ein Messie! Den wollen die Vermieter schon ewig loswerden.« Er wollte Silke zur Treppe in die zweite Etage weiterziehen.

Doch sie machte sich schwer, hielt sich aufstoßend die Hand vor den Mund und protestierte.

»Quatsch«, lallte sie. »Das kommt von dort. Das merkt man doch.«

Wankend deutete sie auf die Tür vor dem nächsten Treppenaufgang. Sie gehörte zur Wohnung, die zur Straßeseite lag. Julian fand zwar auch, dass der Gestank im Treppenhaus in letzter Zeit besonders penetrant gewesen war, doch er hatte jetzt keine Lust, das auszudiskutieren.

»Ist doch jetzt wurst«, murmelte er, drückte sich an Silke, packte mit beiden Händen ihren Po, schob sie ans Geländer und küsste sie wild schnaubend.

Silke erwiderte den Kuss instinktiv, doch schon bald fing sie erneut an zu würgen. Julian merkte, dass etwas nicht stimmte und konnte gerade noch rechtzeitig zurückspringen, als Silke der erste Schwall hochkam und sie sich keuchend vor ihm erbrach. Er torkelte zurück und fiel mit dem Rücken gegen die Tür zur vorderen Wohnung. Dass der gewohnte Gestank sich mit dem stechendem Geruch von Silkes frisch Erbrochenem mischte, wurde jetzt auch ihm zu viel und er begann ebenfalls, sich röhrend zu übergeben.

»Ich glaub, bei euch liegt 'ne Leiche«, hauchte Silke matt.

Nachahmungstäter?

28. bis 29. August

Schreiber hatte sich von Thiele Petes gesamte Büchersammlung über Jack the Ripper ins Kommissariat bringen lassen. Ein deutschsprachiges Werk lag jetzt vor ihm auf dem Schreibtisch, auf dem Bildschirm des Computers hatte er Fotos von der Website des *Romantico* geöffnet. Sie zeigten tanzende Gäste. Schreiber hatte jetzt keine Augen für sie, und ein Bildschirmschoner mit dem herumfliegenden Logo der oberfränkischen Polizei schaltete sich ein.

Seine »Bulle des Monats«-Kaffeetasse stand dampfend vor dem vollkommen übernächtigten Kommissar, der nach Thieles spätem Anruf noch stundenlang Websites über Jack the Ripper durchforstet hatte.

»Es lässt sich nicht von der Hand weisen«, sagte er, klappte das Buch auf der Schreibtischplatte zu und klopfte mit der Hand darauf.

»Jede der Verletzungen für sich alleine könnte noch Zufall sein«, resümierte er, was Thiele ihm schon am Telefon erzählt hatte. »Aber alle zusammen ergeben ein klares Gesamtbild: die doppelt durchtrennte Kehle bis hinunter auf die Halswirbel; die von links nach rechts verlaufenden Schnitte im Unterleib, der eine von der Hüfte bis ins Bauchfell besonders tief und im hinteren Bereich gezackt – wortwörtlich wie Wiegand es auch bei Sandra Hümmer beschrieben hat. Und schließlich noch die zwei kleinen Einstiche an den äußeren Schamlippen. Es passt einfach alles! Die Chance, dass das Zufall ist, dürfte gleich null sein.«

Thiele, die ihm gegenüber an ihrem Schreibtisch saß, nickte. Sie hielt sich an ihrer Lieblingskaffeetasse mit den Mäusen fest. Vor ihr lag das Buch, in dem sie nachts noch gelesen hatte.

»Eben«, sagte die Kommissarin. »Alles ist haargenau wie damals bei dieser Mary Ann Nichols, dem ersten offiziellen Ripper-Opfer. Der Täter muss sich also mit Jack the Ripper beschäftigt haben.«

Schreiber nahm einen großen Schluck Kaffee und stöhnte vor Genuss auf. »Oh tut das gut.«

Er schlug das Buch wieder auf und blätterte darin herum.

Thiele setzte ihre Tasse ab und tat auf ihrer Seite das gleiche mit ihrem Buch. Schon nach einigen Sekunden stockte sie und hielt es Schreiber aufgeschlagen hinüber.

»Und sieh dir das an«, sagte sie und deutete auf eine Illustration aus einer zeitgenössischen Zeitung. Das düstere Bild zeigte, wie ein Londoner Polizist Mary Ann Nichols in Buck's Row fand und dabei ihren leblosen, auf dem Rücken liegenden Körper mit einer Laterne anleuchtete.

»Das damalige Opfer lag sogar genau so da wie unsere Sandra Hümmer. Und hier!«

Sie tippte mit dem Finger auf ein großes Tor neben der Toten, das Ähnlichkeit mit einem modernen Garagentor hatte.

Schreiber sah kurz hin und schaute gleich wieder in sein Buch.

»Wahnsinn«, sagte er kopfschüttelnd. »Selbst die Zeit stimmt auf den Tag genau. Mary Ann Nichols wurde in der Nacht vom 31. August zum 1. September ermordet – Sandra Hümmer vom 26. auf den 27. August. Die Daten stimmen zwar nicht, aber es sind in beiden Fällen die Nächte von Freitag auf Samstag am letzten Wochenende im August.«

»Nur 123 Jahre später und etwa 800 Kilometer von London entfernt«, ergänzte Thiele.

Schreiber senkte sein Buch und sah sie ernst an.

»Also gut«, sagte er mit bitterer Entschlossenheit. »Wir haben es also mit einem Irren zu tun: einem Nachahmungstäter, der einen historischen Serienmörder kopiert.«

»Einen der nie gefasst wurde, wohl gemerkt. Unser Täter eifert einem nach, von dem er noch nicht einmal weiß, wer er überhaupt war. Das passt doch irgendwie nicht, findest du nicht auch?«

»Nun ja. Andererseits wollen Mörder von der Polizei nicht geschnappt werden. Und genau das ist Jack the Ripper gelungen. Insofern ist er eigentlich das perfekte Vorbild.«

Die Kommissare tranken Kaffee und überlegten.

»Wir dürfen aber nicht den Faden verlieren«, sagte Schreiber. »Uns den Blick fürs Wesentliche vernebeln lassen – nur wegen dieser Jack the Ripper-Geschichte.« Er nagte grübelnd an der Unterlippe. »Andererseits könnte sie auch die Chance auf den entscheidenden Hinweis sein, weil wir rausfinden können, wie der Mann tickt und dann wissen, was wir für einen suchen. Der Chef soll sich schnellstens um Fallanalytiker kümmern.«

»Da kommt noch einiges auf uns zu«, sagte Thiele. »Genau wie Jack the Ripper wird er es natürlich wieder versuchen. Nach dem, was wir schon wissen, können wir sogar schon den Zeitpunkt ziemlich genau eingrenzen. Zusätzlich zur normalen Ermittlungsarbeit müssen wir also in jedem Fall auch Präventivmaßnahmen ergreifen.«

Schreiber nickte düster und blätterte in seinem Buch.

»Das müssen wir alles im Team besprechen. Dass

Laut da 'ne SoKo einrichtet, dürfte ja wohl klar sein. Er wird wahrscheinlich sogar noch Hilfe von außerhalb holen.«

Er hielt eine Seite aufgeschlagen und berichtete.

»Nach dem, was hier steht, tötete Jack the Ripper sein nächstes Opfer, eine gewisse Annie Chapman, zwei Wochen später, am Samstag, den 8. September 1888, also am zweiten Samstag im darauf folgenden Monat. Da hätten wir ja sogar noch ein bisschen Zeit. Insgesamt werden ihm fünf Opfer zugeschrieben. Offiziell heißt es hier. Es gab noch etwa ein Duzend andere Morde, bei denen man sich offenbar nicht einig war, ob sie auch von Jack the Ripper verübt wurden.«

Thiele nickte.

»Ja. Das hab ich gestern Nacht schon gelesen«, bestätigte sie. »Bei einer dieser Taten gilt es heute als besonders wahrscheinlich, dass der Ripper dahinter steckte, auch wenn die Polizei das damals nicht glaubte. Mal sehen ...«

Sie fand schnell die richtige Seite.

»Hier: Eine Martha Tabram wurde in einem Lodging House in der George Street gefunden ...«

Sie zuckte zusammen.

»Das war schon am 7. August!«, rief sie und berichtete weiter. »Man fand sie im Treppenhaus des Miethauses mit Einzimmerwohnungen für arme Leute. Ihre Leiche war mit 31 Messerstichen übersäht ...«

»Bei mir steht, es waren 39 Stiche«, warf Schreiber ein, der in seinem Buch den gleichen Fall entdeckt hatte. »Verletzungen an Hals, Lunge, Herz, Leber, Milz, Magen und ein sieben Zentimeter langer Schnitt im Unterleib. Damals haben die geglaubt, dass diese Verletzungen den weitaus massiveren Verstümmelungen bei den anderen Ripper Opfern nicht ähnlich genug waren. Aber heute weiß man, dass Serientäter sich in ihrer Gewaltausübung oft steigern, sowohl in Qualität als auch in Quantität ihrer Misshandlungen. Immer mehr Experten gehen also davon aus, dass Martha Tabram und nicht Mary Ann Nichols das erste Opfer war. Diese Experten nennen sich übrigens Ripperologen.«

»Ich weiß. Mein Pete ist ja auch einer von denen«, sagte Thiele und ihr Blick verfinsterte sich. »Bei mir steht noch, dass ein Dr. Killeen, der damals Marta Tabrams Leiche untersuchte, davon ausging, dass bei ihr zwei verschiedene Tatwaffen verwendet wurden: ein Messer und eine Art Dolch. Die Polizei vermutete daher, dass sie es mit zwei Tätern und nicht mit dem Ripper zu tun hatten. Tatsächlich hatte man Marta Tabram in der Nacht ihres Todes mit zwei Soldaten gesehen. Für uns stellt sich aber die Frage, wie unser Mann den Fall Martha Tabram sieht. Wenn er glaubt, dass sie auf das Konto Jack the Rippers geht, könnte es gut sein, dass es in Bamberg bereits einen Mord gegeben hat und die Leiche nur noch nicht ...«

Wie auf Kommando ertönte das Schrillen eines alten Wählscheibentelefons. Schreiber nahm sein Handy von der Tischplatte und musterte das Display.

»Das ist Aurich«, sagte er, nahm ab und hielt sich das Gerät ans Ohr, den Blick ernst auf Thiele gerichtet.

Beide wussten, dass etwas passiert sein musste, da Aurich am Sandkerwa-Sonntag um neun Uhr morgens normalerweise noch im Bett lag.

»Ja?«

»Morgen, Schreiber«, krächzte Aurich verkatert, im Hintergrund war Stimmengemurmel mehrerer Personen zu hören. »Wir haben hier 'ne Leiche. Der Chef hat Tanja und mich drauf angesetzt – euch wollte er ein paar Stunden schlafen lassen. Er meinte, ihr hättet wahrscheinlich die Nacht durchgearbeitet. Fritz ist noch zu besoffen, und Julia hat ja Babypause. Jedenfalls hat's Tanja und mich getroffen, und wir sollen uns mit euch kurzschließen, falls unsere beiden Fälle zusammenhängen.«

»Lass mich raten«, unterbrach ihn Schreiber. »Frau mittleren Alters mit mindestens dreißig Stichverletzungen in irgendeinem Haus?«

Für ein paar Sekunden war die Leitung still, dann hörte er Aurichs belegte Stimme: »Woher weißt du das?«

Zwanzig Minuten später stiegen Thiele und Schreiber an der Ecke Lugbank-Karolinenstraße aus einem zivilen Dienstwagen, duckten sich unter dem rotweißen Plastikband der Absperrung durch und liefen in Richtung eines gelben Hauses, vor dem Schmoll und Aurich schon warteten.

Der KDD hatte die Karolinenstraße für Autos kurzerhand gesperrt. Die halb auf dem Bürgersteig geparkten Fahrzeuge der Beamten blockierten die zum Dom hinaufführende Fahrbahn ohnehin. Ein uniformierter Kollege stand in der kleinen Eingangspassage. Sie sahen durchs Schaufenster des Antiquitätenladens den Ladenbesitzer verärgert hinter seinem Tresen sitzen. Auf der gegenüberliegenden Straßenseite drängten sich Schaulustige auf dem Gehweg hinter dem Absperrband, einige von ihnen Sandkerwabesucher in Trachtenkleidung.

»Wie seht ihr denn aus?«, war Schreibers Begrüßung, als er seinen Kollegen trat. »Vor allem du, Aurich.«

Schmoll, die unter einer dunklen Jacke eine gut sitzende Jeans trug, war etwas blass um die Nase und ihre Augen glänzten glasig hinter der schwarzen Kunststoffbrille. Sie schmunzelte schief und sagte:

»Riecht sehr streng da drin, und die Tote ist auch kein schöner Anblick.«

Aurich war bleich wie eine Wand und wirkte, als könne er jeden Moment in Ohnmacht fallen. Er hatte die Hände in die Taschen seiner braunen Lederjacke gegraben und verkrampft die Schultern hochgezogen.

»Die muss schon 'ne Zeit lang da liegen«, sagte er. »Dem Pärchen, das uns gerufen hat, ist vom Gestank vor der Wohnungstür schlecht geworden, und die haben das ganze Treppenhaus vollgekübelt. Da ist mir natürlich auch übel geworden. Und als ich die Tote gesehen hab, und dann der Verwesungsgeruch – na ja.«

Er zuckte verlegen die Schultern und fragte dann mit gesenkter Stimme: »Und ihr meint wirklich, da imitiert einer Jack the Ripper?«

»Absolut«, bestätigte Thiele.

»Ihr habt also auch eine Frau mit Schnitt- und Stichverletzungen?«, wollte Schmoll wissen.

»Ja«, sagte Schreiber. »Aber erzählt ihr zuerst.«

Aurich und Schmoll sahen einander an.

»Mach du«, sagte Aurich. »Ich hol derweil Kaffee. Für alle?«

Alle nickten, und Aurich trottete ein paar Meter die Straße hinunter, schlupfte stöhnend unter der Absperrung durch, um in die Ringleinsgasse in Richtung Café am Dom zu laufen.

Thiele und Schreiber wollten in die Eingangspassage des Hauses gehen, wo der uniformierte Beamte gerade den Besitzer des Antiquitätengeschäfts beschwichtigte und zurück in den Laden schob. Der ältere Herr wollte unbedingt wieder öffnen.

Schmoll räusperte sich.

»Reden wir lieber hier«, sagte sie. »Da drin kann man es wirklich nicht lange aushalten. Außerdem treten sich KDD und Spurensicherung eh schon auf die Füße.«

Thiele und Schreiber nickten, und die drei Kommissare rückten etwas enger zusammen.

»Heike Schwarz, 42, vor einem Jahr von ihrem Mann geschieden«, begann Schmoll. »Ihre Eltern wohnen in Bug, und es gibt wohl auch irgendwo einen jüngeren Bruder. Sie wohnte im ersten Stock zur Straße raus. Über ihr leben zwei Studenten, der eine hat uns heute früh um fünf verständigt. Zum Hinterhof gibt's noch zwei Einzimmerwohnungen, in der oberen wohnt auch ein Student, der ist in den Semesterferien nicht in Bamberg. In der unteren haust so ein komischer Typ, Anfang dreißig, arbeitslos und ein Messie. Weil's vor seiner Wohnung immer so stinkt, haben die anderen Hausbewohner den Leichengeruch im Treppenhaus die ganze Zeit nicht bemerkt.«

»Wie lange schätzt du, dass sie da schon liegt?«, fragte Schreiber.

»Muss der Wiegand feststellen.«

»Mir schon klar, Schlaumeier – trotzdem«, drängte Schreiber ungeduldig, obwohl er wusste, dass er sich die Tote gleich noch selbst ansehen würde.

»Auf jeden Fall seit Wochen, würde ich sagen. Die Verwesung hat schon eingesetzt, und es gibt auch Insektenbefall. Wie es aussieht, wurde Frau Schwarz in ihrer Diele niedergestochen, nachdem sie den Täter selbst hereingelassen hatte – keine Einbruchsspuren an der Wohnungstür. Sie könnte ihren Mörder also gekannt haben, muss sie aber nicht. Wir wissen ja, mit welchen Tricks Verbrecher sich Zutritt verschaffen können – der Mann vom Paketdienst, vom Stromanbieter und so weiter. Hier könnte er auch gesagt haben, dass er ihre Katze gesehen hat.«

»Aha?«, wunderte sich Thiele.

»Sie hat das Tier vermisst«, erklärte Schmoll. »Auf dem Küchentisch lagen Zettel, die sie überall aufgehängt hat. Der Messie von gegenüber meinte, die Katze sei vor ungefähr einem Monat verschwunden. Sie hätte häufig auf dem Hof gespielt und war früher schon öfter ausgebüchst. Zum Motiv: Diebstahl fällt wahrscheinlich aus. Ihre Wertsachen sind noch da, nur in einer Schublade im Schlafzimmer wurde in ihrer Unterwäsche herumgewühlt. Aber wenn eure Jack the Ripper-Theorie stimmt, brauchen wir ja eh nicht nach einem gängigen Motiv zu suchen.«

»Er könnte aus dem Schlafzimmer eine Trophäe mitgenommen haben«, warf Thiele ein. »Das machen solche Typen doch immer.«

Schreiber nickte und sagte: »Bei Sandra Hümmer war es ein Kettchen.«

»Ansonsten keinerlei Hinweise in irgendeine Richtung«, resümierte Schmoll. »Niemandem in der Nachbarschaft ist in den letzten Wochen etwas Verdächtiges aufgefallen.«

Aurich kam mit einer Papiertüte zurück und reichte braune Kaffeebecher herum. Dankbar nahmen alle einen ordentlichen Schluck.

»Ihr seid mir aber nicht böse, wenn ich nicht noch mal mit rein komme«, bat er. »Mein Magen ist heute wirklich empfindlich.«

»Jaja, die Sandkerwa«, neckte ihn Schmoll, räusperte sich und wandte sich an Thiele und Schreiber. »Ich bleib aber ehrlich gesagt lieber auch noch ein bisschen hier unten an der frischen Luft.«

Nachdem Thiele und Schreiber ihren Kollegen den Fall Sandra Hümmer und die Verbindung zu Jack the Ripper erläutert hatten, begingen sie den Tatort, wo sie einen sichtlich genervten Franz Reinfelder antrafen und feststellten, dass Heike Schwarz genauso in ihrer Diele lag, wie Martha Tabram auf einer Zeichnung in einem der Bücher. Nur, dass diese sich auf einem Treppenabsatz befand.

Sie telefonierten mit Laut, der für Montagmorgen acht Uhr eine Sitzung für alle Kommissare ansetzte. Er selbst würde noch an diesem Sonntagnachmittag die Eltern des letzten Opfers informieren und sich um einen Notfallseelsorger kümmern.

Mittags fuhr Thiele noch einmal in Sandra Hümmers Wohnung und holte deren gesamten Schmuck, während Schreiber kurz zu Hause vorbei schaute und Sophie fütterte. Im Verlauf des Nachmittags befragten sie weitere Gäste des *Romantico*, sichteten Bildmaterial der Homepage und der Überwachungskameras und vertieften sich immer wieder in die Aufzeichnungen des KDD und die Ripper-Literatur.

Währenddessen befragten Schmoll und Aurich den Exmann von Frau Schwarz und weitere Personen aus ihrem Umfeld ohne auf sachdienliche Hinweise zu stoßen. Später erfüllten sie ihre Anwesenheitspflicht bei der Obduktion der Leiche durch Dr. Wiegand. Abends schließlich trafen sie sich mit Thiele und Schreiber im Kommissariat, um den Stand der Ermittlungen zu besprechen, Ergebnisse zu vergleichen, Gemeinsamkeiten zwischen den Fällen zu suchen und letztendlich die Sitzung für den nächsten Morgen vorzubereiten.

Die Zeit verging wie im Flug, die Kommissare arbeiteten fieberhaft, wurden nervös und reizbar. Sie aßen Snacks aus der Hand und tranken literweise Kaffee.

Nur Sibylle Angermeier war die Ruhe selbst. Sie strahlte eine mütterliche Warmherzigkeit aus, die allen gut tat.

Mit flinken Fingern erledigte sie am Computer die Dokumentationen, kochte zwischendurch neuen Kaffee und ging mit der Kanne herum.

»Der Wiegand konnte den genauen Todeszeitpunkt noch nicht feststellen«, erklärte Aurich, als sie alle in Thieles und Schreibers Büro um die beiden Schreibtische saßen und in ihren Tassen rührten. »Der muss erst noch die Insekten von der Leiche auswerten und warten, bis ein paar Larven geschlüpft sind. Aber nach seiner ersten groben Einschätzung könnte sie seit circa drei Wochen tot sein – plusminus ein paar Tage.«

»Das könnte dann also der siebte August sein«, erklärte Thiele. »Würde genau hinkommen. Demnach wäre Frau Schwarz das Pendant zu Matha Tabram, die unser Mann als erstes Ripper-Opfer sieht. Er hat den Londoner Mord von damals in Bamberg wiederholt, zur gleichen Zeit und nach dem gleichen Muster.«

»Mal sehen«, sagte Aurich. »Die Todesursache war jedenfalls ...«

»Ein Stich ins Herz«, unterbrach ihn Schreiber, schlug sein Jack the Ripper-Buch auf und reichte es ihm hinüber. »Lies die Stelle. Sieht Wiegands Obduktionsbericht so aus?«

Aurich las, Schmoll rückte ein Stück zu ihm und schaute ihm über die Schulter.

»Wahnsinn«, bestätigte Aurich. »Das Verletzungsmuster stimmt ziemlich genau. Die kleinen Einstiche am Hals, die restlichen Stichverletzungen und vor allem der eine lange Schnitt im Unterleib. Bei Martha Tabram sieben Zentimeter – bei Heike Schwarz acht. Nun ja, nachgemessen hat er wohl nicht.«

»Wie viele Stiche waren es insgesamt?«, fragte Thiele.

»Die genaue Anzahl lässt sich wegen dem Insekten- beziehungsweise Larvenbefall und der fortgeschrittenen Verwesung nicht mehr feststellen, aber es waren mindestens dreißig.«

»Also noch mal zum Mitschreiben«, warf Schmoll ein, schnappte sich eines der Bücher und blätterte darin herum. »Da läuft einer rum, der Frauen auf die gleiche Weise umbringt und verstümmelt, wie es Jack the Ripper getan hat?«

»Es lässt sich nicht von der Hand weisen«, bestätigte Schreiber.

»Wir haben übrigens eine erste Spur, wenn auch eine sehr kleine«, sagte Thiele. »Seht euch das an.«

Sie drehte den Kollegen den Bildschirm ihres Computers zu, der eine Aufnahme aus dem *Romantico* zeigte.

Darauf saß Sandra Hümmer an der Bar und lächelte etwas gezwungen in die Kamera. Hinter dem Tresen stand Schübner, der ihr gerade einen Drink hinstellte und ebenfalls in die Kamera sah. Er grinste souverän, und seine Zähne wirkten in seinem vom Solarium gebräunten Gesicht besonders strahlend.

»Sie trägt das gleiche Outfit, wie letzten Freitag«, erklärte Thiele. »Das grüne Kleid, dazu diese blaugrünen Ohrringe nebst passendem Kettchen mit ovalem Anhänger. Dieses Kettchen war seine Trophäe, denn wir haben es weder bei ihrer Leiche noch beim restlichen Schmuck in der Wohnung gefunden.«

»Vielleicht schon zwei Spuren«, ergänzte Schmoll. »Ich hab die Unterwäsche von Frau Schwarz durchgesehen: alles zweiteilig. Zu einem schwarzen BH fehlte der Slip.«

»Gut«, sagte Schreiber und sah auf seine Armbanduhr. »Bereiten wir im Besprechungsraum die Pinwände vor, damit wir morgen früh gleich loslegen können. Sandra Hümmer, Heike Schwarz, aber auch die wichtigsten Daten zu Jack ...«

Sein Handy klingelte.

»Jau?«

»Kollege Schreiber – wie läuft's?«, hörte er den Chef fragen. Schreiber meinte, in Lauts sachlichem Ton eine gewisse Müdigkeit zu hören, was ihn nicht wirklich überraschte. Immerhin war der erste Kriminalhauptkommissar am Wochenende zweimal früh aus den Federn geklingelt worden und hatte jedes Mal die Ermittlungen einleitet. Ganz zu Schweigen davon, dass er die Angehörigen der Mordopfer informiert und Reporter auf einen späteren Zeitpunkt vertröstet hatte.

»Geht so. Leider noch keinen Tatverdacht«, sagte Schreiber.

»Hm«, brummte Laut. »Arbeitet heute lieber nicht mehr so lange, damit ihr morgen früh fit seid, wenn alle da sind. Außerdem bringt das jetzt eh nicht mehr viel. Ich hab den ganzen Tag mit Pontius und Pilatus telefoniert, wegen einem Fallanalytiker. Hat sich Gott sei Dank gelohnt. Das BKA hat uns zwei Experten vermittelt. Eine Frau Astrid Goldschmied aus München wird morgen schon an der Sitzung teilnehmen, begleitende Psychologin bei Fallanalysen – gute Frau. Sie ist gleich losgedüst und steigt in den nächsten Stunden im Hotel *Zweiradl* an der Markusbrücke ab. Ihr braucht sie nicht mehr zu treffen, aber schickt ihr so viel Material wie möglich an ihre E-Mail-Adresse. Dann kann sie sich schon etwas einarbeiten.«

»Im *Zweiradl* an der Markusbrücke?«, wunderte sich Schreiber. »Wie hat sie da während der Sandkerwa ein Zimmer gekriegt?«

»Ein anderer Gast musste überraschend abreisen.«

»Aber trotzdem – das ist mitten im Geschehen. Drumherum wird die ganze Zeit gefeiert, sie wird heute Nacht kein Auge zu tun.«

»Sie will sich ja auch einarbeiten und nicht schlafen.«

Am nächsten Morgen saß Laut pünktlich um acht am Kopfende der zwei Tische, die man im Besprechungsraum aneinander geschoben hatte. Vor ihm eine Tasse Kaffee und die aufgeschlagenen Kopien der Ermittlungsunterlagen. Er spielte mit seinem goldenen Kugelschreiber herum, während er las.

Schreiber fand, dass das ausgefallene Wochenende seinem Chef, der demnächst seinen sechzigsten Geburtstag feierte, deutlich ins Gesicht geschrieben stand. Er sah grau und erschöpft aus, und die goldene Lesebrille schien ihm jeden Augenblick von der Nase rutschen zu wollen.

An der weißen Pinnwand im Zimmer hingen Porträtfotos der beiden Opfer, Tatortaufnahmen und Zettelchen mit Notizen. Da es auch Aushänge zu Jack the Ripper gab, hatte der Platz nicht gereicht, und man hatte noch zwei rollbare Pinnwände dazu geschoben. Die Polizisten musterten sie nachdenklich.

Alle hatten sich schon versammelt und erwarteten den Beginn der Sitzung, auch die beiden Spurensicherer Schindler und Karaca und selbst Bayer, der sich am Vortag einen Besuch der Sandkerwa verkniffen hatte. Nur die hochschwangere Steinfels fehlte. Auf ihrem Platz saß eine brünette Frau mit grünen Augen, roter Kunststoffbrille und einer frechen, struppigen Kurzhaarfrisur. Sie hatte ein schmales Gesicht mit einem spitzen Kinn und einer ebenso spitzen, zierlichen Nase, auf der ein paar versprenkelte Sommersprossen zu erkennen waren. Sie trug ein dunkles Kostüm, das eines von Schmolls hätte sein können, und hatte die feingliedrigen Hände vor sich auf der Tischplatte verschränkt. Auf einem kariertem DIN A 4 Block lag ein bunter Kugelschreiber, daneben ein zusammengeklapptes, weißes Notebook. Als die anderen nach und nach eintrafen, begrüßte sie jeden mit einem angedeuteten Lächeln und einem knappen »Goldschmied«.

Laut sah von den Unterlagen hoch und räusperte sich.

»Kollegen«, sagte er. »Ich bin sehr froh, dass Frau Goldschmied so schnell zu unserer Unterstützung nach Bamberg gekommen ist. In Anbetracht der Sachlage können wir sie sicher dringend gebrauchen.«

Er nickte ihr zu – sie nickte in die Runde. Alle klopften anerkennend auf die Tischplatte.

»Als ich gestern angerufen wurde, hab ich alles stehen und liegen lassen«, begann sie ohne Umschweife. »Wie es aussieht, ist bei euch keine Zeit zu verlieren.« Sie stockte. »Äh – duzen wir uns?«

Alle brabbelten Zustimmung.

»Astrid«, sagte sie lächelnd, wurde gleich wieder ernst und fuhr fort. »Ich will euch nicht mit meinem Lebenslauf langweilen. Kurz gesagt: Ich konnte früher schon ein paar Mal helfen und würde das in Bamberg gerne wiederholen. Ich hoffe also auf gute Zusammenarbeit und möchte euch bitten, mich immer über jedes Detail, mag es auch noch so unbedeutend erscheinen, auf dem Laufenden zu halten. Danke schon mal an David für die Mail von gestern.«

Sie sah Aurich an, der zum gegenüber sitzenden Schreiber deutete, der Goldschmied freundlich zunickte. Sie nahm es zur Kenntnis und fuhr unbeirrt fort: »Dadurch hab ich mir in der Nacht schon mal ein erstes Bild machen können. Aber dazu später.«

Laut sah zu Schindler und Karaca.

Schindler setzte gerade an, einen Schluck Kaffee zu trinken, und bedeutete Karaca, dass der erzählen solle.

Der Deutschtürke mit dem dichten Dreitagebart fuhr sich über die Halbglatze, räusperte sich und berichtete: »Computer und Handys der beiden Geschädigten sind noch zur Auswertung in Nürnberg. Ansonsten haben wir relativ wenig. Das Gewebe unter Sandra Hümmers Fingernägeln war eine Mischung aus grauem Leder und blauem Stoff. Beide Materialien kommen so in Arbeitshandschuhen vor, wie man sie in jedem Baumarkt bekommt. Sie dienten hier wohl einem doppelten Zweck: zum Verhindern von Fingerabdrücken und als Schutz vor Frau Hümmers Fingernägeln, wenn die versuchen sollte, sich zu befreien.«

Karaca erhob sich, ging zu den Pinwänden und hielt vor einem Tatortfoto, das Sandra Hümmer von oben zeigte. Er deutete auf zwei Blutspuren rechts unter der Blutlache um ihren Kopf.

»Interessant sind diese beiden Stellen hier. Der halbmondförmige Fleck rechts stammt ziemlich sicher von der Spitze eines Schuhs, gibt aber nicht genug her, um Marke und Größe zu bestimmen. Der runde Fleck links dahinter könnte von einem Knie stammen, was zum Tatablauf passen würde. Erst Erwürgen und dann das am Boden liegende Opfer verstümmeln – dazu kniet er sich am besten hin. Wenn sich der Mann also auf das linke Knie niederlässt und den rechten Fuß nach vorne setzt, deutet das auf einen Rechtshänder hin, weil sich Linkshänder in der Regel anders herum hinknien.«

Er warf einen Blick in die Runde: »Sorry – euch wäre

natürlich ein Linkshänder lieber, aber danach sieht es nicht aus.«

»Die Stichwunden am Oberkörper von Heike Schwarz dürften aufgrund der Eintrittskanäle übrigens auch von einem Rechtshänder stammen«, warf Aurich ein.

»Bei Heike Schwarz gab's leider noch weniger brauchbares Material«, fuhr Karaca fort. »Die am Tatort gesicherten Fingerabdrücke ergaben keinerlei Treffer in der Datenbank, was nicht weiter verwunderlich ist, wenn wir davon ausgehen, dass wegen der Arbeitshandschuhe sowieso keine vom Täter dabei sind. Ihre Fingernägel waren sauber, und sie hatte keine Abwehrspuren an Händen oder Armen, was darauf hindeutet, dass sie vom tödlichen Stich vollkommen überrascht wurde.«

Karaca setzte sich wieder, und Thiele, Schreiber, Schmoll und Aurich berichteten von ihren Ermittlungen am Wochenende. Dabei wiesen sie auf die entwendete Kette und den fehlenden Slip hin, von denen vergrößerte Aufnahmen an den Pinwänden hingen. Schmoll hatte den Markennahmen des Slips dem dazu gehörigen BH entnommen und dann im Internet schnell ein Bild gefunden.

»Keine Verdächtigen also«, resümierte Laut. »Auch keine gemeinsamen Bekannten im persönlichen Umfeld?«

»Leider nein«, bedauerte Schreiber.

Laut nickte düster und sah zu Thiele, die aufstand, zur nächsten Pinwand ging und berichtete: »Jack the Ripper ist das Pseudonym eines Serienmörders, der zwischen August und November 1888 im East End von London Prostituierte ermordete. Der Name stammt aus einem Brief, der an die Central News

Agency geschickt wurde. Der anonyme Verfasser behauptete, der Mörder zu sein und unterschrieb mit Jack the Ripper. Er schlug immer nachts zu, und man geht davon aus, dass es mindestens fünf Opfer gab, von denen vier verstümmelt wurden.« Sie sah auf zwei ausgedruckte Seiten an der Pinwand. Unter Post-Mortem-Fotografien der Opfer standen deren Namen. Thiele las sie vor und zeigte dabei auf die Bilder.

»Mary Ann Nichols, getötet am Freitag, den 31. August; Annie Chapman, am Samstag, den 8. September; Elizabeth Stride, am Sonntag, den 30. September; Catharine Eddowes, auch am Sonntag, den 30. September, und schließlich Mary Jane Kelly, am Freitag, den 9. November.«

»Moment mal«, unterbrach Bayer und meldete sich mit seinem Kaffeelöffel. »Er hat in einer Nacht zwei Morde begangen?«

»Man ist sich nicht sicher. Elisabeth Stride starb durch einen Schnitt in den Hals, sie wurde allerdings als einzige nicht verstümmelt. Die einen sagen, dass es der Ripper war und er bei der Ausführung seiner Tat gestört wurde. Er sei geflohen und habe bei Catharine Eddowes noch einmal zugeschlagen, um dabei – nun ja: sein Werk zu vollenden. Die anderen meinen, Catharine Eddowes wurde gar nicht vom Ripper getötet, sondern von jemand anderem. Außerdem wurde sie ganz in der Nähe eines Clubs gefunden, in dem zur Tatzeit viel los war – strategisch ungünstig für den Ripper. Hinzu kommt noch, dass ein Zeuge gesehen haben will, wie Catharine Eddowes am Tor des Clubs einen handgreiflichen Streit mit zwei Männern gehabt hatte.«

Bayer nickte, und Thiele fuhr fort: »Wenn man Elisabeth Stride nicht zu den Opfern zählt, kommt man aber trotzdem noch auf fünf. Denn im Gegensatz zu früher gehen heute immer mehr Experten davon aus, dass der Ripper auch Martha Tabram ermordete, und zwar schon in der Nacht von Montag den 7. August auf Dienstag den 8. August, was sie zum ersten Opfer macht. Unser Täter heute scheint das auch zu glauben, daher der Mord an Heike Schwarz.

Der Ripper von damals wurde jedenfalls nie gefasst, und noch heute spekuliert man über seine Identität. Erschreckend war die Brutalität, mit der er vorging. Sie steigerte sich mit der Anzahl seiner Opfer, denen er später sogar Organe entnahm, und fand ihren Höhepunkt in der Ermordung von Mary Jane Kelly, in deren Wohnung er sich wohl ungestört fühlte.«

Sie hielt inne, während alle Augen auf die Bilder der Ripper-Opfer gerichtet waren. Besonders schockierend war eine Aufnahme von Catharine Eddowes, in deren verstümmeltem Gesicht die Nasenspitze fehlte und deren erhebliche Verletzungen im Unterleib deutlich sichtbar waren.

Doch das Bild vom Tatort des letzten Verbrechens zeigte ein Opfer, wie es noch keiner der Polizisten vorher gesehen hatte. Es war eine Aufnahme der Leiche Mary Jane Kellys, die auf einem blutdurchtränkten Bett lag. Das Foto war von der Seite aus nächster Nähe aufgenommen worden. Die Leiche der Frau war so entsetzlich verstümmelt, dass sie als menschlicher Körper kaum noch zu erkennen war. Sie hatte praktisch kein Gesicht mehr, Knochen ihres Körpers waren freigelegt, Gewebe und Organe waren überall um sie herum verteilt, auch auf dem Nachttisch.

Thiele brauchte ihre Kollegen nicht daran zu erinnern, dass der Bamberger Täter versuchte, den Ripper so gut wie möglich zu kopieren. Es hatte sich schon vor der Sitzung herumgesprochen, und alle wussten nur zu gut, dass diese Fotografien im Grunde ein düstere Zukunftsvision waren, die es zu verhindern galt.

Laut sah zu Goldschmied, die sich etwas nach vorne beugte, ihren Blick über die Anwesenden schweifen ließ und noch einmal tief durchatmete.

Sie sprach selbstbewusst und bestimmt: »Ein Täterprofil kann ich natürlich erst nach einer genauen Fallanalyse erstellen. Das erledige ich zusammen mit meinem Kollegen. Ich brauche wohl kaum zu erwähnen, dass wir uns beeilen werden. Das Profil ist allerdings kein komplettes Persönlichkeitsbild des Täters, und ihr solltet euch darüber im Klaren sein, dass es neben gesicherten Fakten auch Spekulationen enthalten wird. Versteht mich nicht falsch, ich möchte nur, dass ihr keine Wunder erwartet und mit unseren Ergebnissen richtig umgeht.«

»Wunder genug, dass du so schnell kommen konntest«, sagte Laut. »Ich denke, wir haben verstanden. Leg los, Kollegin.«

»Sehen wir uns die Fakten an«, sagte sie. »Er versucht zu den gleichen Zeiten, auf die gleiche Art zu töten, wie Jack the Ripper, was ihm auch gelingt – und zwar erschreckend gut. Einer, der so wenig Spuren hinterlässt, muss seine Taten extrem gründlich vorbereiten, die Opfer über einen längeren Zeitraum studieren – ihre Gewohnheiten, ihre Wege. Nur so kann er jedes Detail genau planen.

Um Sandra Hümmer auszuspionieren, muss er regelmäßig im *Romantico* gewesen sein, wenn auch vielleicht nicht mehr in letzter Zeit, damit sich niemand mehr an ihn erinnert.

Aber woher wusste er, dass Heike Schwarz alleine wohnt, oder zumindest, wann sie alleine zu Hause ist?

Das herauszufinden steht noch aus. Er wusste wahrscheinlich auch von der Katze. Vielleicht hat er sie sogar selbst verschwinden lassen, um später als vermeintlicher Finder einen Vorwand zu haben, Heike Schwarz daheim aufzusuchen. Es würde zur sorgfältigen Planung passen.

Und dann ist da noch diese Jack the Ripper-Sache. Unser Mann ist ein Nachahmungstäter, allerdings in jeder Hinsicht ein sehr untypischer.

Nachahmungstaten erfolgen in der Regel relativ zeitnah nach ihren Vorbildern, denen meist große mediale Aufmerksamkeit gewidmet wurde. Typische Beispiele sind jugendliche Amokläufer, die kurz nachdem es woanders passierte, in ihren Schulen auf Lehrer und Mitschüler schießen. Sie sind frustriert, wollen einmal im Leben im Mittelpunkt stehen und nehmen die Taten ihrer Vorgänger als Muster.

Unser Mann hingegen muss als zweiter Jack the Ripper unbekannt bleiben, auch wenn sein Fall durch die Medien gehen wird – sein Gesicht will er sicherlich auf keiner Titelseite sehen. Außerdem ereigneten sich die Verbrechen seines Vorbilds vor über 120 Jahren. Und auch wenn der Fall damals viel Aufsehen erregte, so ist er heute nur noch historisch interessant und nicht mehr in der täglichen Berichterstattung zu finden. Also: Warum Jack the Ripper?«

Goldschmied nahm ihren bunten Kugelschreiber, stütze mit der anderen Hand ihr Kinn und ließ ihren Blick mit hochgezogenen Brauen in die Runde schweifen.

Schreiber räusperte sich.

»Nun ja – er will vielleicht seine Macht unter Beweis stellen«, schlug er vor. »Der Ripper war der Polizei immer einen Schritt voraus und verhöhnte sie sogar in Briefen. Er zeigte ihnen, dass er zu schlau für sie war, unverwundbar – mächtiger eben.«

Golschmied nickte.

»Macht ist häufig ein wichtiger Aspekt bei derart gelagerten Verbrechen«, bestätigte sie. »Sie spielt mit Sicherheit auch hier eine entscheidende Rolle. Gerade durch seine Anonymität umgibt den Ripper eine Art geheimnisvoller Mythos. Dem großen Unbekannten wurde schon immer viel Macht zugeschrieben. Nicht umsonst ist der Name Jack the Ripper noch heute jedem ein Begriff.

Primär kommt es Tätern bei ähnlichen Fällen allerdings darauf an, ihre Macht gegenüber den Opfern auszuspielen. Dies geschieht durch Ausübung von Gewalt, oft in Kombination mit Missbrauch. Das erregt und befriedigt sie. Oder schlicht ausgedrückt: Es geilt sie auf.

Aber auch hier fällt unser Mann aus dem Rahmen. Er missbraucht die Frauen nicht, er verstümmelt sie post-mortem und der Akt des Tötens ist relativ schnell vollzogen. Was andere Serientäter also genießen, ist für ihn offenbar nicht interessant.

Besonders erstaunlich ist hierbei auch die Art und Weise der Verstümmelungen: Bei Jack the Ripper zeugten sie vom emotionalen Rausch, in dem er sich befunden haben muss. Unser Mann hingegen geht regelrecht pedantisch vor und zeigt sich dabei äußerst diszipliniert.«

Sie gestikulierte kopfschüttelnd mit dem Kugelschreiber.

»Stellt euch das nur mal vor: Er hat gerade jemanden getötet und führt dann derartig schwerwiegende Verstümmelungen so ordentlich und mit so viel Bedacht durch. Er ist dabei geradezu akribisch und riskiert bei

Sandra Hümmer sogar, gesehen zu werden. Es ist, als wolle er ein absolut korrektes Bild schaffen, das er vielleicht sogar als eine Art Kunstwerk sieht.«

Sie hielt kurz inne und folgerte: »Hm, tatsächlich ist Zwanghaftigkeit oft Ausdruck eines Bedürfnisses nach Kontrolle und somit nach Macht. Insofern ergibt seine gesamte Vorgehensweise auf ihre eigene perverse Art schon wieder einen Sinn.«

»Wir suchen also einen zwanghaften Mann?«, fragte Aurich.

Goldschmied rümpfte die Nase und wiegte den Kopf hin und her.

»Nicht unbedingt«, sagte sie. »Sicher ist nur, dass er in gewissen Dingen zwanghaft ist, aber er muss diese Zwanghaftigkeit nicht überall ausleben. Wir alle kennen das doch von irgendjemanden, vielleicht sogar von uns selbst. Die Hausschuhe stehen parallel in ihrer Ecke, die Bücher sind alphabetisch geordnet und der Schreibtisch ist aufgeräumt, aber in einer Ablage stapeln sich alte Rechnungen.«

Aurich lächelte müde.

»Aber wenn er bei der Verstümmelung der Leichen so zwanghaft ist, kann das nicht heißen, dass er sich mit Jack the Ripper identifiziert?«, fragte Thiele.

»Durchaus«, bestätigte Goldschmied. »Auch wenn keiner sein Gesicht kennt, so definiert sich der Ripper doch durch seine Taten.«

»Unser Mann hasst Frauen«, schlug Bayer vor.

Goldschmied legte die Stirn in Falten.

»In jedem Fall respektiert er sie nicht als menschliche Wesen«, sagte sie. »Er könnte sie als eine Art Material für sein Ripper-Kunstwerk sehen.«

Plötzlich schüttelte sie den Kopf und winkte ab.

»Doch wir verlieren uns zu sehr in Spekulationen.«

»Aber immerhin wissen wir schon, auf was er Wert legt, und das macht ihn ein Stück weit berechenbar«, warf Thiele ein. »Wenn sich bestätigt, dass Heike Schwarz tatsächlich zur gleichen Zeit wie 1888 Martha Tabram getötet wurde, bedeutet das, dass ihm die Tatzeiten wichtig sind, und wir können auf ein paar Stunden genau eingrenzen, wann er das nächste Mal zuschlagen wird.«

Laut schob die Unterlippe vor und nickte.

»Eine Chance«, murmelte er. »Aber auch ein Albtraum, falls wir es nicht schaffen, ihn zu stoppen.«

Trotzig zog er seinen Mund zu einem schmalen Schlitz zusammen und fuhr fort: »Aber wir werden keine weitere Tat mehr zulassen. Diese Ripper-Sache darf auf keinen Fall nach außen dringen …«

Ein hastiges Klopfen an der Tür unterbrach ihn, und ein junger uniformierter Kollege steckte den Kopf herein.

»Tschuldigung«, sagte er knapp und sah zu Laut. »Aber das hier sollten Sie unbedingt sehen.«

Er hielt die neue Ausgabe der örtlichen Tageszeitung *Bambärchä Bläddla* hoch.

»Habe mich schon gewundert, wo die heute morgen geblieben ist«, sagte Laut. »Geben Sie sie dem Kollegen. Danke.«

Der Polizist gab die Zeitung Bayer, der gleich bei der Tür saß, nickte kurz in die Runde und verschwand wieder nach draußen.

Bayer kniff skeptisch die Brauen zusammen und las die Titel-Schlagzeile vor: »Hurra! Hainbad jetzt auch im Winter geöffnet!«

Ungläubig schüttelte er den Kopf und sagte: »Will der Jungfuchs uns verarschen?« Doch als er die Zeitung nach unten aufklappte, fuhr er zusammen.

»Kollege?«, drängte Laut.

Bayer sah mit großen Augen in die Runde und drehte das Blatt um, so dass alle die untere Schlagzeile sehen konnten:

»Bamberg zittert vor Jack the Ripper!«

Donald Silence, Dozent für Literaturwissenschaften am Lehrstuhl für Anglistik an der Karl-May-Universität Bamberg, saß auf einer der schwarz gepolsterten Wandbänke im *Café Müller*, vor sich auf dem Tisch ein Kännchen Earl Grey Tee. Er trug ein beiges Sommersakko über einem weißen Hemd, dessen Kragen trotz der 24 Grad an diesem Montagmorgen von einer bunten Fliege zusammengehalten wurde. Das ständige Tragen von Fliegen gehörte zum Markenzeichen des schlanken Engländers. Sein kurzes, kastanienbraunes Haar, das an den Schläfen schon ergraute, trug er mit einem sauber gezogenen Seitenscheitel. Die Studentinnen umschwärmten den attraktiven Mann, schon alleine wegen seiner warmen, schwarzbraunen Augen, die immer spitzbübisch zu lächeln schienen. Auch jetzt, als sie die hölzernen Figuren auf dem Schachbrettmuster des Tisches fixierten.

Silence schnappte sich einen weißen Springer und setzte ihn vor einen schwarzen Bauern. Dann nahm er, den kleinen Finger abspreizend, einen Schluck Earl Grey.

»Nicht schlecht, Donny«, sagte sein Gegenüber anerkennend. Johannes Rilke saß auf einem Stuhl mit dem Rücken zum Gastraum und hatte keine Augen für das rege Treiben hinter ihm. Der südländisch wirkende Mann mit dem gepflegtem Dreitagebart und den mit etwas Gel nach hinten gestrichenen, bläulich schimmernden Locken stütze die Ellbogen auf die Tischplatte und scannte die Spielsituation. Rilke war einer der Studenten von Silence.

Der hatte bei seinem Dienstantritt an der Universität all seinen Studenten von Anfang an das Du angeboten. Mit einigen war er mittlerweile befreundet.

Rilke schlug mit einem seiner Türme einen weißen Bauern, den er ordentlich neben der Spielfläche abstellte, umfasste dann mit beiden Händen seine große Tasse Milchkaffee und lehnte sich zurück.

»Nimm dies, Schurke«, murmelte er Silence über den Tassenrand zu und nippte an seinem Getränk.

»Not bad, Johnny. Not bad, indeed«, lobte ihn Silence. «Aber ich glaube, dass ich dich wieder durchschaue«, fügte er in akzentfreiem Deutsch hinzu.

Rilke hielt sich weiter an seiner Tasse fest und schielte zum *Bambärchä Bläddla*, das sauber zusammengefaltet neben den bereits geschlagenen Schachfiguren auf dem Tisch lag. Er las noch einmal die Schlagzeile und lächelte, fassungslos den Kopf schüttelnd.

»Ich kann das immer noch nicht richtig glauben«, sagte er. »Zufälle gibt's.«

»Oh ja, indeed«, bestätigte Silence, ohne vom Spiel aufzusehen. »Was denkst du, wie ich vorhin geschaut habe, als ich das gelesen hab?«

»Was hältst du von diesem Vergleich mit dem Ripper? Meinst du, da ist was dran?«

Silence zuckte die Schultern und schaute hoch.

»Ich weiß es nicht. Wahrscheinlich zieht dieser Reporter nur den Vergleich, um Stimmung zu machen. Crime sells, you know? Die Leute sehen das ein bisschen wie Unterhaltung und scheinen immer wieder zu vergessen, dass echte Menschen aus Fleisch und Blut getötet werden – damals und heute.«

»Soso«, sagte Rilke und schmunzelte.

»Du brauchst gar nicht so blöd zu grinsen«, wehrte Silence ab, musste aber selbst auch ein Lächeln unterdrücken: »Ich weiß ja, was du meinst. Aber es bleibt trotzdem noch der rein kriminologische Aspekt, abseits jeder …« Er suchte kurz nach dem richtigen Wort: »Sensationslust, verstehst du?«

»Hm«, machte Rilke. »Wenn es stimmt, was da steht, kann es gut sein, dass demnächst die Bullen bei dir auftauchen. Das weißt du aber schon, oder?«

Silence sah durch die große Glasfront des Cafés zur Austraße hinaus. Er beobachtete eine Gruppe hübscher Studentinnen, die in Richtung der Buchläden vorbeilief. Ein paar junge Männer an den Tischen im Freien sahen ihnen unverhohlen nach.

»Indeed, da hast du recht. Ich habe mir auch schon gedacht, dass die vielleicht zu mir kommen. Nun ja – ich hoffe, sie werden mich nicht gleich verhaften.«

Rilke grinste, prostete Silence mit der Kaffeetasse zu und sagte: »Du siehst das Ganze ja ziemlich locker.«

Silence blickte überrascht auf.

»Aber ja. Sollte ich das nicht?«

Er schaute wieder auf das Spiel. Nach ein paar Sekunden griff er einen seiner Läufer und schlug damit Rilkes schwarzen Turm.

»Schach«, sagte der Engländer, lehnte sich zufrieden zurück und zwinkerte seinem Gegner freundlich zu.

»Die Frauen werden also nicht nur auf ähnliche Art wie in London ermordet, sondern auch im selben Monat. Zufall? Oder droht Bamberg, wie damals schon London, ein Herbst des Grauens? Macht ein zweiter Jack the Ripper Bamberg unsicher? Und wenn ja: Was tut die Polizei?«

Ungläubig hatte Laut die letzten Worte des reißerischen Artikels ein zweites Mal gelesen und dann sofort die Sitzung unterbrochen, um die Redaktion anzurufen.

Der Chefredakteur teilte ihm mit, ein junger Journalist seines Teams hätte die Story recherchiert, er sei gerade nicht erreichbar. Aber wegen der offenkundigen Übereinstimmungen mit den Londoner Ripper-Morden, müsse der Vergleich erlaubt sein. Er räumte allerdings ein, der Kollege wäre wohl etwas über das Ziel hinaus geschossen.

Laut musste sich während des ganzen Gesprächs bemühen, trotz seines Zorns die Diplomatie zu wahren.

Als der Chefredakteur am Ende versuchte, seine Meinung über die Ripper-Theorie zu erfahren, brach Laut das Gespräch ab.

»Die Pressekonferenz ist heute Nachmittag um fünfzehn Uhr. Wiederhören«, schloss er, sichtlich um Beherrschung ringend.

Er legte auf. Alle Augen im Besprechungsraum waren auf ihn gerichtet. Für einen Augenblick sah es so aus, als würde er das Telefon gegen die Wand feuern, doch er atmete nur tief durch, legte es vor sich auf den Tisch, griff sich seinen goldenen Kuli und tippte damit nervös auf der Zeitung herum, die er nachdenklich fixierte. Zum Artikel gehörten zwei Bilder, die uniformierte Beamte und Schaulustige vor den Absperrungen der beiden Tatorte zeigten.

Eine Zwischenüberschrift lautete: »Herbst des Grauens?«

»Er wird den jungen Kollegen zurechtweisen – das ich nicht lache!«, zischte Laut. »Auf die Schulter klopfen wird er ihm, weil die Auflage sich wie warme Semmeln verkaufen wird.«

»Äh, Chef?«, begann Aurich vorsichtig. »Wir haben aber sicher nichts nach außen dringen lassen.«

Laut hob beschwichtigend die Hand.

»Das glaube ich auch nicht. Ihr seid ja keine Anfänger. Außerdem enthält dieser so genannte Bericht auch keine Details. Das mit den schweren Verletzungen von Sandra Hümmer war wohl schon vor unserem Eintreffen in der Nachbarschaft rum – wir können froh sein, wenn die Leiche nicht von irgendwelchen Kids fotografiert wurde und die Bilder demnächst im Internet auftauchen. Dass auch Heike Schwarz schlimm zugerichtet war, hat bestimmt jemand mitbekommen, als die Feuerwehr die Wohnungstür aufbrach. Dieser so genannte Journalist brauchte nur ein bisschen rumfragen, und wenn er sich mit historischen Verbrechen beschäftigt, kann er schnell auf die Ripper-Sache gekommen sein.«

Er sah noch einmal auf den Artikel und las den Namen vor: »Darius Becker. Nun ja, wir werden dem lieben Herrn Becker aber auf jeden Fall mal auf den Zahn fühlen. Nicht, dass er sich am Ende selbst als Tatverdächtiger entpuppt.«

»Diese reißerische Aufmachung seines Artikels passt ins Gesamtbild«, sagte Thiele. »Die damalige Berichterstattung in den Zeitungen war eine regelrechte Panikmache voller Vorwürfe gegen die Londoner Polizei.«

Laut nickte grimmig, legte den Stift beiseite und sagte: »Fünf Minuten Pause.«

Schreiber drückte den Knopf an einem der Besucherautomaten auf dem Gang, woraufhin eine Flasche Mineralwasser dumpf ins Ausgabefach polterte.

»Ich kann keinen Kaffee mehr sehen«, murmelte Aurich, der am Automaten daneben einen Kakao auswählte.

»Ich auch nicht«, sagte Schreiber, holte die Flasche heraus und drehte zischend den Verschluss auf.

»Und? Was machen die Kopfschmerzen?«, erkundigte sich Aurich beiläufig.

Der Kakao lief fauchend in den Becher.

»Sind wie weggeblasen, wie immer, wenn's viel Arbeit gibt«, antwortete Schreiber.

»Freut mich«, sagte Aurich, sah plötzlich verstohlen über die Schulter und fragte mit gesenkter Stimme: »Und? Wie findest du sie?«

»Wen?«, fragte Schreiber und nahm einen Schluck.

»Na, die Goldschmied. Die ist doch scharf, oder? Und vom Alter her würde es auch passen.«

»Oh, Aurich. Nicht schon wieder. Und überhaupt: Wie kannst du jetzt an so was denken?«

Aurich seufzte, bückte sich und zog vorsichtig den heißen Becher aus der Halterung.

»Komm schon, Schreiber. Wenn man bei dem Fall nicht zwischendurch mal an was anderes denkt, dreht man ja durch.«

»Stimmt auch wieder.«

»Und?« fragte Aurich, pustete an seinem dampfenden Kakao und nippte daran.

»Und was?«

»Na, wie du sie findest.«

»Hübsch, guter Stil, und sie scheint auch ganz in Ordnung zu sein«, gab Schreiber zu, zuckte dann aber beiläufig die Schultern und fügte hinzu: »Aber das ist ja in dem Fall eh egal.«

Aurich stöhnte leise auf.

»In dem Fall? Was soll das denn jetzt heißen? Sag jetzt nicht wieder, weil du die Sophie liebst.«

Schreiber starrte kurz in die Ferne und nickte.

»Auch«, sagte er.

Aurich brummte genervt.

»Aha – und was noch?«

»Und, weil die Goldschmied lesbisch ist.«

»Häh? Wie kommst du denn darauf? Weil sie kurze Haare hat, oder was? Ich darf dich daran erinnern, dass meine Gisela auch kurze …«

»Quatsch, doch nicht deswegen. Das sieht man halt.«

»Also, ich seh das nicht. Und ich sage dir: Die ist nicht lesbisch. Im Gegenteil: Die steht sogar auf dich. Hast du denn nicht gemerkt, wie sich dich angesehen hat?«

»Nein, sie ist ja lesbisch.«

»Nie im Leben.«

»Lesbisch.«

»Hetero.«

»Lesbisch.«

»Hetero.«

»Lesbisch. Bier im *Live Club?*« Schreiber hielt Aurich die Hand hin.

»Zwei Bier«, erhöhte der siegessicher.

»Geritzt«, sagte Schreiber, und Aurich schlug sofort ein.

Goldschmied hatte sich ebenfalls ein Mineralwasser am Automaten geholt. Zurück auf ihrem Platz, nahm sie einen Schluck, griff ihren bunten Kugelschreiber und spielte damit herum, als sie wieder das Wort ergriff: »Eines lässt sich schon jetzt ziemlich sicher sagen: Unser Mann hat nicht zum ersten Mal getötet. Diese Mischung aus äußerster Brutalität und gezieltem Vorgehen lässt kaum einen anderen Schluss zu.«

»Keine Tötungsdelikte und auch keine vermissten Personen in letzter Zeit«, warf Schmoll ein und blickte dabei auf den Bildschirm ihres Laptops. »Aber er muss es ja nicht in Bamberg getan haben.«

»So ist es«, bestätigte Goldschmied. »Wenn wir aber, wie es ja eh Routine ist, unseren Fall mit anderen ungelösten bundesweit abgleichen, werden wir garantiert auf was stoßen, auch wenn die Ähnlichkeiten auf den ersten Blick nicht auffallen könnten. Oder die Opfer wurden einfach noch nicht entdeckt und stehen auf den Listen vermisster Personen.«

Sie machte sich eine Notiz auf ihrem Block und fuhr fort: »Interessant dürfte auch ein Vergleich der Frauen sein – sowohl untereinander, als auch mit den Ripper-Opfern. Ihr habt ja schon herausgefunden, dass Heike Schwarz und Sandra Hümmer sich nicht kannten und keinen gemeinsamen Bekanntenkreis hatten. Aber wieso traf es ausgerechnet diese beiden? Gab es doch irgendwo eine Verbindung? Wenn nein – wo und nach welchen Kriterien suchte er sie aus?«

»Die Frauen damals waren Prostituierte«, sagte Aurich.

»Man kann sie aber nicht mit Prostituierten von heute vergleichen«, gab Thiele zu bedenken. »Das Londoner East End war ein riesiges Armenviertel, wo die Menschen unter schlimmsten Bedingungen hausten und täglich ums Überleben kämpften. Für etwas ältere Frauen, deren Ehen in die Brüche gegangen waren, oder die anderweitig in ihrem Leben gescheitert waren, war die Prostitution oft der letzte Ausweg. Daher nannte man diese Frauen auch Gefallene. Alle Ripper-Opfer hatten gescheiterte Ehen hinter sich und waren, mit Ausnahme von Mary Jane Kelly, schon über vierzig, recht alt für damalige Verhältnisse.«

»Unsere Opfer waren 39 und 42, und beide waren geschieden«, sagte Schmoll.

»Da wäre noch was«, meldete sich Schreiber. »Wir wissen zwar mit Sicherheit, dass er tötet wie der Ripper, übrigens auch an ähnlichen Orten ...« Er sah zu Schmoll. »Vielleicht auch einen ähnlichen Frauentyp. Dass er sich aber auch an die Tatzeiten hält, vermuten wir bisher nur, weil wir noch auf Wiegands endgültige Bestimmung des Todeszeitpunkts von Heike Schwarz warten. Was ist, wenn sich herausstellt, dass sie doch nicht zur gleichen Zeit wie Martha Tabram umgebracht wurde? Ich meine: Leute, ich will ja keine Panik machen, aber heute ist der letzte Tag der Sandkerwa. In der Stadt wird die ganze Nacht die Hölle los sein, und der Typ läuft da draußen rum.«

Einige Sekunden betretener Stille verstrichen.

»Jetzt hast du doch Panik gemacht«, flüsterte Thiele, die neben ihm saß.

»Sorry«, murmelte Schreiber mit gesenktem Blick.

»Ich halte es für sehr unwahrscheinlich, dass er heute zuschlägt«, brach Goldschmied das Schweigen. »Auch wenn unsere Zeiten-Theorie nicht stimmen sollte. Die letzte Tat ist noch keine drei Tage her, das wäre ein extrem kurzer Abstand.«

»Aber der Ripper hat wohlmöglich sogar zwei in einer Nacht erledigt«, erinnerte Bayer und zeigte mit dem Kaffeelöffel zur Pinwand.

»Trotzdem«, beharrte Goldschmied. »Ein Mord in der Nähe des Getümmels würde absolut nicht zu seiner pedantischen Vorgehensweise passen, weil er buchstäblich jede Sekunde gestört werden könnte.«

»Mit Heike Schwarz hat er uns auch schon ein Opfer mitten in der Stadt und in unmittelbarer Nähe des Festes präsentiert«, bemerkte Aurich.

»Nichts für ungut, ihr Lieben«, warf Schmoll plötzlich ein. »Aber was, wenn doch was passiert? Er könnte auch jemanenden auf dem Heimweg verfolgen und weit weg vom Schuss überfallen. Wir müssen Präventivmaßnahmen zumindest in Erwägung ziehen.«

Alle sahen zu Laut, der mit gesenktem Kopf grübelte und mit den Fingern nervös auf der Tischplatte herumtrommelte.

»Auf die Schnelle alles abzusichern ist so gut wie unmöglich«, stellte er schließlich fest. »Wir bräuchten wahrscheinlich sogar Verstärkung von außerhalb, die wir auf einen vagen Verdacht hin sowieso nicht kriegen werden. Hinzu kommt, dass die Leute nach diesem Zeitungsbericht sowieso nervös genug sind. Eine extreme Polizeipräsenz könnte da das Fass schnell zum Überlaufen bringen.«

Er presste die Lippen zusammen und schüttelte den Kopf.

»Nein«, sagte er. »Wir müssen den Ball flach halten. Wir stellen ein paar Kollegen mehr als sonst ab, so dass es nicht großartig auffällt.«

Donald Silence und Johannes Rilke bauten die Figuren für die nächste Partie auf, während die Bedienung einen neuen Milchkaffee und ein weiteres Kännchen Earl Grey am Rande der Spielfläche platzierte.

»Danke schön«, sagten die beiden Männer gleichzeitig, und Rilke zwinkerte der spanisch aussehenden Frau mit dem schwarzen Pferdeschwanz zu.

Sie lächelte müde und griff in ihrer weißen Schürze nach dem großen Geldbeutel, um zum Nebentisch zu eilen, wo Gäste zahlen wollten.

Kaum waren die gegangen, nahm eine schlanke,

junge Frau mit dunklem, langem Haar am frei gewordenen Tisch Platz und bestellte einen Latte Macchiato. Sie trug ein eng geschnittenes, grünes Top, das ihre grazile Figur betonte.

Als die Bedienung gegangen war, legte sie die Plastiktüte eines Schuhgeschäfts auf die Sitzbank und daneben ihr Handtäschchen, aus dem sie ihr Handy kramte.

Rilke schielte zu ihr hinüber und eröffnete das Spiel, indem er einen seiner Bauern um zwei Felder nach vorne rückte. Nur nebenbei nahm er wahr, wie Silence sofort mit dem Gegenzug antwortete, denn er konnte die Augen nicht von der Frau lassen, die in ihr Display vertieft war.

Sie mochte um die zwanzig sein, hatte ein hübsches, schmales Gesicht mit wachen, blauen Augen und einen kleinen, fein geschwungenen Mund, an dessen Unterlippe sie hin und wieder nagte, als sie eine SMS schrieb.

Silence bemerkte die Blicke seines Gegners, schaute kurz zu der jungen Frau und dann grinsend wieder zu Rilke.

Die Männer spielten weiter.

»Jaja, die jungen Leute«, sagte Rilke irgendwann, so dass die Frau es hören musste. »Drücken immer nur auf irgendwelchen Geräten rum, anstatt sich mal Zeit für was Gescheites zu nehmen. Eine Partie Schach zum Beispiel.«

Die Frau tat erst so, als ob sie es nicht hörte, musste aber schmunzeln, als sich ihr Blick und der von Rilke trafen. Der lächelte sie offen an und bemerkte nicht, wie Silence einen seiner Bauern schlug. Die Mundwinkel der Frau zuckten. Sie versuchte, sich wieder auf ihr Display zu konzentrieren.

Rilke fixierte wieder das Spiel.

»Du solltest dich mehr konzentrieren, Johnny«, sagte Silence, hielt den geschlagenen Bauern triumphierend zwischen Daumen und Zeigefinger und setzte ihn ins Abseits. »Und dich nicht immer von jungen Frauen vom Spiel abbringen lassen, auch wenn diese zugegebenermaßen außergewöhnlich hübsch sind.«

Er nahm einen Schluck Tee, während neben ihm auf der Bank die Frau rot anlief und dabei konzentriert in ihrem Getränk rührte.

»Aber ich kann doch nichts dafür, dass die so wunderschön ist«, verteidigte sich Rilke.

Die Frau verdrehte theatralisch die Augen und schnaubte gespielt genervt.

»Also wirklich ...«, setzte sie an, als sie vom Piepen ihres Handys gestört wurde und sofort nach unten sah, um eine eingegangene SMS zu checken.

»Sag ich doch: Ständig am Rumdrücken«, sagte Rilke zu Silence.

»Ach Fuck«, murmelte die Frau, als sie die Nachricht gelesen hatte.

»Hat Ihre Verabredung abgesagt?«, fragte Rilke neugierig.

»Das geht Sie doch gar ...«, setzte die Frau an.

»Entschuldigung«, unterbrach Rilke sie und hob beschwichtigend eine Hand. »Sie haben natürlich recht. Aber vielleicht möchten Sie sich ja ein bisschen zu uns setzen. Sie könnten dann gegen den Gewinner spielen. Das ist übrigens Donny und ich bin Johnny.«

Verdutzt schaute die Frau zwischen den beiden hin und her, schmunzlte und lachte los.

»Ne, oder?«, japste sie kopfschüttelnd.

»Na, ja, eigentlich Donald und Johannes«, erklärte Silence.

»Und?«, drängte Rilke. »Haben Sie Lust?«

»Warum nicht?«, sagte sie und hielt ihr Handy hoch. »Ich hab ja jetzt Zeit. Meine Freundin hat gerade abgesagt.«

»Und wer bist du?«, fragte Rilke.

Sie lachte und rückte zu Silence hinüber, wobei Rilke einen unauffälligen Blick auf ihre schönen Beine warf. Die zierlichen Füße steckten in pinkfarbenen Flip-Flops, seiden schimmerte die leicht gebräunte Haut über der Muskulatur ihrer Oberschenkel, die in einem eng anliegenden Jeansrock verschwanden.

»Ich bin Nike«, sagte sie lächelnd und platzierte Getränk und Handy auf dem Tisch der beiden Männer.

Sandkerwa

29. bis 30. August

Nach der Mittagspause stand Schreiber mit verschränkten Armen vor den Pinwänden im Besprechungsraum und studierte sie nachdenklich. Sein Blick wurde immer wieder von der gesichtslosen Mary Jane Kelly auf ihrem blutdurchtränkten Bett angezogen. Wie sie wohl ausgesehen hatte? Man konnte nur erahnen, dass sie langes, dunkelblondes Haar gehabt hatte.

»Schreiber«, riss ihn Aurichs Stimme aus seinen Gedanken.

Er wandte sich seinem Kollegen zu, der unbemerkt neben ihn getreten war.

»Wir fahren heute Nachmittag mit Astrid zu den Tatorten«, sagte Aurich. »Danach wird sie mit der Fallanalyse anfangen. Und heute Nacht will sie sich mit uns auf der Sandkerwa treffen. Sie wohnt eh mittendrin, und irgendwann müssen wir ja auch ein bisschen abschalten. Kommst du?«

»Die Sandkerwa?«, druckste Schreiber herum. »Also ich weiß nicht …«

»Komm schon«, drängte Aurich. »Nur ein, zwei Bierchen. Nach dem Tag werden wir sowieso so schnell kein Auge zu tun.«

»Lieber nicht«, sagte Schreiber.

Aurich setzte an etwas zu sagen, wurde aber von Goldschmied im Nachbarbüro gerufen.

»Peter, kommst du mal?«

Er ging hinüber, und Schreiber wandte sich wieder den Pinwänden zu. Er schaute sich gerade die Aufnahme von Sandra Hümmer an der Bar des *Romantico* an, als sein Handy auf dem Besprechungstisch schrillte. Er zuckte zusammen und schnappte es.

»Jau?«

»Ich bin in Bamberg«, hörte er Nike sagen. »Kann ich heute bei dir schlafen?«

Das Handy am Ohr, wandte sich Schreiber wieder den Bildern zu.

»Äh, heute?«

»Klar. Was ist denn los?«

»Du willst zur Sandkerwa, oder?«

»Logo.«

»Hast du von den beiden Morden gehört?«

»Ach darum geht's. Ich pass schon auf, wenn du das meinst.«

Schreiber atmete tief durch.

»Hör zu, Nike«, sagte er ernst. »Da draußen läuft ein sehr gefährlicher Mann rum. Mir wäre es lieber, wenn du ausnahmsweise …«

»Ich bin immer unter Leuten, versprochen.«

Schreibers Lippen formten ein lautloses »Fuck«, während er sich am Hinterkopf kratzte und überlegte.

»Wer geht denn alles mit?«, fragte er skeptisch.

»Die Tasi, die Jasi, die Kiki und die Vivi.«

Tasya, Jacinta, Kiara und Vivien übersetzte Schreiber in Gedanken die Namen von Nikes früheren Schulfreundinnen. Er hatte die Spitznamen der Mädchen immer süß gefunden, nur dass sie seine Nike auf Niki umgetauft hatten, war ihm nie recht gewesen.

»Also, kann ich bei dir pennen?«, drängte sie.

»Du bist zu keiner Sekunde alleine und rufst mich alle dreiviertel Stunde an oder schreibst ne SMS. Und später treffen wir uns und gehen zusammen nach Hause.«

Er hörte sie aufstöhnen.

»Ach komm schon«, sagte sie.

»Ich weiß: Du bist achtzehn.«

»Neunzehn seit kurzem. Schon vergessen? Die CD, die du mir geschenkt hast, ist übrigens spitze.«

»Meinetwegen neunzehn, aber bitte tu mir den Gefallen. Du schreibst doch eh ständig SMS.«

»Du machst dir wirklich Sorgen, oder? Ist der Typ denn echt so schlimm?«

»Schlimmer.«

»Na ja – in Ordnung.«

»Hast du deinen Schlüssel dabei?«

»Ja.«

»Dann geh vorher noch mal zu mir. Ich hab jetzt 'ne Katze, füttere sie bitte. Das Futter steht im Küchenschrank bei den Müslis.«

»Eine Katze, echt? Voll süß!«

»Sie heißt übrigens Sophie.«

»Nee, oder? Wie deine Kollegin, in die du verknallt bist?«

Stöhnend rieb sich Schreiber mit Daumen und Zeigefinger die Schläfen und ließ die Frage unbeantwortet.

»Und füttere bitte auch die Fische«, sagte er. »Die kennst du ja schon.«

»Alles klar, Tierpark-Daddy. Ich freu mich schon auf unsere WG.«

»Ich auch, bis dann.«

Sie legten auf.

»Aurich!«, rief Schreiber, ohne sich von den Pinwänden abzuwenden. »Ich komm heut Abend mit!«

»Es kann in der Tat davon ausgegangen werden, dass der Täter sich an dem Serienmörder orientiert, der gemeinhin als Jack the Ripper bekannt ist«, sagte Laut, der zwischen dem Bürgermeister und Schmoll in einem eigens für die Pressekonferenz eingerichteten Besucherraum saß.

Die Sitzreihen vor ihm waren voll besetzt mit Vertretern sämtlicher Medien, einige hatten sich mit Stehplätzen an der Rückwand begnügen müssen. Blitzlichter zuckten, Mikrofone mit den Logos der bekanntesten Fernsehsender waren halbkreisförmig auf Lauts Tisch aufgebaut.

»Somit ist die Gefahr der Wiederholung gegeben«, fuhr er fort. »Die Bevölkerung muss sich darauf einstellen und Vorsicht walten lassen. Frauen sollten sich nachts nicht alleine auf die Straßen begeben. Besondere Achtsamkeit ist an den Wochenenden geboten. Gleichzeitig rufen wir die Bürger zur aktiven Mitarbeit auf. Verdächtige Wahrnehmungen jeglicher Art, mögen sie auch noch so unscheinbar sein, sollten gemeldet werden, um uns dabei zu helfen, den sehr geplant vorgehenden Täter zu ermitteln. Diese Hinweise sind umso wichtiger, da es sich bei dem Täter um eine Person handeln könnte, die möglicherweise bislang noch nie mit dem Strafgesetz in Konflikt geraten ist.«

Er sah kurz in seine Unterlagen und dann wieder in die Runde der gespannten Gesichter.

»Es dürfen jetzt Fragen gestellt werden«, sagte er schließlich.

Es folgte eine Vielzahl an Meldungen, auf die Laut knapp einging, wobei er jedes Wort sorgsam abwägte.

»Ich bitte um Ihr Verständnis, dass ich jetzt nur noch zwei Fragen beantworten werde«, sagte er irgendwann und rief die Reporterin eines Fernsehsenders auf. Sie trug ein blaues Kostüm und saß in der zweiten Reihe.

»Wird die Polizei präventiv tätig werden, um die Bevölkerung zu schützen?«, wollte sie wissen.

»Solange die Ermittlungen laufen, wird die Polizei-Präsenz im gesamten Stadtgebiet erhöht, insbesondere an den Wochenenden. Es sollte jedoch jedem klar sein, dass uns sowohl personell als auch logistisch Grenzen gesetzt sind und ein hundertprozentiger Schutz nicht garantiert werden kann.«

»Vielleicht auch finanzielle Grenzen?«, rief einer dazwischen, den Laut ignorierte.

Stattdessen rief er einen Journalisten in der ersten Reihe auf, der sich mit einem Kugelschreiber meldete und dessen Namensschild ihn als Darius Becker identifizierte. Der leicht übergewichtige Mann trug ein graues Sommersakko über einem orangefarbenem T-Shirt. Auf seinem fleischigen, unrasierten Gesicht stand unter dem blonden Seitenscheitel der Schweiß. Laut schätzte Becker auf Ende Zwanzig.

»Der Herr vom *Bambärchä Bläddla*«, sagte Laut, sich einen zynischen Unterton verkneifend.

»Sie sagten vorhin, es gäbe noch keinen dringend Tatverdächtigen. Gibt es denn überhaupt schon Verdächtige?«, fragte Becker.

»Nach dem derzeitigen Stand der Ermittlungen leider nein«, sagte Laut. »Aber seinen Sie versichert, dass der Fall oberste Priorität hat und die Bamberger Polizei auch Unterstützung von außerhalb erhält. Die Zusammenarbeit mit dem Bundeskriminalamt ist bereits angelaufen. Jede Spur wird akribisch abgearbeitet, allen Hinweisen nachgegangen«, fügt er noch hinzu, damit die Antwort nicht gänzlich negativ ausfiel.

»Danke«, sagte er dann betont resolut, um das Ende der Konferenz zu signalisieren.

Es hagelte trotzdem zahllose weitere Fragen, und die Reporter mussten von uniformierten Beamten nachdrücklich zum Gehen aufgefordert werden, während

Laut sich mit dem Bürgermeister und seinen Kommissaren in ein angrenzendes Zimmer begab.

Laut schnappte sich sofort ein Telefon und rief die Kollegen an der Rezeption an, damit diese Becker beim Verlassen des Gebäudes abfingen. Dann erklärte er dem Bürgermeister, was er vorhatte.

Dieser nickte. »Sie können sich wohl vorstellen, dass mich dieser Artikel auch nicht gerade amüsiert hat«, sagte er.

»Kollegin Schmoll«, wandte sich Laut an die Kommissarin. »Kommen Sie bitte mit. Ich brauche Zeugen, damit mir der feine Herr Becker nicht noch irgendwelche Worte in den Mund legt.«

»Ich werde auch mitkommen«, verkündete der Bürgermeister.

Eine Minute später trafen sie Becker auf dem Gang im Erdgeschoss, wo Laut ihn in das nächstbeste Büro bat. Dem Kollegen, der dort saß nickte er nur zu. Der Mann verstand und ließ die Vier alleine.

»Die Nachbarn haben mir vom Zustand der Opfer erzählt«, versicherte Becker, ließ sich auf den Besucherstuhl vor dem Schreibtisch sacken, lehnte sich bequem zurück und schlug die Beine übereinander. »Nicht der Mörder und auch nicht irgendwelche geheimen Informanten. Das wollten Sie mich doch sicher fragen, oder?«

Der Bürgermeister und Schmoll blieben bei der Tür stehen.

Laut setzte sich an den Schreibtisch, verschränkte die Finger auf der Tischplatte und musterte Becker eindringlich.

»Das wollte ich tatsächlich, Herr Becker«, bestätigte Laut. »Und wie kamen Sie auf Jack the Ripper?«

Becker grinste.

»Serienmörder sind ein Hobby von mir«, verkündete er. »Ich besitze eine gut sortierte Bibliothek. Ganz schön morbide, ich weiß, kann aber für den Polizeibericht durchaus interessant sein.«

»Wie im vorliegenden Fall«, bestätigte Laut. »Nur leider haben Sie der Polizei mit Ihrem Artikel keinen Gefallen getan. Wir hätten den Täter darüber im Unklaren lassen können, dass wir von Jack the Ripper ausgehen und diesen Wissensvorsprung vielleicht ausnutzen können. Jetzt ist er natürlich gewarnt. Verstehen Sie das, Herr Becker?«

Becker sog die Mundwinkel nach unten und überlegte kurz.

»Die Bevölkerung hat ein Recht auf Information«, sagte er stur. »Außerdem wäre es ohnehin bald jemandem aufgefallen.«

»Jetzt hören Sie mal, Herr Becker«, hob der Bürgermeister an. »Ich werde nicht zulassen, dass ein Mörder in meiner Stadt tun und lassen kann, was er will, nur weil er von der Presse gewarnt ist!«

»Wollen Sie die Pressefreiheit beschneiden?«, fragte Becker.

»Meine Herren, das bringt doch nichts«, brummte Laut, wohl wissend, wie recht der Bürgermeister hatte. Auch er musste sich zusammennehmen, um nicht auf Becker loszugehen.

Er zwang sich, diplomatisch zu bleiben, zumal die Polizei in gewissen Situationen immer wieder auf die Mitarbeit der Presse setzte und dies im Ripper-Fall durchaus wieder eintreffen konnte.

»Herr Becker«, wandte er sich um Beherrschung ringend wieder an den Journalisten. »Ob Sie Ihren Patzer nun einsehen oder nicht. Sie sollten ihre Verantwortung gegenüber der Öffentlichkeit überdenken. Abgesehen davon, dass ich Ihnen wohl kaum zu erklären brauche, dass Sie sich strafbar machen, wenn Sie Ermittlungen behindern.«

»Das können Sie doch eh nie beweisen. Und außerdem …«

»Sie sind wohl noch nicht so lange in Bamberg?«, schnitt ihm Laut das Wort ab.

»Was tut das denn jetzt …«

»Bei uns wäscht eine Hand die andere«, erklärte Laut. »Wenn Sie bei der weiteren Berichterstattung eng mit uns zusammen arbeiten, werden Sie im Gegenzug als erster über jede neue Entwicklung informiert. Sind wir uns da einig?«

Becker sah zwischen den Dreien hin und her.

»Klar«, sagte er schließlich.

»Gut«, sagte Laut mit einem bestätigenden Nicken. »Und da Sie in Bamberg wohnen und sich offenbar auch gut mit Jack the Ripper auszukennen, frage ich Sie jetzt, wo Sie Freitagnacht waren.«

Schulter an Schulter saßen Tasi, Jasi, Kiki und Vivi im Schneidersitz am linken Regnitzarm auf einer Grünfläche beim Biotop nahe der Konzerthalle. Vivi hatte dafür eigens eine Decke mitgebracht, wie auch viele der anderen Kerwabesucher, die sich an diesem strategisch günstigen Ort versammelt hatten. Die vier jungen Frauen bestaunten das Feuerwerk, das den nächtlichen Himmel zwischen der Michelskirche und dem Dom in ein bunt glitzerndes Sternenmeer verwandelte. Dabei teilten sie sich eine Flasche Prosecco. Alle vier trugen Sonnenbrillen. Irgendwo hatten sie aufgeschnappt, dass das Abschlussfeuerwerk durch die Brillen zu einer ganz neuen Erfahrung würde. Dass diese jedoch ausblieb, wollte keine zugeben.

»Voll die psychedelic Experience!«, log Kiki, die ganz außen saß, und strich sich eine blonde Haarsträhne aus dem Gesicht. Dann nahm sie einen Schluck aus der Pulle, die sie, ohne hinzusehen, gleich an Jasi weiterreichte.

Jasi nahm sie, trank und sagte: »Geschieht der Niki recht, dass sie das nicht sieht. Die ist doch 'ne totale Verräterin.«

»Na ja. Irgendwo kann ich sie verstehen«, meinte Tasi an Jasis anderer Seite. »Der Typ war echt schweinesüß. Acht auf einer Skala von eins bis zehn.«

»Aaaaah!«, machten die Zuschauer.

»Höchstens sieben«, bremste Jasi.

»Bei mir achteinhalb«, warf Kiki ein.

»Trotzdem«, beharrte Jasi. »Weiberabend war ausgemacht. Flirten ja – abseilen nein. Weiberabend ist nun mal Weiberabend – basta.«

»Sei nicht so streng«, beschwichtigte Vivi, die neben Tasi hockte. »Hast du nicht diese unglaublichen Augen gesehen? Hach!«, seufzte sie schwärmerisch. »Ganz ehrlich: Mich bräuchte der nur einmal scharf anzusehen ...«

»Hört, hört«, tönte Kiki. »Wenn die Vivi das sagt, will das schon was heißen!«

»He!«, motzte Vivi. »Willst du damit sagen, dass ich verklemmt bin, oder was?«

»Nö. Nur, dass du nicht gleich bei jedem schwach wirst.«

Vivi brummte zufrieden und streckte über Tasi hinweg ihre Hand aus. Jasi drückte ihr den Prosecco zwischen die Finger, und Vivi führte die Flasche vorbei an Tasis Nase an ihren Mund.

»Außerdem ist er viel zu alt für Niki«, moserte Jasi weiter. »Der ist doch locker zehn Jahre älter als sie.«

»Dreißig ist er«, warf Tasi mit erhobenem Zeigefinger ein. »Ich hab gehört, wie er es ihr gesagt hat.«

Sie schaute verdutzt nach unten, als Vivi ihr die Flasche einfach in den Schoß drückte. Tasi hielt sich nur daran fest und bestaunte wieder das Feuerwerk. Der Wind stand so günstig, dass die vom Fluss kommende Luft ein wenig nach Pulverdampf roch.

»Also, ich kann Niki verstehen«, gab Kiki zu. »Der Typ war rattenscharf – 'ne Achteinhalb kriegt man bei mir fei nicht so leicht.«

»So süß war der nun auch wieder nicht«, meinte Jasi mit verächtlich heruntergezogenen Mundwinkeln. »Ich bleib bei 'ner Sieben. Und hochnäsig fand ich ihn auch, der ist doch ein totaler Blender. Abgesehen davon, dass es nun mal Verrat ist, einfach unseren Weiberabend zu unterbrechen – egal wie süß man einen Typen findet.«

»Du hast gut reden, mit deinem Schatzilein«, sagte Kiki. »Aber die Niki ist schon länger solo – und wenn sich schon mal die Gelegenheit bietet ...«

»Meint ihr, die Niki schleppt den heute noch ab?«, fragte Vivi.

»Quatsch! Die Niki doch nicht«, wiegelte Tasi ab. »Nicht am ersten Abend.«

»Außerdem wollte sie mit ihrem Papa heim laufen, wegen dem irren Mörder«, erinnerte Kiki.

»Vielleicht ist ja der Typ der Mörder«, witzelte Tasi.

»Nie im Leben«, blockte Vivi resolut ab. »Mit den Augen – nie im Leben! Und wie süß der immer gelächelt hat«, fügte sie säuselnd hinzu.

»Hach«, seufzten Tasi, Kiki und Vivi im Chor, als ein goldener Sternenregen ihre Gesichter erhellte.

»Ihr seid echt affig, wisst ihr das?«, sagte Jasi, ein Schmunzeln unterdrückend.

»Aaaaaaah!«

»Und 'nen knackigen Arsch hatte er auch«, murmelte Kiki fachmännisch und grinste schief.

»Oh ja«, bestätigten Tasi und Vivi nickend.

»Ooooooh!«

Tasi nahm einen kleinen Schluck Proseco und rülpste leise.

»Verräterin«, brummte Jasi, musste aber grinsen.

Zu Fuß ging Schreiber gegen 22:30 Uhr zur Sandkerwa. Sein übliches Unbehagen vor großen Menschenansammlungen stellte sich schon ein, als ihm in der Langen Straße die ersten Kerwabesucher entgegen torkelten. Beim Passieren des Obstmarkts wurde das Gefühl schlimmer. Wie üblich standen dort einige Streifenwagen. Die uniformierten Kollegen wirkten angespannter als sonst.

Als Schreiber, nachdem er auch die Kapuzinerstraße und die Fischerei hinter sich gelassen hatte, schließlich die Markusbrücke überquerte, erreichte das Unwohlsein seinen Höhepunkt, weil er zwischen den zahllosen Jugendlichen, die auf der Brücke herum standen oder hockten, kaum vorwärts kam. Kreischende Mädchen, grölende junge Männer, irgendwo zerbrach ein Glas, ein Dicker hing über dem Geländer und erbrach sich in die Regnitz. Alles schien sich plötzlich um Schreiber zu drehen. Unter seiner geöffneten Lederjacke knöpfte er das Hemd weiter auf und zwang sich zur Ruhe, als er sich langsam vorwärts arbeitete.

Erst als er auf der gegenüberliegenden Seite mit Thiele, Aurich und Goldschmied auf einer der Bierbänke vor Gerds Kunstgalerie am Leintritt saß, wurde er ruhiger und – soweit das bei ihm überhaupt möglich war – es stellte sich Kerwa-Gemütlichkeit ein.

Hier saß man etwas versteckt, weg vom Schuss, das Gedränge der Leute hielt sich in Grenzen, und die Luft war geschwängert vom Geruch nach gegrilltem Fisch, gebrannten Mandeln und Rostbratwürsten. Der Blick auf die glitzernden Regnitzwellen, die die bunten Lichterketten Klein Venedigs reflektierten, war beruhigend.

Auch Goldschmied trug ihren Teil zu Schreibers besserer Laune bei. Sie hatte sich oben im Hotel *Zweiradl* umgezogen und trug jetzt eine Jeansjacke, den Kragen lässig hochgeschlagen, und eine enge Jeans, die ihre sportliche Figur gut zur Geltung brachte. Schon nach eineinhalb Bieren war sie sturzbetrunken, weil sie die Nacht vorher kaum geschlafen hatte und wohl auch die Wirkung der Bamberger Biere nicht einschätzen konnte. Die seriös wirkende Psychologin vom Nachmittag war mit einem Mal wie weggeblasen, und die Frau, die jetzt auf der Bierbank saß, schlug deutlich kumpelhaftere Töne an.

»Ich finde das klasse, dass ihr Schreiber und Aurich zueinander sagt. Das hat was«, lallte sie und legte den Arm um Schreiber, der neben ihr saß.

Schreiber zog verwundert die Brauen hoch, lächelte sie unbeholfen an und schaute verlegen in sein Pils. Thiele schmunzelte säuerlich. An ihrer Seite grinste Aurich Schreiber wissend an, weil er sich seiner Sache immer sicherer fühlte.

»Darf ich euch auch mit Nachnamen ansprechen?«, fragte Goldschmied. »Und sagt ihr dann auch Goldschmied zu mir? Okay? Bitte!«

«Klar«, sagte Aurich und hielt feixend sein Bier in die Mitte, woraufhin die vier anstießen und tranken.

Thiele setzte ihren Krug ab und musterte Goldschmied mit wissenschaftlichem Interesse.

»Zu dir würde ich aber lieber weiter Sophie sagen, wenn das okay für dich ist. Ich finde, das passt irgendwie besser«, verkündete Goldschmied, die sich mit dem Arm um Schreibers Schulter offenbar äußerst wohl fühlte.

Thiele blinzelte ungläubig.

»Klar, Astrid«, sagte diese in einem Ton, den Schreiber als seltsam neutral wahrnahm.

Goldschmied nickte zufrieden. Plötzlich zuckte ihr Kopf nach hinten, und sie sah sich verstohlen um, fast, als ob sie glaubte, es würde sie jemand beobachten. Dann beugte sie sich verschwörerisch zur Tischmitte, wobei sie den Arm um Schreiber anwinkelte und diesen würgend mit nach vorne zog.

»Hey, Mädels«, raunte sie. »Wie findet ihr denn die blonde Tante zwei Tische weiter?«

Alle wollten hinüber sehen.

»Nicht so auffällig!«, zischte Goldschmied, und sie schauten sofort wieder zu ihr.

»Die ist doch wohl richtig heiß, oder?«, sagte sie. »Diese sinnlichen Lippen! Und habt ihr gesehen, was die für 'nen Body hat? Leckt's mich am Arsch! Und stellt euch vor: Die guckt mich schon die ganze Zeit an. Ich schwör's euch. Das ist 'ne Schwester!«

Thieles Mundwinkel zuckten irritiert.

Aurich fiel die Kinnlade herunter. Er sah kurz zu Schreiber und dann zur Münchnerin.

»Äh, du bist lesbisch, Goldschmied?«, fragte er verdutzt.

»Nö. Ich will die Tante nur aus Jux abschleppen, um mal zu sehen, wie das so mit einer Frau ist«, antwortete Goldschmied trocken, zog Schreiber zu sich und küsste ihn laut schmatzend auf den Mund.

Thieles Oberkörper versteifte sich.

Goldschmied ließ Schreiber los und wandte sich mit gelangweiltem Blick wieder an Aurich.

»Klar bin ich lesbisch«, sagte sie gedehnt. »Sieht man doch«, fügte sie hinzu, zuckte die Achseln und trank von ihrem Bier.

Schreiber, der den Kuss reflexartig erwidert hatte, kreiste erleichtert seine Schultern, die von Goldschmieds Gewicht erlöst waren, und griff nach seinem Bierkrug.

»Sieht man doch«, bestätigte er knapp und prostete Aurich zu. Doch er kam nicht zum Trinken.

»Sieht man doch«, sagte Thiele, griff ruckartig über den Tisch, zog Schreiber am Nacken zu sich und küsste ihn ebenfalls schmatzend auf den Mund. Dann ließ sie ihren selig grinsenden Kollegen los, zwinkerte Goldschmied zu und sagte: »Nur der Ordnung halber.«

Goldschmied sah erst auf Thieles Ehering und dann Hilfe suchend zu Aurich, der aber nur abwinkte.

»Das kapierst du eh nie«, seufzte er mit müde hochgezogenen Brauen und nahm einen Schluck Bier.

Goldschmied lachte auf und schüttelte fassungslos den Kopf. »Ich glaub, ich mag euch Bamberger.«

Arm in Arm kämpften sich Nike und Rilke durch die feiernden Menschenmassen in der Sandstraße.

Verliebt drückte Nike ihre Wange an die seine, er war nicht viel größer als sie. Obwohl beide beim Herumknutschen in der hoffnungslos überfüllten *Hemingway Bar* ordentlich ins Schwitzen gekommen waren, konnte sie noch sein holzig-blumiges Eau de Toilette riechen. Entgegen ihrer Prinzipien hatte sie sogar kurz mit dem Gedanken gespielt, schon die erste Nacht mit ihm zu verbringen, hatte sich aber auf das Versprechen gegenüber ihrem Vater besonnen.

Sie hatten die Bar inmitten der Sandstraße schon vor zwanzig Minuten in Richtung Markusbrücke verlassen, waren aber erst auf Höhe der St. Elisabeth Kirche, weil sie kaum vorwärts kamen. Nike störte es nicht weiter, sie fand es sogar romantisch, dass Rilke sie wie ein Beschützer fest im einen Arm hielt, während er mit dem anderen immer wieder rüpelhafte Betrunkene zur Seite schob.

»Hast du gewusst, dass man vom Knast aus Zugang zu dieser Kirche hat?«, fragte sie und lächelte ihn an.

»Ehrlich?«

»Hm«, sagte sie nickend. »Die Knackies stehen aber beim Gottesdienst unter strenger Aufsicht und müssen am Ende natürlich wieder direkt zurück.«

»Soso«, sagte Rilke, drückte ihr einen Kuss auf die Stirn und sah nach rechts zur kleinen Kirche, hinter der die Gefängnismauer verlief.

»Auf die Weihe dieser Kapelle geht die Sandkirchweih zurück. Schon skurril, dass sich der Bamberger Knast gleich daneben befindet, oder?«, sinnierte Nike.

»Jetzt, wo du's sagst …«

»Auf der Rückseite, am Leintritt, sollen die Kerwabesucher früher Bratwürste an Schnüre gebunden haben, die die Insassen aus ihren vergitterten Fenstern herunterließen. Ist das nicht süß?«

Rilke hielt vor einem Stand, von dem das Aroma frisch gebackener Pizzen strömte, legte Nike die Hände auf die schmalen Hüften und küsste sie zärtlich.

»Echt süß«, sagte er. »Und wenn ich da mal drin bin, schmuggelst du mir in einer Torte 'ne Feile rein, okay?«

Sie legte den Kopf schief und zog eine Schnute.

»Wieso solltest du im Knast landen?«

»Heiratsschwindel«, kam es wie aus der Pistole geschossen.

»He«, motzte sie und schubste ihn neckisch.

Er fiel gegen einen bulligen Mann, bei dem er sich sofort mit einem knappen »Sorry« entschuldigte, schnappte ihre Hand und zog sie lachend weiter.

Sie bogen ums Eck der Gefängnismauer und liefen vorbei an einem stinkenden Toilettenwagen, hinunter zum Leintritt, wo sie entlang der hell erleuchteten Essensbuden schneller voran kamen. An einem Süßwarenwagen kaufte Rilke ihr eine Tüte gebrannter Mandeln, die sie gleich öffnete, um sich den knusprigsüßen Inhalt mit ihm zu teilen. Kurz vor der Markusbrücke hielten sie, er legte ihr von hinten die Hände auf den Bauch während sie ihren Hinterkopf an seine Schulter sinken ließ. Nike seufzte verliebt, und gemeinsam genossen sie den romantischen Blick auf die farbenfroh strahlenden Häuschen Klein Venedigs.

»Die letzte paar Meter lauf ich alleine«, sagte Nike. »Es sei denn, du willst schon am ersten Abend meinen Vater kennen lernen.«

»Wieso am ersten Abend?«, fragte er mit gespielter Verwunderung. »Möchtest du mich wieder sehen?«

Sie drehte sich um, schlang die Arme um seine Hüften, sah ernst zu ihm hoch und küsste ihn lange. Als sie sich wieder lösten, rang Rilke nach Luft.

»Du mich wohl nicht?«, fragte sie neckisch.

Er ließ sie los, trat einen Schritt zurück und strich sich grübelnd das Kinn.

»Hm – mal sehen.«

»Blödmann«, hauchte sie zärtlich, drückte ihm einen letzten Kuss auf den Mund und lief weiter auf dem geteerten Weg, der sie unter der Markusbrücke hindurch direkt zu Gerds Kunstgalerie führen würde.

»He!«, rief er ihr nach, und sie drehte sich noch einmal um.

»Ich kann's kaum erwarten«, gab er zu und lächelte sie strahlend an.

Grinsend schlenderte sie davon.

Schreiber musterte das Display seines Handys, das Nikes letzte SMS anzeigte: »Geh jetzt von *Hemingway Bar* los.«

Nervös sah Schreiber auf seine Armbanduhr.

»Jetzt reicht's«, brummte er. »Ich lauf ihr entgegen.«

»Bleib locker, Mann!«, bremste ihn Aurich, der inzwischen neben ihm saß. »Wenn du jetzt losstürmst, verfehlt ihr euch nur, und ihr müsst euch dann noch länger suchen.«

Schreiber seufzte tief und ließ kapitulierend die Schultern fallen.

»Hast ja recht«, gab er zu. »Es ist nur wegen diesem Drecksack. Wir wissen praktisch nichts über ihn. Ich meine: Wer weiß, wie der sonst noch tickt? Wer sagt uns, dass der Typ nicht irgendwo mitten im Festgetümmel plötzlich ein Messer zieht und um sich sticht? Und wer da zur falschen Zeit am falschen Ort ist – na, Prost Malzeit.«

»Stimmt schon«, sagte Aurich, der wie Schreiber nach zwei Bieren auf Wasser umgestiegen war, um für den Fall der Fälle einen klaren Kopf zu wahren. »Es bringt jetzt aber nichts, sich verrückt zu machen. Wir können nicht mehr als arbeiten, und das haben wir heute den ganzen Tag gemacht. Gleich gehen wir brav ins Bett, und morgen früh arbeiten wir weiter. Wir kriegen den Sack – und deine Nike wird jede Sekunde hier sein, wirst sehen.«

Schreiber brummte skeptisch.

Die beiden Kommissare beobachteten Goldschmied, die zwei Tische weiter rittlings auf einer Bank am Biertisch saß und mit einer atemberaubenden Blondine herumknutschte. Thiele, die sehr müde gewesen war, hatte sich kurz nach Beginn dieses erotischen Schauspiels zurückgezogen.

»Ich fass es nicht«, murmelte Aurich matt, versunken im Anblick der beiden Frauen. »Keine fünf Minuten – ich hab auf die Uhr gesehen. Keine fünf Minuten hat's gedauert, bis die sich zum ersten Mal geküsst haben.«

»Hammer«, gab Schreiber zu.

»Und wie die küssen können!«, schwärmte Aurich. »Da wird man ja ganz wuschig beim Zusehen!«

»Soso«, sagte Schreiber und bemerkte, dass er und Aurich nicht die einzigen waren, die Goldschmied beobachteten.

Drei alteingesessene Bamberger, die sich den selben Biertisch mit den beiden Frauen teilten, starrten diese an wie das achte Weltwunder.

Einer fasste sich ein Herz und tippte Goldschmied auf die Schulter.

Sie löste sich von ihrer Freundin und drehte sich zu ihm um.

»Schäma soldn Sie sich! Es sin fei ah klana Kinner do«, gab er abfällig zu Bedenken.

»Die längst im Bett sein sollten«, sagte Goldschmied gelangweilt. »Und jetzt: K-S-I-D-F.«

»Häh?«, machte der Mann irritiert.

»Klappe – sonst in die Fresse«, erklärte sie trocken, wandte sich wieder Blondie zu und knutschte unbeirrt weiter.

Eingeschüchtert drehte sich der Mann zu seinen beiden Kumpels, mit denen er tuschelnd die Köpfe zusammensteckte.

»Aurich?«, sagte Schreiber, den Blick weiterhin auf die beiden Verliebten gerichtet.

»Hm?«

»Die Goldschmied – das ist 'ne Irre.«

»Worauf du einen lassen kannst«, bestätigte Aurich. »Aber ich mag sie. Immerhin hat sie innerhalb von fünf Minuten das geschafft, was du seit Ewigkeiten nicht mehr auf die Reihe kriegst. Und sie hat sogar viel weniger Auswahl – statistisch gesehen, verstehst du?«

Genervt stöhnte Schreiber auf und verdrehte die Augen.

»Nicht schon wieder«, jammerte er und wandte sich Aurich zu. »Zum letzten Mal: Ich könnte sehr wohl 'ne Frau kriegen, wenn ich …«

»Dann tu's doch endlich, Menschenskind!«, drängte sein Kollege. »Geh endlich los und such dir 'ne Freundin, so, wie Gott es gewollt hat. Fang endlich wieder an zu Leben, verdammt noch Mal!«

Schreiber setzte an, sich zu verteidigen, als sich von hinten zwei Arme um seinen Hals schlangen und Nike ihn laut auf die Wange schmatzte. Sein Herz machte einen Sprung, und er grinste Aurich an.

»Hab doch schon eine«, sagte er, schlang seiner Tochter den Arm um die Hüfte und zog sie an sich.

»Hi, Aurich!«, rief Nike gut gelaunt.

»Hi, Nike«, seufzte Aurich.

»Du hättest verdammt noch mal bei deinen Freundinnen bleiben sollen!«, schimpfte Schreiber, als er am Ende der Markusbrücke mit Nike in die Fischerei bog.

Seine Erleichterung über Nikes Ankunft war schnell in Ärger umgeschlagen, nachdem sie ihm beim Nachhauselaufen gestanden hatte, dass sie sich schon kurz vor Beginn des Feuerwerks von den anderen getrennt hatte.

»Was regst du dich denn auf?«, verteidigte sie sich. »Ich war immer unter Leuten, wie abgesprochen, und gemeldet hab ich mich auch, wie vereinbart. Also, was willst du?«

Schreiber stapfte mit den Händen in den Jackentaschen voran und rempelte einen Betrunkenen an ohne sich bei diesem zu entschuldigen. Der Mann brabbelte irgendetwas Unverständliches, während Nike auf hohen Absätzen hinter ihrem Vater her tippelte und verzweifelt versuchte, Schritt zu halten.

»Ich will einfach nur wissen, mit wem du dich herumtreibst!«, zischte Schreiber ohne sie anzusehen.

»Hä? Spinnst du jetzt vollkommen? Du solltest dich mal hören. Ich lass mich von dir doch nicht wie 'ne Dreizehnjährige behandeln!«

»Darum geht's doch gar nicht.«

»Ach? Und worum dann?«

Er blieb ihr die Antwort schuldig, und sie liefen wortlos bis zum Pausenhof der Martinsschule. Die Fahrgeschäfte und Buden hatten schon geschlossen. Vor einem Süßwarenwagen lehnten noch zwei Männer und tranken Bier. Schreiber überredete den einen, noch eine Tüte Magenbrot herauszurücken und drückte ihm dafür fünf Euro in die Hand. Am Gatter zum Hof hielt er Nike seufzend die Tüte hin.

Sie seufzte ebenfalls und nahm sie.

»Danke«, sagte sie, öffnete die Tüte und hielt sie ihm unter die Nase.

Er steckte sich ein Stück Magenbrot in den Mund und kaute. Der süße Geschmack des Gebäcks war beruhigend. Nike tat es ihrem Vater gleich.

»Jetzt aber mal im Ernst«, sagte sie mit vollem Mund. »Ich ziehe in ein paar Tagen bei dir ein. Willst du dann jeden meiner Schritte überwachen wie Big Brother?«

Schreiber atmete tief durch und legte sich seine Worte zurecht.

»Süße – ich verspreche dir: Wir werden die entspannteste WG in ganz Bamberg. Aber solange der Typ nicht gefasst ist, möchte ich tatsächlich immer wissen, wo du mit wem bist – zumindest in den Nächten. Ist das okay?«

Nike überlegte und nahm ein weiteres Stück aus der Tüte.

»Schatz, das ist keines der Machtspielchen, die wir ausgetragen haben, als du in der Pubertät warst«, stellte Schreiber fest. »Hier geht's um was ganz anderes. Ich bin dein Vater, und da draußen läuft einer rum, der nachts Frauen ermordet und aufschneidet, verstehst du das? Wie würdest du dich als Mutter fühlen, wenn deine Tochter dann unterwegs wäre?«

»Ich würde sie zu Hause einsperren«, gab Nike ohne Umschweife zu.

»Ehrlich gesagt, würde ich das am liebsten auch mit dir machen. Also: Wenn du nachts ausgehst, sagst du mir wenigstens immer, wohin, und du meldest dich regelmäßig. Deal?«

»Deal«, sagte Nike, küsste ihn auf die Wange, und sie liefen weiter.

»Ich möchte dich jetzt übrigens auch Schreiber nennen, so wie Aurich«, verkündigte sie nach einer Weile. »Für Papa fühl ich mich allmählich zu alt.«

»Geht klar«, sagte er, und sie bogen ums Eck in die Kapuzinerstraße.

»Mit wem warst du denn eigentlich zusammen?«,

fragte er vorsichtig, als sie an den geschlossenen Buden und dem ruhenden Flieger-Karussell am Kranen vorbei kamen.

»Das möchtest du wohl gerne wissen, was?«, erwiderte Nike spitz.

Schreiber stöhnte.

Nike lachte und knuffte ihn auf den Oberarm.

»Schon gut, schon gut«, beruhigte sie ihn. »Ich war mit ein paar Anglistik-Studenten und einem ihrer Dozenten unterwegs.«

»Aha. Kenne ich die?«

»Nö. Ich habe sie ja auch erst heute kennen gelernt. Die sind voll witzig. Mit dem Dozenten wirst du vielleicht sogar einmal reden wollen, falls ihr echt dieser Jack the Ripper-Theorie aus der Zeitung nachgeht.«

Schreiber stutzte.

»Er heißt Donald Silence«, erklärte Nike. »Aber jeder nennt ihn nur Donny. Er ist aus England, typischer Gentleman. Jedenfalls gibt er Seminare in Literaturwissenschaft, in denen es auch um Jack the Ripper geht. Er ist nämlich Hobby-Ripperologe. Cool, was? Die Seminare möchte ich auf alle Fälle belegen.«

Schreiber hielt abrupt an und wandte sich ihr zu. Er war mit einem Schlag so erregt, dass er die lärmenden Jugendlichen und amerikanischen Soldaten, die vor dem *Green Goose* und auf der unteren Brücke feierten, gar nicht wahrnahm.

»Weißt du, was du da sagst?«, fragte er ungläubig.

»Was hast du denn?«, wunderte sich Nike.

Er sprach mit gesenkter Stimme: »Ich dürfte dir das eigentlich gar nicht sagen. Aber es gibt derzeit eigentlich nur eines, was wir ganz sicher über unseren Mörder wissen: Er kennt sich richtig gut mit Jack the Ripper aus. Richtig gut – verstehst du? Und jetzt kommst du daher und sagst mir, dass du heute Abend mit einem Experten auf diesem Gebiet zusammen warst.«

»Hm«, machte Nike und überlegte.

»Wie viele Ripperologen kann es denn in Bamberg, schon geben? Zehn? Hundert? So viele werden es wohl nicht sein. Ist dir denn gar nicht klar, dass der Mann oder jeder seiner besonders interessierten Studenten verdächtig sein könnte? Mein Gott: Er könnte der Mörder sein! Und ausgerechnet mit dem warst du zusammen!«

»Aber Donny hat einen Doktortitel und ist Dozent an der Uni«, sagte Nike, wohl wissend, dass das kein Argument war.

»Na und?«, rief Schreiber fassungslos. »Was heißt das schon? Professor Moriarty war auch ein Verbrecher!«

Auf die Schnelle war ihm kein anderes Beispiel als der fiktive Gegenspieler von Sherlock Holmes eingefallen, doch Nike schluckte es.

»Ist ja gut«, sagte sie einsichtig. »Aber was hätte ich denn machen sollen? Einfach vor den Jungs davon laufen?«

»Wieso warst du verdammt noch mal nicht bei deinen Freundinnen?«, zischte Schreiber.

»Die Mädels waren ja anfangs noch dabei. Aber später wollten sie das Feuerwerk sehen, die Jungs wollten in der *Hemingway Bar* bleiben.«

»Und wieso bist du bei denen geblieben und nicht mit deinen Freundinnen zum Feuerwerk gegangen?«, fragte Schreiber, doch er ahnte die Antwort.

Nike biss sich auf die Lippen.

»Lass mich raten«, sagte Schreiber gedehnt. »Du hast dich in einen von denen verliebt?«

»Ist echt ein ganz Lieber, Johnny ist sein Spitzname«, erklärte Nike. »Aber ich möchte dich noch mal daran erinnern, dass ich mich zu jedem Zeitpunkt an unsere Absprachen gehalten habe.«

»Äh – gewiss«, gab Schreiber zu. »Und lass mich weiter raten: Dein Johnny hat schon Seminare bei diesem Silence belegt und kennt sich daher auch mit Jack the Ripper aus, richtig?«

Nike nickte.

Ripperologen

30. August

Auf dem restlichen Nachhauseweg versuchte Schreiber erfolglos, Nike den Umgang mit Johnny zu verbieten. Am Ende einigten sie sich darauf, dass sie ihm Johnny baldmöglichst vorstellen sollte.

Obwohl sie erst nach ein Uhr nach Hause kamen, dachte Schreiber noch nicht an Schlaf. Er hängte seine Jacke an die Garderobe und begab sich sofort ins Wohnzimmer, wo er den Computer hochfuhr und die Homepage der Bamberger Karl-May-Universität öffnete.

Nike begrüßte derweil Sophie, die ihnen auf dem Gang entgegengekommen war, und begab sich dann ins Bad, um sich abzuschminken und fürs Schlafengehen vorzubereiten.

Schreiber klickte sich ins Vorlesungsverzeichnis des Lehrstuhls für Anglistik und las die Titel aller Veranstaltungen von Donald Silence. Tatsächlich fand er in einigen Inhaltsbeschreibungen der Seminare den Namen Jack the Ripper, bei einem Proseminar war er sogar im Titel: »Jack the Ripper – an anonymous serial killer in English and American Literature«.

»Was lernen die heutzutage in der Uni?«, murmelte Schreiber und klickte sich zum Personal des Lehrstuhls, wo er schnell auf die Seite von Dr. Donald Silence stieß. Unter einer Porträtaufnahme des Dozenten gab es eine Übersicht über dessen beruflichen Werdegang.

Schreiber überflog die Liste: Silence hatte ab 1999 an der Universität in Leeds studiert und nach seinem Abschluss als Dozent in Bristol gearbeitet. Zum Wintersemester 2010 hatte er seine Tätigkeit an der Universität in Bamberg aufgenommen. Seine Position war freier Wissenschaftler.

Den Angaben nach schätze Schreiber den Mann auf Mitte Dreißig. Er studierte die Aufnahme, die einen charmant lächelnden Dozenten mit sauber gezogenem braunen Seitenscheitel zeigte. Eine blaue, seidenschimmernde Fliege zierte seinen Hemdkragen.

Schreiber schickte per E-Mail einen Link zu der Seite an alle Kollegen des Kommissariats.

»Der Typ doziert an der Uni über Jack the Ripper – Gruß Schreiber«, tippte er dazu.

Hinter sich hörte er Nike ins Wohnzimmer schlurfen, und er drehte sich um. Sie trug nur ihre Hausschuhe mit Tigerkrallen und ihr übergroßes, weißes Schlaf-T-Shirt, dessen Kragen ihr fast über die Schulter fiel. Schlapp ließ sie sich aufs Sofa plumpsen. Sophie sprang sofort daneben und schmiegte sich an sie.

»Sie glaubt, du willst mit ihr fernsehen«, erklärte Schreiber. »So gut kenne ich sie schon. Nur ihren Geschmack kenne ich noch nicht.«

Nike gähnte und kraulte die schnurrende Katze hinter dem Ohr.

»Hast du sie erst so kurz?«

»Seit Samstag. Sie gehörte einem der Opfer.«

Nike brummte mitleidig und kraulte Sophie intensiver.

»Ich wette, du stehst auf Sponge-Bob«, sagte sie zu ihr. »Stimmt's? Aber das finden wir ein anderes Mal heraus. Jetzt musst du ins Bett.«

Sie schnappte sich die Katze und trug sie in ihr Körbchen am Ende des Gangs. Als sie zurück ins Wohnzimmer kam, stand Schreiber auf, bückte sich über den Couchtisch und wollte ihn wegziehen, um Platz für das ausziehbare Sofa zu schaffen.

»Lass nur, das dauert mir jetzt zu lange«, sagte Nike, winkte ab und schlappte an ihm vorüber in Richtung seines Schlafzimmers. »Ich penn heute bei dir – ich mach mich auch ganz klein.«

»Äh – Moment mal!« Schreiber wollte mit erhobenem Finger protestieren, sagte dann aber nur: »Pass auf! Die Katze!«, weil Sophie heimlich hinter Nike hergelaufen war, um mit im Bett zu schlafen.

Vor der Schlafzimmertür ging seine Tochter in die Hocke und fing Sophie ab.

»Das fangen wir gar nicht erst an«, belehrte Nike das Tier, schubste es mit sanfter Gewalt zurück ins Wohnzimmer, um dann geschwind im Schlafzimmer zu verschwinden.

Sophie beschnupperte den Spalt zwischen Tür und Rahmen, sah fragend zu Schreiber und maunzte.

»Oh Mann«, murmelte er nur matt, setzte sich wieder vor den Computer und öffnete eine Dia-Show, die als Dauerschleife lief. Er holte sich eine Flasche Wasser aus der Küche, von der er immer wieder trank, als er sich die auf dem Bildschirm vorüber ziehenden Bilder einige Minuten lang ansah.

Es waren Aufnahmen von Männern im *Romantico*. Schreiber hatte am Sonntagabend sämtliche Fotografien auf der Homepage des Lokals gesichtet und diejenigen herausgesucht, auf denen Männer auf den Plätzen saßen, von denen aus sie am besten Sandra Hümmer beobachten konnten. Danach hatte er die Bilder am Computer zugeschnitten und vergrößert, so dass sie zwar an Schärfe verloren, die Gesichter der Männer aber deutlicher zur Geltung kamen. Anfangs waren es neunzehn gewesen, jetzt, nachdem er einige von ihnen als Zeugen vernommen hatte, waren es nur noch elf.

Schreiber lehnte sich zurück und ließ die Gesichter auf sich wirken: Halbglatze mit Goldkettchen, blonder Vokuhila mit Schnauzer, grauer Seitenscheitel mit markanter Nase, Geheimratsecken mit dicker Hornbrille und so weiter. Bei zwei Männern mit Vollbärten kniff er jedes Mal die Augen zusammen, weil er sich vorzustellen versuchte, wie sie wohl rasiert aussahen. Schreiber fand, dass Männer mit Vollbart im Grunde alle gleich aussahen – eigentlich die perfekte Art, sein Gesicht zu verbergen.

Irgendwann übermannte Schreiber die Müdigkeit. Bevor er sich schlafen legte, kopierte er das Porträtfoto von Donald Silence und fügte es in die Dia-Show ein.

»Wir müssen den Mann zumindest einmal abklopfen«, hatte Laut am Dienstagmorgen gesagt, wohl wissend, dass außer der Tatsache, dass Silence Ripper-Experte war, keinerlei Hinweise gegen ihn vorlagen.

Schreiber saß an seinem Schreibtisch und las vom Computerbildschirm die Büronummer von Silence ab.

»Wo ist eigentlich Goldschmied?«, fragt er Thiele, die gegenüber saß und ihren Kaffee umrührte.

»Sie begeht mit ihrem Kollegen vom BKA noch mal die Tatorte«, sagte sie. »Der ist heute Morgen eingetroffen.« Sie stutzte und fragte: »Wie siehst du denn überhaupt aus? Hast du letzte Nacht gar nicht geschlafen?«

»Wenig – Nike hat sich im Bett total breit gemacht.«

»Warum lässt du sie auch bei dir schlafen?«

Schreiber zuckte die Schultern.

»Na ja – irgendwo fand ich's süß«, gab er zu. »Fast wie in alten Zeiten, wenn sie sich vor dem Gewitter fürchtete und zu einem ins Bett gekrochen kam.«

»Hach«, seufzte Thiele und kniff plötzlich die Augen zusammen.

»Und was sind das für Kratzer an deiner Stirn?«

»Irgendwann wurde es mir dann doch zu blöd«, erzählte er weiter. »Ich hab mich einfach im Wohnzimmer aufs Ohr gehauen. Blöderweise war die Tür offen und Sophie ist gekommen. Sie hat sich neben meinen Kopf gelegt und mir mit ihren Krallen die Kopfhaut massiert. Ich war zu platt, um sie wieder weg zu jagen und bin eingeschlafen.«

Thiele schüttelte schmunzelnd den Kopf und zeigte auf Schreibers Telefon.

»Ruf schon an«, sagte sie.

Schreiber stellte das Gerät laut und wählte.

»Silence«, meldete sich der Engländer nach dem zweiten Klingeln.

Schreiber stellte sich vor und sagte: »Sicherlich haben Sie schon von den beiden Tötungsdelikten gehört, und dass man Parallelen zu Jack the Ripper festgestellt hat.«

»Aber ja«, kam es abwartend aus der Leitung.

»Wir würden uns gerne mit Ihnen unterhalten«, sagte Schreiber. »Wäre Ihnen heute recht?«

»Nun ja – ich bin jetzt noch eine Stunde in meinem Büro«, bot Silence an, und Schreiber vereinbarte, ihn dort aufzusuchen.

»Du hättest ihn ins Kommissariat bitten müssen«, kritisierte Thiele, nachdem er aufgelegt hatte. »Raus aus seiner gewohnten Umgebung, falls er verdächtig erscheint und wir Druck machen wollen.«

»Ich will sein Büro sehen«, sagte Schreiber und fuhr seinen Computer herunter.

Eine viertel Stunde später liefen sie zielstrebig vom Holzmarkt durch die Austraße und bogen nach rechts über drei Steinstufen in den gepflasterten Hof zwischen dem großen Sandsteinhaus, der Teilbibliothek 1, und dem gegenüberliegenden Trakt, in dem sich Hörsäle befanden. Auf den Grünflächen vor den Gebäuden saßen Studenten auf den Bänken und waren in Bücher und Aufzeichnungen vertieft, oder sie lagen nur faul in der Sonne.

Die Kommissare steuerten die weiß getünchten Gebäude hinter der Bibliothek an.

»Herein«, kam es aus dem Büro, nachdem sie bei Silence an die Tür geklopft hatten.

Sie traten ein. Silence hatte sein Sakko abgelegt und trug zu seinem weißen Hemd, wie schon auf dem Foto, eine Fliege, nur dass diese grün war. Er erhob sich sofort hinter seinem Schreibtisch und wies mit der Hand auf die zwei Besucherstühle davor.

»Aber bitte, nehmen Sie Platz«, sagte er.

Thiele und Schreiber stellten sich mit gezückten Ausweisen vor und setzten sich.

Schreiber sah sich um. Der Raum befand sich in der obersten Etage und hatte zwei Gaubenfenster, von denen aus man einen malerischen Blick auf den Holzmarkt hatte. In einer Ecke lief ein Ventilator, an einem Kleiderständer hingen zwei Sakkos. Zahlreiche Bücher in den Regalen zeugten vom wissenschaftlichen Status des Dozenten. Die Wände zierten Illustrationen aus dem neunzehnten Jahrhundert, eine fiel Schreiber besonders auf: Sie zeigte einen Mann in einem fledermausartigen Kostüm, der mit erhobenen Armen auf einem Grabstein stand und drei am Grab stehende Männer erschreckte. Einer von ihnen ließ mit panisch aufgerissenen Augen eine Laterne fallen.

Silence lächelte, als er Schreibers Interesse für das Bild bemerkte.

»Nun, was kann ich für Sie tun?«, fragte der Dozent, verschränkte die Finger vor sich auf der Tischplatte und legte interessiert den Kopf schräg.

Er erinnerte Schreiber an einen Arzt, der seinen Patienten fragte, was ihm denn fehle.

»Sicherlich können Sie sich schon denken, weshalb wir gekommen sind«, begann der Kommissar.

»Ich vermute, Sie brauchen einen Jack the Ripper-Experten«, antwortete Silence, lächelte plötzlich unsicher und fügte hinzu: »Ich bin aber ehrlich gesagt auch ein bisschen nervös, dass Sie mich verdächtigen könnten.«

»Tatsächlich sind wir aus beiden Gründen hier«, bestätigte Schreiber. »Also, kommen wir gleich zur Routine: Wo waren Sie Freitagnacht?«

»Puh«, machte Silence und lockerte mit dem Zeigefinger seinen Hemdkragen. »Sie sind ja wirklich direkt. Aber ich schätze, ich brauche noch keinen Anwalt, oder?«

»Wenn es so weit ist, werden wir es Ihnen mitteilen«, erklärte Schreiber und zog wartend die Brauen hoch.

Silence sah zu Thiele und sagte: »Ich war auf der Sandkerwa, mit einigen meiner Studenten, zuletzt in der *Hemingway Bar*.«

»Wie lange?«, fragte Schreiber.

Der Dozent sah aus dem Fenster und wandte sich dann an Schreiber.

»Ich glaube, ich bin so gegen halb eins nach Hause gekommen«, sagte er. »Ehrlich gesagt: Ich war ganz schön betrunken. Sie müssen wissen, das war meine erste Sandkerwa.«

»Kann jemand bezeugen, wann Sie nach Hause kamen?«

»Ich wohne alleine, aber vielleicht erinnern sich meine Studenten, wann ich gegangen bin. Ich kann Ihnen ein paar Namen geben.«

Schreiber nickte.

Silence riss ein Merkzettelchen von einem dicken Block ab und notierte drei Namen und Telefonnummern darauf. Letztere entnahm er einer Tabelle auf seinem Computerbildschirm.

»Bitte sehr«, sagte er freundlich, als er dem Kommissar das Zettelchen reichte. »Aber ich muss Sie bitten, das nötige Fingerspitzengefühl walten zu lassen. Wenn es Gerüchte gäbe, dass man mich des Mordes verdächtigt und ich um meinen Job bangen müsste, sähe ich mich tatsächlich gezwungen, meinen Anwalt anzurufen.«

»Gewiss«, sagte Schreiber, dem beim Überfliegen der Namen sofort Johannes Rilke aufgefallen war – Johnny.

Er steckte das gelbe Papierchen in die Brusttasche seines Hemdes und fragte: »Sie sind zu Fuß nach Hause gegangen?«

»Aber natürlich – kein Alkohol am Steuer. Und ich wohne ja auch nicht weit entfernt. Meine Wohnung ist in der Steinertstraße.«

»Wir bräuchten Teilnehmerlisten der vergangenen und aktuellen Ripper-Seminare«, wechselte Schreiber das Thema.

»Aber dafür benötigen Sie einen Beschluss wegen des Datenschutzes, nicht wahr?«

»Können wir schnell besorgen«, log Schreiber.

»Dann sind Sie mir nicht böse, wenn ich darauf warte. Ich möchte meinen Studenten nicht in den Rücken fallen. Das werden Sie doch sicherlich verstehen?«

»Andererseits ist Eile geboten«, warf Thiele ein. »Denken Sie daran, dass wir den Fall schnellstmöglich klären müssen, um weitere Opfer zu vermeiden.«

Silence lehnte sich zurück und überlegte, den Blick auf seinen Bildschirm gerichtet. Seine Finger trommelten auf der Computermaus herum.

Thiele setzte ihr süßestes Lächeln auf und sagte: »Wenn wir Ihre Studenten zügig ausschließen können, sparen wir jede Menge Zeit. Oder vielleicht kann uns einer von ihnen ja sogar helfen.«

»Ups«, machte Silence. »Jetzt bin ich versehentlich auf Drucken gekommen.«

Sein Drucker spuckte ratternd vier Seiten aus, die Thiele geschwind grabschte, zusammenfaltete und in ihrer Jeansjacke verschwinden ließ.

»Danke«, sagte sie.

»Wofür?«, fragte Silence und breitete unschuldig die Handflächen aus.

»Gab es Seminarteilnehmer, die Ihnen auffällig vorkamen, deren Verhalten auf irgendeine Art seltsam war?«, fragte Schreiber.

Der Dozent zuckte die Achseln.

»Eigentlich nicht.«

»Eigentlich?«, hakte Schreiber nach.

»Einer vielleicht, wenn man Ruben gelten lässt«, erklärte Silence. »Ruben Schiller. Der war ein bisschen ein Außenseiter: höchst pedantisch. Sein Platz am Seminartisch war immer milimetergenau aufgeräumt: Bücher, Block, Stifte, Notebook – alles ordnete er immer zwanghaft an, immer schön parallel. Die anderen Studenten machten schon Witze, und keiner nahm ihn richtig ernst, obwohl er sogar älter war als die meisten, ein Quereinsteiger …« Er stockte.

»Und?«, ermutigte ihn Thiele.

»Er fing mich regelmäßig ab und versuchte mir Gespräche über den Ripper aufzudrängen, wer es denn meiner Meinung nach gewesen sei und so. Außerdem erzählte er überall herum, dass Serienmörder im Allgemeinen seine große Leidenschaft wären und er eine riesige Materialsammlung besäße. Fachliteratur, Belletristik, Dokumentar- und Spielfilme und so weiter. Wie gesagt: Die anderen nahmen ihn nicht für voll, und einigen der Mädchen war er sogar unheimlich. Aber ganz ehrlich, ich persönlich halte ihn für einen harmlosen Spinner.«

»Trotzdem danke, ihre Beobachtungen könnten sich als wichtig erweisen«, sagte Schreiber und sah dann zu Thiele.

»Recht ungewöhnlich, Jack the Ripper als Thema der Literaturwissenschaft?«, warf sie ein.

Die Schultern des Engländers entspannten sich, und er lächelte die Kommissarin erleichtert an.

»Nicht wirklich«, erklärte er, plötzlich ganz in der Rolle des Dozenten. »Literatur ist schon immer von historischen Fakten beeinflusst gewesen. Und gerade über Jack the Ripper ist sehr viel geschrieben worden, von Gedichten bis hin zu Romanen. Vieles ist natürlich von fraglicher literarischer Qualität. Aber einiges ist durchaus beachtenswert. In manchen Romanen wird beispielsweise ein sehr schönes Bild vom London des viktorianischen Englands vermittelt.«

»Aber ihre Studenten sind doch sicher mehr am Grusel interessiert.«

Silence lachte auf.

»Oh ja«, gab er zu. »Manchen merkt man schon eine gewisse morbide Sensationslust an. Dann habe ich fast ein schlechtes Gewissen gegenüber den damaligen Opfern. Tatsächlich herrscht auf meine Seminare ein besonders großer Andrang – nicht, dass man sich Sorgen um genügend Teilnehmer machen müsste. Die Uni platzt schon jetzt aus allen Nähten.«

Er hielt inne.

»Aber wie kann ich Ihnen eigentlich als Ripperologe helfen?«

»Vielleicht, indem Sie uns sagen, wer Ihrer Meinung nach die Ripper-Opfer waren«, schlug Schreiber vor. Die Frage war nur vorgeschoben, um Silence weiter zu beobachten.

»Sie meinen bestimmt die offenen Fragen bei Martha Tabram und Elizabeth Stride«, ging Silence sofort darauf ein. »Nun, Martha Tabram war sicherlich das erste Opfer, es passte einfach alles. Die Tatzeit: die Nacht eines Feiertags – bei den anderen Opfern waren es Wochenenden. Der Tatort: lag mitten im Aktionsradius des Rippers. Das Opferprofil: eine Gefallene über vierzig mit Alkoholproblemen. Die Verletzungsmuster ähnlich genug, später steigerte er sich. Und schließlich die Tatortsituation: auf dem Rücken liegend, mit hochgeschobenen Kleidern. Sie war die erste«, wiederholte er. »Und ich schätze, die große Mehrheit der Ripperologen sieht das mittlerweile genauso.«

Er machte eine Pause und sah seine Besucher an.

»Bei Elizabeth Stride gehen die Meinungen aber deutlich auseinander. Viele glauben der ursprünglichen Theorie, dass sie ein Ripper-Opfer war und er nur gestört wurde. Ebenso viele denken aber auch, dass sie bei einem Streit vor dem Club von jemand anderem getötet wurde. Ich zähle mich zu den Letzteren. Der Ripper hätte niemals so nahe bei diesem Club zugeschlagen. Und wäre er tatsächlich hinter Elizabeth Stride her gewesen, dann hätte er sie zumindest weit genug davon weggelockt. Nein, sie war kein Ripper-Opfer.«

»Interessant«, sagte Thiele.

»Aber das können Sie ja auch überall nachlesen«, sagte Silence mit einem bescheidenen Lächeln.

»Ihre persönliche Einschätzung war uns aber wichtig«, sagte Schreiber in einem zweideutigen Unterton, der seine Wirkung nicht verfehlte.

Silence fielen die Mundwinkel herunter.

»Sie wollen mich nervös machen«, klagte er. »Das mag ich nicht. Vielleicht sollte ich doch einen Anwalt anrufen?«

»Aber nein«, bremste ihn Schreiber in einem gutmütigerem Ton. »Wir sind Ihnen wirklich sehr dankbar für Ihre Informationen. Gestatten Sie noch eine zweite und letzte Frage zum Thema?«

Silence schaute noch etwas beleidigt, musste aber schmunzeln, als ihn Thiele ermutigend anlächelte.

»Na gut – weil es mein Lieblingsthema ist.«

»Wer war Jack the Ripper?«, fragte Schreiber.

»Aber – das weiß man doch nicht«, antwortete Silence.

»Ihrer Meinung nach?«

»George Hutchinson«, erklärte der Engländer und grinste schief.

»Sie scheinen sich ja ziemlich sicher zu sein.«

»Aber ja«, gab Silence zu. »In der Nacht, als Mary Kelly zu Hause ermordet wurde, hing Hutchinson ohne ersichtlichen Grund lange vor deren Wohnung herum. Dabei wurde er gesehen. Und als er befürchten musste, dass man ihn verrät, ist er von sich aus zur Polizei gegangen und hat sich als Zeuge gemeldet. Er wollte Kelly mit einem verdächtigen Mann gesehen haben, den er der Polizei beschrieb.«

Mit erhobenem Zeigefinger beugte sich Silence vor. »Doch dabei hat Hutchinson den entscheidenden Fehler begangen. Er beschrieb den Mann zu genau, zu viele Details, er wollte zum Beispiel eine hufeisenförmige Anstecknadel an dessen Krawatte erkannt haben. Aber wie soll das gehen aus der Ferne, in einer dunklen Nacht, auf einem schlecht beleuchteten Hof? Es kann dafür nur eine Erklärung geben: Hutchinson hat den Mann erfunden, weil er von sich selbst ablenken wollte, weil er selbst der Ripper war.«

»Interessant«, sagte Schreiber.

»Nicht wahr?«, sagte der Engländer. »Das alles können Sie in jedem Ripper-Fachbuch nachlesen. Man muss nur eins und eins zusammenzählen. Dummerweise hat die damalige Polizei Hutchinson als Zeugen durchaus ernst genommen und die Sache geschluckt. Tja – so kam er davon.«

Seite an Seite bogen Thiele und Schreiber von der Austraße in die Jesuitenstraße und liefen in Richtung des Grünen Marktes, wo Thiele Äpfel als Pausensnacks besorgen wollte.

»Das mit diesem Ruben Schiller, der auf Serienmörder steht, wäre zu schön, um wahr zu sein«, sagte sie.

»Oh ja«, bestätigte Schreiber. »Und was hältst du von Silence?«

»Weiß nicht«, gab sie Schulter zuckend zu. »Sag du zuerst.«

»Der ist mir zu glatt«, sagte Schreiber. »Schwer zu durchschauen. Ich konnte von all dem, was wir damals in diesem Lügen-Seminar über Körpersprache und Mimik gelernt haben, nichts bei ihm erkennen. Nur zweimal war er unsicher. Einmal, als ich ihn fragte, wann er am Freitag nach Hause ging.«

»Normal. Jeder hat Schwierigkeiten, sich an einen durchzechten Abend zu erinnern.«

»Und einmal, als ich ihn fragte, wer der Ripper war. Da hat er gelogen. Er glaubt gar nicht, dass dieser Hutchinson es war. Als er es sagte, hat er nämlich so komisch zur Seite gegrinst, wie in dem einen Beispielfilm, in dem man Clinton fragte, ob er was mit Lewinski hatte. Ist dir das aufgefallen?«

»Ja, aber ich glaube, er hat nur aus Verlegenheit gelogen. Weil er gemerkt hat, dass du unbedingt eine Antwort haben wolltest, hat er einfach den genannt, der für ihn am ehesten in Frage kommt. Was sollte die Frage überhaupt?«, wollte Thiele wissen und griff nach dem Geldbeutel in ihrer Jeans.

»Weiß nicht, nur aus so einem Gefühl heraus«, sagte Schreiber und blieb bei der Martinskirche stehen, während Thiele an einem der farbenfrohen Obst- und Gemüsestände zwei rote Äpfel besorgte, von denen sie ihm einen in die Hand drückte.

Sie setzten sich auf die Stufen der Kirche und aßen. Dabei beobachteten sie die zahllosen Passanten, die in der Fußgängerzone unterwegs waren oder im Eiscafé die letzten warmen Tage genossen.

Aus dem Augenwinkel fiel Thiele auf, dass Schreiber seinen Apfel hastig hinunterschlang. Er hatte früher als sie aufgegessen, trug den Rest brav zu einem Abfallkorb, fischte sein Handy aus der Jacke und wählte eine Nummer, die er vom gelben Zettelchen ablas, das Silence ihm gegeben hatte. Mit dem Gerät am Ohr lief er vor ihr auf und ab und sie hörte, wie er sich Rilke vorstellte und um ein Gepräch bat.

»Wo sind Sie gerade, wenn ich fragen darf?«, fragte Schreiber und sagte dann: »Wir sind gleich in der Nähe. Können wir kommen? Gut. Wiederhören.«

»Er ist im *Müller*«, sagte er zu Thiele, die inzwischen ebenfalls aufgegessen hatte, und wandte sich zum Gehen.

»Und Schiller?«, wunderte sie sich. »Dem sollten wir baldmöglichst auf den Zahn fühlen.«

»Hinterher«, sagte Schreiber knapp. Er konnte es kaum erwarten, Nikes neuen Schwarm kennen zu lernen.

Rilke bemerkte sofort, dass die beiden neuen Gäste, die sich suchend im *Café Müller* umsahen, die Polizisten sein mussten, mit denen er verabredet war. Er hob die Hand und winkte sie heran.

Thiele und Schreiber stellten sich vor, nahmen auf zwei Stühlen an seinem Tisch Platz und zückten dezent ihre Ausweise.

Rilke, vor dem ein Milchkaffee stand, merkte offenbar nicht, dass er es mit Nikes Vater zu tun hatte.

Schreiber war der gut aussehende Mann, der im blauen Markenhemd auf der Wandbank saß, von der ersten Sekunde an unsympathisch. Schönlinge waren ihm prinzipiell nicht geheuer, und außerdem fiel ihm auf, dass er deutlich älter sein musste als seine Tochter – mindestens zehn Jahre, schätzte er. Fand der keine in seinem Alter?

»Wieso sitzen Sie denn bei dem Wetter drinnen?«, fragte Schreiber.

»In den Ferien spiele ich hier fast täglich mit einem Freund Schach«, erklärte Rilke und strahlte dabei Thiele an. »Und die Tische draußen haben keine Brettmuster. Aber Sie wollen doch bestimmt noch was anderes von mir wissen, oder?«

Thiele erklärte die Situation und die daraus resultierende routinemäßige Befragung von Ripperologen.

»Und da sind Sie natürlich auf die Seminare von Donny gestoßen«, beendete Rilke ihre Ausführungen. »Mit dem bin ich übrigens gleich zum Schach verabredet. Ich habe fast schon befürchtet, dass die Polizei unter seinen Studenten herumfragen wird.«

Es schien ihn nicht weiter zu interessieren, wie die Kommissare auf seinen Namen gekommen waren.

»Und? Würden Sie sich denn als Ripperologen bezeichnen?«

»Nun, ich beschäftigte mich tatsächlich schon mit Jack the Ripper, bevor ich Seminare bei Donny belegte«, gab Rilke zu. »Ich kenne mich in der Materie ganz gut aus. Brauche ich jetzt ein Alibi?«

»Es liegen keinerlei Hinweise gegen Sie vor. Aber wenn Sie uns trotzdem eines gäben, würde das unsere Arbeit beschleunigen.«

»Ich verstehe«, sagte Rilke und bestätigte, dass er mit Silence und einigen Kommilitonen in der *Hemingway Bar* gewesen war.

Die spanische Bedienung kam, und die Kommissare bestellten zwei Milchkaffees.

»Wann sind denn alle nach Hause gegangen?«, fragte Thiele.

»Lassen Sie mich überlegen«, sagte Rilke.

Er nahm einen Schluck Milchkaffee und leckte sich den Schaum von den Lippen.

»Ich verließ die Bar so gegen 00:15 Uhr«, erzählte er. »Glaube ich zumindest – ich war schon ganz schön platt. Ich bin nach Hause, aber die anderen sind alle noch geblieben. Bis auf Donny, der ist schon vor mir gegangen. Aber fragen Sie mich nicht, wann. Ich weiß nur noch, dass er ordentlich einen in der Krone hatte. Noch viel schlimmer als ich, meine ich.«

»Am Freitag, oder?«, ertönte eine Stimme, und ein

Mann setzte sich zu Rilke auf die Bank. »Ich darf doch?«, fragte er Rilke, der nicht gerade amüsiert schaute.

Die Kommissare, denen er wenig Beachtung schenkte, musterten den Neuankömmling gespannt.

Er war ungefähr im selben Alter wie Rilke, mittelgroß, kräftig gebaut und hatte sein braunes Haar zu einem Seitenscheitel gekämmt, der parallel zu einer roten Kunststoffbrille verlief. Auch er hatte einen Dreitagebart, nur trug er, im Gegensatz zu Rilke, ein T-Shirt mit dem Aufdruck eines Motivs aus dem Film Uhrwerk Orange: Alex, die Hauptfigur, die als Kopfbedeckung eine Melone trug, hielt mit irrem Blick ein Messer hoch.

Rilke musterte das T-Shirt abschätzig.

»Stimmt. Du warst ja auch mit dabei«, erinnerte er sich, offenbar wenig begeistert.

»Allerdings – und ich hab wenigstens ein bisschen durchgehalten. Du hast ja schon um halb zwölf schlapp gemacht.«

Die Kommissare stutzten.

»Das war Donny«, verteidigte sich Rilke. »Ich bin noch länger geblieben.«

Der andere schüttelte den Kopf und sagte: »Donny ist 'ne viertel Stunde vor dir gegangen. Bei dir war es halb zwölf.«

»Also, ich glaube du täuscht dich«, wiegelte Rilke ab.

»Quatsch!«, sagte der andere und war plötzlich abgelenkt, weil er etwas auf dem Tisch entdeckt zu haben schien.

Genervt sah Rilke zu den Kommissaren und sagte:

»Also, bevor das jetzt blöd aussieht, fragen Sie meinetwegen die Bedienungen der *Hemingway Bar*. Die kennen uns alle und werden sich garantiert an uns erinnern. Nicht, dass ich am Ende einen Anwalt brauche. Dann werden wir ja sehen, wer recht hat«, zischte er dem anderen bissig zu.

Thiele und Schreiber spürten, dass die Sache aus dem Ruder lief. Dennoch fanden sie die Einmischung des Neuankömmlings interessant. Sie hatten schon eine Ahnung, um wen es sich bei dem Mann handeln konnte. Seine scheinbar lockere Art hatte etwas Zwanghaftes an sich. Er rückte mit fahrigen Fingern den Zuckerstreuer und die Speisenkarten auf der Tischplatte zurecht. Erst jetzt zollte er den Kommissaren mehr Aufmerksamkeit.

»Oh? Sind Sie Polizisten?«, fragte er und sah sie forschend an.

»Weil ihr Freund befürchtet, dass er einen Anwalt braucht?«, erwiderte Thiele ruhig.

Die Bedienung kam und stellte die zwei Milchkaffees auf den Tisch.

»Mir bitte auch einen«, sagte der Mann, schenkte der Spanierin ein kurzes, verkrampftes Lächeln und sah wieder zu Thiele.

»Sie sehen auch aus wie Polizisten«, meinte er unverblümt. »Außerdem gibt es doch die beiden Jack the Ripper-Morde. Wir dachten schon, dass sie uns Ripperologen befragen. Gell, Johnny?«

Er sah wieder zu Rilke.

»Hab ich auch gerade gesagt«, bestätigte der und blickte zwischen den Kommissaren hin und her. »Das ist übrigens Ruben Schiller.«

»Was hältst du von unseren zwei kleinen Ripperologen?«, fragte Schreiber, als sie die Austraße in Richtung Holzmarkt zurück liefen.

»Ich könnte nicht sagen, ob der Rilke bei der Uhrzeit gelogen hat oder sich nur täuschte«, antwortete Thiele. »Lügen würde für ihn nur dann Sinn ergeben, wenn er den genauen Tatzeitpunkt kennen würde und somit unser Ripper wäre. Und diesen Schiller halte ich ehrlich gesagt für so durchgeknallt, dass ich ihm gar nicht zutraue, sich zu verstellen.«

»Ich weiß nicht – diese widersprüchlichen Angaben bei den Uhrzeiten. Also, ich schaue immer instinktiv auf die Uhr, wenn ich meine, dass es Zeit ist nach Hause zu gehen. Wir hätten vielleicht doch mehr Druck machen sollen.«

»Beiden gleichzeitig? Mitten in einem Café? Noch dazu ohne den geringsten Hinweis, der einen Tatverdacht rechtfertigen würde?«

»Hast ja recht«, brummte Schreiber und blieb vor dem Schaufenster eines Buchladens stehen, in dem verschiedene Lokalkrimis ausgestellt waren.

Thiele trat dicht neben ihn.

»Und außerdem«, fuhr sie fort. »Weißt du vier Tage später noch, wann du an einem bestimmten Abend heimgegangen bist? Dann sagten sie auch noch, dass sie jede Nacht auf der Kerwa waren – immer in der *Hemmingway Bar*. Sie könnten die Abende auch verwechselt haben.«

»Nicht dieser Schiller. Ich möchte wetten, er weiß sogar, wie viele Körner im Zuckerstreuer auf dem Tisch waren. Ich werde jedenfalls den Rilke beim Wort nehmen und ihre Angaben beim Personal der *Hemingway Bar* überprüfen. Nur, um sicher zu gehen.«

»Es wird sich kaum lohnen«, zweifelte Thiele. »Selbst wenn sich heraus stellt, dass Rilke tatsächlich um 23:30 ging, sehe ich nicht, wie er Sandra Hümmer getötet haben könnte. Er hätte gerade mal eine halbe

Stunde gehabt, um sich durch das Gewühl der Menschen zu kämpfen, ans andere Ende der Stadt zu fahren und sich dort auf die Lauer zu legen. Und das alles im Suff!«

»Er könnte den Suff vorgetäuscht haben. Außerdem hat es Freitagnacht zeitweise geregnet. Da drängten die Kerwabesucher bestimmt von der Sandstraße in die Kneipen und Bars, so dass er schnell hätte vorankommen können.«

Thiele stemmte die Hände in die Hüften und musterte Schreiber skeptisch.

Ein Fahrradfahrer klingelte warnend und fuhr dicht an den Kommissaren vorbei.

»Sag mal, Tiger, kann es sein, dass du was gegen den Rilke hast?«, mutmaßte sie.

»Na ja«, druckste Schreiber herum, seinen Blick weiter auf die Bücher gerichtet.

Eine Verkäuferin stieg ins Schaufenster und begann die Lokalkrimis zu stapeln, um sie aus der Auslage zu entfernen.

»Na klar. Ich weiß doch, wie dich Schönlinge irritieren«, blieb Thiele hart.

Schreibers Miene verfinsterte sich und er sah sie an.

»Fandest du ihn echt so schön?«, fragte er.

»Oh ja! Aber lenk nicht ab. Was hast du gegen ihn? Du verhältst dich doch sonst nicht so unprofessionell.«

Schreiber gab sich einen Ruck und erzählte ihr von Nikes Schwärmerei für Rilke.

Als er zu Ende erzählt hatte, sah sie ein paar Sekunden in die Ferne und nickte schließlich.

»Ich verstehe deine Sorge«, sagte sie. »Überprüfe meinetwegen alles genau. Aber sag auf jeden Fall dem Chef Bescheid. Er sollte zumindest davon wissen. Solange es keine konkreten Hinweise gibt, dass Rilke mit der Sache zu tun hat, wird dich eh niemand für befangen halten.«

»Alles klar, Schnegge. So werde ich's machen«, versprach er erleichtert. »Aber mal abgesehen von Rilke. Wenn Schillers Angaben stimmen, hätte Silence genug Zeit gehabt, um die Tat zu begehen.«

»Silence, auf den nicht das Geringste hindeutet«, seufzte Thiele sarkastisch. »Aber im Ernst. Unser Täter will doch offenbar, dass alle Welt die Parallelen zu Jack the Ripper auffallen. Es würde mich auch nicht wundern, wenn er uns demnächst sogar Briefe schickt, wie es der Ripper damals in London getan hat. Würde also unser so sorgfältig planender Täter, der weiß, dass wir einen Ripper-Experten suchen, irgendetwas mit diesen Seminaren zu tun haben wollen? Wohl kaum. Glaub mir. Wir müssen uns wieder auf richtige Polizeiarbeit konzentrieren. Diese Ripperologen-Geschichte ist 'ne Sackgasse.«

Sie schauten wieder ins Schaufenster. Die Verkäuferin stellte gerade die frisch eingetroffene Bücherlieferung aus, die ihr Chef am vorherigen Tag bestellt hatte: verschiedene Fachbücher über Jack the Ripper.

Erstaunt zog Thiele die Brauen hoch und sagte: »Abgesehen davon, dass demnächst sowieso jeder in Bamberg ein Ripperologe ist.«

Rippermania

30. August bis 8. September

Am Dienstagnachmittag versammelte sich die SoKo Ripper im Besprechungsraum. Goldschmied hatte ihren Kollegen Hauptkommissar Michael Küffner vom BKA mitgebracht, mit dem sie gleich neben Laut saß.

Küffner war ein unscheinbarer, kleiner Mann mit kurz geschorenem, blonden Haar und einer randlosen Brille. In seinem braunen Sakko lehnte er sich im Stuhl zurück, verfolgte aufmerksam die Sitzung und überließ Goldschmied das Reden.

»Dieser Becker vom *Bambärchä Bläddla* dürfte jetzt vernünftiger sein. Aber so richtig wird man dem Herrn wohl nie trauen können«, erklärte Laut. »Der wird uns in den Rücken fallen, sobald er meint, irgendwas zu einer Monsterschlagzeile aufblasen zu können. Als Täter kommt er allerdings nicht in Frage, weil er Freitagnacht auf der Sandkerwa war.«

Alle Anwesenden nickten vor sich hin, weil sie genau das erwartet hatten.

»Er saß mit sieben seiner Kollegen den ganzen Abend vor dem *Hofbräu*«, fügte Laut hinzu und sah auffordernd zu Schmoll, die vor ihrem aufgeklappten Laptop saß.

»Von den ungelösten Fällen im gesamten Bundesgebiet erscheinen zwei aus Bayern am vielversprechendsten«, berichtete sie. »Franziska Beck, 32, ledig, wurde am 2. 10. 2010 in München in der Nähe des Oktoberfests mit durchtrennter Kehle und Stichverletzungen im Unterleib aufgefunden. Todesursache war allerdings Erwürgen. Interessant ist hier, dass sie zum Zeitpunkt ihres Todes sexuell erregt gewesen war, jedoch keinen Verkehr hatte. Der Tathergang stellt sich folgendermaßen dar: Sie verließ alleine das Oktoberfest und muss auf dem Nachhauseweg ihren Mörder getroffen haben. Sie kamen sich näher, sie wurde mit dem Rücken gegen eine Hauswand gepresst und dabei erwürgt. Keine Zeugen, keine dringend Tatverdächtigen. Dann wäre da noch Heidi Schubert aus Regensburg, 38, verheiratet, zwei Söhne. Sie wird seit dem 6. April 2011 vermisst. Nach einem abendlichen Ehekrach verließ sie zu Fuß das Haus und wurde zuletzt in verschiedenen Bars in der Regensburger Innenstadt gesehen. Sie hatte ein Alkoholproblem, was sich auch negativ auf ihre Ehe auswirkte. Ihr Mann sowie verschiedene Männer, mit denen sie in den Bars gesehen wurde, konnten aber als Täter bereits ausgeschlossen werden, falls sie überhaupt ermordet wurde.«

Sie sah fragend zu Goldschmied, die ebenfalls ihr Notebook aufgeklappt hatte.

»Wir werden sie in die Fallanalyse mit einbeziehen«, sagte sie. »Aber ich denke, uns allen ist schon jetzt klar, dass zumindest die Münchnerin sehr wahrscheinlich auf das Konto unseres Mannes geht.«

»Wir haben übrigens auch eine Anfrage bei den Kollegen in England laufen«, erzählte Schmoll weiter. »Bei dem deutlichen Bezug zu London dürften die kooperieren und uns ihre ungelösten Fälle übermitteln, soweit sie unseren ähneln. Wir warten auf die Ergebnisse, kann aber noch ein bisschen dauern. Geht über LKA, BKA und Interpol an Scotland Yard, ihr wisst ja, wie das läuft. Falls denen tatsächlich was Vergleichbares vorliegt, werden sie hoffentlich schnell reagieren.«

»Die Fallanalyse dauert noch«, sagte Goldschmied.

»Aber hier schon mal ein kleiner Zwischenbericht: Wir erstellen gerade Bewegungsprofile der beiden Opfer, wonach der Täter in einem Bereich mit Zentrum zwischen Nürnberger Straße und Bahnhof wohnen könnte. Unklar ist nach wie vor, wie und wo er auf die beiden Frauen gekommen sein könnte.

Soziale Netzwerke im Internet werden bei so was immer beliebter, aber die Auswertung der Computerdaten steht noch aus. Ansonsten werden Opfer natürlich gerne an den Orten gesucht, wo sie sich gewohnheitsmäßig aufhalten, wie zum Beispiel am Arbeitsplatz oder auf dem Weg dahin, in Vereinen, Gaststätten oder in Supermärkten, wo sie regelmäßig einkaufen.

Bei Sandra Hümmer können wir immerhin davon ausgehen, dass er sie im *Romantico* ausspioniert hat, dass er sie dort auch als Opfer ausgewählt hat, ist weniger sicher. Sie könnte ihm vorher ebenso an einem ganz anderen Ort aufgefallen sein.

Bei Heike Schwarz stellen sich diese Fragen schwieriger dar. Sie war selbstständige Grafikerin und arbeitete die meiste Zeit am Computer, also zu Hause. Laut ihrer Familie ging sie nicht regelmäßig aus – und wenn, dann verabredete sie sich mit Freunden in den Gaststätten *Stöhrenkeller* oder *Pelikan*. Ihre Einkäufe erledigte sie im Supermarkt in der Langen Straße, wo wir auch den Aushang wegen ihrer verschwundenen Katze fanden. Die Nachbarn sagen übrigens, dass das Tier immer am Fenster saß und von der Straße aus gesehen werden konnte – nur, falls die Katze auch von ihm beseitigt wurde.«

Sie hielt inne und ordnete ihre Gedanken.

»Aber was auch immer wir noch über seine Vorgehensweise herausfinden, eines muss uns klar sein: Er wird manches immer wieder ändern und dem jeweiligen Opfer anpassen. Im extremsten Fall könnte er sich sogar spontan zu einer Tat entscheiden, da die Frauen jetzt durch die Medien gewarnt sind und dadurch vorsichtiger werden. Er kann sich nicht mehr auf ihre Gewohnheiten verlassen, und könnte dann eine gute Gelegenheit beim Schopf packen. Ebenso denkbar wäre, dass er sich das Vertrauen der Opfer erschleicht. Dazu müsste er sie allerdings kennenlernen. In dem Fall riskiert er natürlich, in ihrem Umfeld wahrgenommen zu werden.

Weitgehend unklar ist leider noch, ob er sie nach bestimmten Kriterien aussucht. Vom Typ her waren Sandra Hümmer und Heike Schwarz sehr unterschiedlich. Das Alter könnte eine Rolle spielen – wenn wir die Münchnerin nicht mitzählen, weil er da noch nicht auf Jack the Ripper gemacht hat. Auch, dass sie Singles waren, war wohl ein Auswahlkriterium.

Single-Frauen um die Vierzig dürften also besonders gefährdet sein, und Hinweisen von solchen Frauen oder aus deren Umfeld ist besondere Priorität zu geben.«

Sie lehnte sich zurück und sah zu Laut, der fragend in die Runde blickte.

»Nach dem Aufruf im Fernsehen sind schon einige Meldungen eingegangen«, ergriff Schmoll wieder das Wort. »Meist harmlose Verdächtigungen gegenüber unbeliebten Nachbarn oder anderer Blödsinn. Die Kollegen haben schon alles überprüft.«

»Alles Blödsinn«, murmelte Bayer und schüttelte den Kopf.

Thiele und Schreiber erzählten von ihren Gesprächen mit den Ripperologen.

»Ich hab heute Nachmittag mit den Bedienungen der *Hemingway Bar* gesprochen«, sagte Schreiber.

Laut zog erstaunt die Brauen hoch. »Wegen der Ripperologen? Ohne konkreten Tatverdacht?«

»Johannes Rilke hat es mir ausdrücklich erlaubt«, erklärte Schreiber. »Die Bedienungen bestätigen die Angaben von Ruben Schiller, wonach Rilke und Silence genügend Zeit gehabt hätten, die Tat an Sandra Hümmer zu begehen. Es bestünde allerdings ein sehr enges Zeitfenster, und sie hatten angeblich reichlich Alkohol getrunken.«

»Wir werden uns also wieder auf das persönliche Umfeld von Sandra Hümmer und das *Romantico* konzentrieren«, warf Thiele ein, und Laut nickte zufrieden.

»Der Wiegand ist bei Heike Schwarz mit der Auswertung der Insekten fertig«, sagte Aurich. »Demnach müsste sie tatsächlich um den 7. August gestorben sein. Der Täter hält sich also, wie wir vermuteten, an die gleichen Zeiten wie sein Vorbild.«

Der Chef nickte mit grimmiger Entschlossenheit vor sich hin. Sein Blick erinnerte Schreiber an einen Boxer beim Stare-Down.

»Wenn wir Präventivmaßnahmen ergreifen, sollten wir eines bedenken«, meldete sich Goldschmied wieder zu Wort. »Er ist durch die Medien gewarnt und wird wissen, dass wir seinen Terminplan kennen. Er wird sich also bei seinen Vorbereitungen auf eine große Polizeipräsenz einstellen und könnte sich alle möglichen Tricks einfallen lassen.«

»Wann ist der nächste Stichtag?«, fragte Laut.

»Freitag, der 9. September«, sagte Thiele.

Passend zum dahin schwindenden Sommer und der Bedrohung, die über der Stadt lag, trübte sich das Wetter wieder ein und bescherte Bamberg kühle Winde und einem grauen Himmel, aus dem es immer wieder regnete.

Goldschmied verließ die Stadt am Mittwoch, den 31. August, würde aber von München aus weiter am Fall mitarbeiten. Sie versprach Thiele, Schreiber und Aurich, Bamberg bald wieder zu besuchen. Sie freute sich auf einen zünftigen Kneipenabend zusammen mit den Kommissaren und ihrer neuen Freundin, mit der sie seit der Sandkerwa zusammen war.

Die ersten Septembertage vergingen wie im Flug, die Soko Ripper arbeitete auf Hochtouren, befragte hunderte potenzieller Zeugen und ging zahllosen Meldungen aus der Bevölkerung nach.

Laut versuchte, so viel Personal wie möglich für den 9. September zu bekommen, falls man den Täter bis dahin nicht fassen würde. Er arbeitete auch schon an einem entsprechenden Einsatzplan. Kriminaldirektor Schuster, der Chef der Kriminalpolizeiinspektion, half ihm persönlich dabei, auch Schmoll und einige Kollegen assistierten. Laut wusste, dieser Plan musste richtig gut werden, viele Augen würden ihn noch sichten, letztendlich auch der Bürgermeister, der mit ihm ständigen Kontakt hielt, ganz abgesehen davon, dass von dem Plan ein Menschenleben abhängen konnte.

Nike zog am Montag, den fünften September bei Schreiber ein, wobei der ihr allerdings nicht half, weil er zu sehr mit der Arbeit an dem Fall beschäftigt war und erst spät nach Hause kam.

»Hi, Süße!«, rief er, als er im Gang die Schuhe auszog und Sophie ihm dabei um die Waden strich. Er begrüßte sie mit einem Kraulen hinter dem Ohr.

»Hi, Schreiber«, kam es aus Nikes Zimmer.

Er lief durch den Gang, wandte sich nach rechts, betrat den frisch eingerichteten Raum und sah sich um.

Nikes Schreibtisch am Fenster, die Bücherregale, das Bett, sowie der Kleiderschrank und das Schminktischchen waren im gleichen schwarz-weißen Stil gehalten. Am Boden standen noch ein paar Umzugskartons, zwei Kakteen auf dem Fensterbrett veredelten den Blick auf die Hemmerleinstraße.

Schreiber verkniff sich einen Kommentar über die Gewächse, die er nicht leiden konnte, und fragte: »Wo sind denn deine alten Möbel?«

Nike lag rücklings auf dem Bett und navigierte mit dem Daumen auf dem Touchscreen ihres Handys.

»In der Müllverbrennungsanlage Nürnberg«, sagte sie trocken.

»Oh«, machte Schreiber und dachte wehmütig an ihr früheres Kinderzimmer, dessen Schrank von zahllosen bunten Aufklebern übersäht gewesen war.

»Sorry, dass ich nicht helfen konnte«, bedauerte er. »Ist schön geworden. Habt ihr alles geschafft?«

Er durchquerte den Raum und steuerte die Küchentür an.

»Nur noch die paar Kartons auspacken«, sagte sie. »Auf dem Herd stehen Spaghetti.«

»Super!«, rief er ihr aus der Küche zu. »Wer hat dir denn alles geholfen?«

»Die Tasi, die Jasi, die Kiki und die Vivi.«

»Wieso frag ich eigentlich?«, murmelte er und schaltete den Herd ein.

»Häh?«, rief Nike.

»Nichts weiter! Gehst du noch aus?«

»Nö. Bin platt! Ich hatte übrigens recht: Sophie steht auf Sponge Bob. Wir haben sie nämlich vor den Fernseher gesetzt, weil sie uns immer vor den Füßen herumgelaufen ist! Natürlich hätten wir sie auch ins Bad sperren können. Aber das hätte ich fies gefunden.«

Schreiber lehnte sich in die Küchentür und zeigte mit dem Kochlöffel auf sie.

»Apropos Fernseher: Gucken wir zusammen einen Krimi?«

»Logo.«

»Echt?«, wunderte er sich.

»Klar.«

Nachdem Schreiber eine Portion Spaghetti verdrückt hatte, schauten sie bei Bier und Kartoffelchips den Krimi, den sie gelegentlich mit Mutmaßungen über den potentiellen Täter kommentierten. Sophie lag schnurrend auf Nikes Schoß. Seit langem hatte Schreiber wieder einmal das Gefühl, sich richtig zu entspannen.

Beim Showdown des Films war der Mörder einer Frau auf den Fersen. Sie versteckte sich auf einem Dachboden, wo sie versuchte, per Handy Hilfe zu rufen. Es misslang. »Akku leer« stand auf dem Display in einer Großaufnahme.

»Warum überrascht mich das nicht?«, murmelte Nike.

Die Frau wurde trotzdem gerettet.

Nach dem Film zog sich Nike in ihr Zimmer zurück, wo sie eine CD von Pink auflegte und sich an den Schreibtisch vor ihren Laptop setzte.

Auch Schreiber schaltete im Wohnzimmer seinen Computer ein. Während das Gerät hochfuhr, wühlte er ein altes, vertragloses Handy aus der Schublade und trug es mitsamt Ladekabel zu Nike hinüber. Er platzierte es auf ihrem Schreibtisch, ging in die Hocke und verband es zum Aufladen mit einer darunter liegenden Steckdosenleiste.

»Das trägst du bitte jeden Abend bei dir«, sagte er, als er sich wieder aufrichtete. »Am besten getrennt von dem anderen Handy, also nicht in der Handtasche, sondern in Jacke oder Jeans, okay?«

Nike, die gerade mit ihren Freundinnen chattete, schaute verwundert auf das Gerät und grinste.

»Voll antik«, kommentierte sie. »Geht klar.«

»Versprochen?«

»Jaja. Warum denn nicht?«, sagte sie und tippte »Ich hab eben ein neues Handy bekommen«, in das Chat-Fensterchen.

»Echt???«, erschien sofort Kikis Antwort.

Zufrieden schlappte Schreiber zurück ins Wohnzimmer und setzte sich vor den Computer, wo er sich ins Internet klickte und gewohnheitsmäßig einige Seiten von Online-Zeitungen und Fernsehsendern überflog. Auf letzteren konnte die Pressekonferenz mit dem Aufruf von Laut angesehen werden.

Auf einer der Seiten fand er einen Link, der ihn stutzig machte, und klickte ihn an.

»Rippermania« erschien der Name der Homepage in großen, roten Buchstaben, von denen das Blut tropfte. Darunter die Begrüßung: »Willkommen im Bamberger Jack the Ripper-Forum!«

Daneben eine riesige, blutige Acht, mit der Überschrift »Tage-Countdown bis zum nächsten Mord«, darunter wiederum eine Reihe von Links zu weiteren Jack the Ripper-Seiten.

»Das gibt's doch gar nicht«, murmelte Schreiber, scrollte nach unten und las die Beiträge im Forum:

»Ich glaube, dass er es schafft. Er ist immerhin Jack the Ripper.«

»Nie im Leben. Die Bullen werden doch alles absichern. Außerdem haben die viel mehr Möglichkeiten als damals.«

»Sehe ich genauso. Früher haben die ja noch nicht

einmal Fingerabdrücke genommen. Und Bamberg ist doch viel kleiner als London.«

»He, ihr Schwachköpfe! Schon mal auf die Idee gekommen, selbst was zu tun, um uns zu schützen? Also, wir werden was organisieren. Interessenten melden!« Darunter stand die Adresse eines Security-Services.

Die Kommentare nahmen kein Ende. Fassungslos las Schreiber immer schneller. Hatte der Mörder selbst etwas verfasst? Und wenn ja – ließ es sich zurückverfolgen? Doch er stieß auf nichts Verdächtiges. Der Betreiber der Seite machte kein Geheimnis aus seinem Namen, den Schreiber kannte.

»Ruben Schiller« stand ganz unten auf der Startseite, daneben wurde die Anzahl der Klicks angezeigt: 10.342.

Per E-Mail schickte Schreiber einen Link zu der Seite an alle Kollegen. Der zugehörige Text lautete: »Seht euch das an!«

»Wir schicken ein paar Kollegen zu dem Großmaul vom Security-Service«, sagte Laut am nächsten Morgen in der Sitzung. »Die sollen ein ernstes Wörtchen mit ihm reden. Nicht, dass seine Schutzmaßnahmen einen unberechenbaren Mob hervorbringen, der uns von der Arbeit ablenkt, oder sich an irgendwelchen Unschuldigen vergreift.«

»Und was machen wir mit diesem Forum?«, fragte Bayer, der Zuckerwürfel in zwei dampfende Kaffeetassen warf und eine davon zur neben ihm sitzenden Schmoll schob.

Diese nickte ihm lächelnd zu und schaute wieder auf ihren Laptop.

»Wir machen gar nichts«, entschied Laut. »Natürlich gefällt mir diese Website auch nicht. Aber tatsächlich könnte sie sich noch als nützlich erweisen. Der Täter könnte womöglich selbst einen Beitrag ins Forum stellen, dann hätten wir eine Spur.«

»Hab ich mir gestern auch schon gedacht«, warf Schreiber ein. »Ich habe mir sogar überlegt, ob wir versuchen sollten, über das Forum Kontakt mit ihm aufzunehmen, ihn mit irgendetwas zu ködern, so dass er sich meldet.«

»Nicht schlecht«, sagte Thiele. »Aber was wollen wir schreiben? Das müsste äußerst gut durchdacht sein, total raffiniert, damit er darauf anspringt. Und es müsste ständig jemand am Computer sitzen. Ein Psychologe, der auf unseren Mann richtig reagiert und ihn dahin bringt, wo wir ihn haben wollen.«

»Das ist eine Überlegung wert«, sagte Laut. »Schicken wir den Link zur Goldschmied nach München. Vielleicht hat sie ja eine Idee oder kennt die richtigen Leute. Aber der Täter wird sich, wenn überhaupt, kaum vor dem kommenden Samstag melden. Der ist jetzt viel zu sehr auf seine nächste Tat fixiert.«

»Wir haben noch keine heiße Spur«, warf Aurich ein und gestikulierte mit dem Kaffeelöffel. »Vielleicht sollten wir versuchen, ihn über das Forum bis aufs Blut zu provozieren und ihm eine Falle stellen. Einer von uns könnte sich als Zivilist ausgeben und den Köder spielen. Wir lassen durchsickern, wo der Ripper ihn finden kann und schlagen zu, wenn er kommt.«

Laut überlegte lange und tippte mit seinem goldenen Kugelschreiber auf seinen Unterlagen herum.

»Prinzipiell auch nicht schlecht, Kollege Aurich«, sagte er schließlich. »Aber woher wüssten wir, wann und wo er sich für die Provokationen rächen würde? Ich glaube kaum, dass es uns gelingen würde, ihn auf eine bestimmte Zeit und einen bestimmten Ort festzulegen, so blöd ist der nicht. Und selbst wenn: Die Aktion wäre extrem zeit- und personalaufwändig, weil sie ständig überwacht werden müsste.«

«Außerdem kann jeder diese Website einsehen«, gab Bayer zu Bedenken. »Wir müssten einen Weg finden, nur unserem Mann wissen zu lassen, wo der Lockvogel sitzt. Ansonsten würden mit Sicherheit zahllose unerwünschte Gäste auftauchen. Reporter zum Beispiel, und die ganze Aktion wäre nicht mehr kontrollierbar.«

»Richtig, Kollege Bayer«, pflichtete ihm Laut bei. »Wir konzentrieren uns lieber weiter auf die normalen Ermittlungen, beziehungsweise auf die Präventivmaßnahmen für Samstag. Wenn wir ihn dann nicht haben, können wir die Idee noch einmal ins Auge fassen. Momentan ist der Ripper sowieso zu sehr auf die nächste …«

»Chef?«, unterbrach ihn Schmoll. »Da ist uns wer zuvor gekommen. Ein Ripperfucker21 schreibt hier: He, Jack! Stimmt es eigentlich, dass du einen winzig kleinen …«

Sie stockte und sah von ihrem Laptop hoch: »Nun ja – ich will das alles jetzt nicht wörtlich wieder geben. Es folgt eine Breitseite wüstester Beleidigungen gegen seine Mutter. Nur ein Bruchteil davon würde genügen, um selbst Mahatma Gandhi mit einer Kettensäge Amok laufen zu lassen.«

»Wen?«, flüsterte Bayer.

»Oh Mann«, stöhnte Schreiber.

»Wann wurde das reingestellt?«, fragte der Chef ernst.

»Vor sieben Minuten.«

»Schon irgendwelche Antworten?«

»Eine: Spinnst du? Glaubst du, der lässt sich so einfach provozieren?, und dann schon wieder die Antwort von Ripperfucker21: Wahrscheinlich hast du recht. Der vergreift sich nur an schwachen Frauen. Das feige Schwein hat bestimmt nicht die Eier in der Hose, sich bei mir zu melden.«

»Das ist Wahnsinn«, sagte der Chef erstaunlich ruhig und sah zu Bayer: »Die Nürnberger IT-Leute sollen sofort rausfinden, wo das herkommt.«

Bayer sprang auf und verließ eilig den Raum, um zu telefonieren.

»Soll ich diesen Ruben Schiller kontaktieren, damit er es wieder herausnimmt?«, fragte Schreiber. »Ich hab die Nummer hier.« Er hielt sein Handy hoch.

»Versuchen wir es«, sagte Laut. »Auch wenn die Nürnberger es dann vielleicht nicht mehr verfolgen können. Aber wir können diesen Mist zum jetzigen Zeitpunkt nicht brauchen.«

Schreiber wählte und schob Laut das Handy über den Tisch, doch es meldete sich nur Schillers Mailbox. Laut bat um Rückruf, legte wieder auf und schob Schreiber das Handy zurück.

Alle schwiegen, Aurich trommelte nervös mit den Fingern auf dem Tisch. Laut sah aus dem Fenster.

»Wer weiß, wann wir den Schiller erreichen«, sagte er. »Der Ripper könnte es jetzt schon gesehen haben. Woher wissen wir, dass er kein IT-Experte ist, der im Handumdrehen herausfinden kann, wo der Computer von diesem User steht? Ich will also in jedem Fall erst einmal wissen, wo das herkommt.«

Nike zog die Bettdecke über ihre Schulter und kuschelte sich neben Johnny ins Kissen, ihre Nasen berührten sich fast. Sie genoss den Geruch des Bettes und das entspannte Gefühl danach. Im Hintergrund lief leise eine CD von Sting.

»Darf ich dich mal was fragen?« Sie sah ihm forschend in die Augen.

»Kommt drauf an.«

»Wieso hast du eigentlich so spät mit dem Anglistik Studium angefangen?«

»Im Nachhinein kein tolles Kapitel meiner Vergangenheit«, gab er naserümpfend zu. »Willst du es echt wissen?«

»Ach komm schon!«

»Die Kurzfassung, okay?«

Nike nickte.

»Ich hab ein paar Jahre in London gearbeitet«, sagte er lächelnd.

Nike wartete. Als nichts kam, fragte sie: »Und?«

»Hm?«, machte er.

»Geht's vielleicht doch ein bisschen ausführlicher?«, drängte sie und küsste ihn auf die Nase.

Mit einem Seufzer drehte er sich auf den Rücken und verschränkte die Hände hinter dem Kopf. Sein Blick war auf die Zimmerdecke gerichtet, als er erzählte:

»Ich hab nach der Bundeswehr BWL in Bamberg studiert. Und da hab ich 'ne Gaststudentin aus England kennengelernt. Weil's in meinem Studium sowieso nicht so gut lief, bin ich kurzerhand mit ihr nach London zurück, wo wir ein paar Jahre zusammen wohnten. Ihre Familie hat einen gut gehenden Klamottenladen, der auch immer einen Stand am Camdon Market hat. Ich arbeitete bei denen mit, bis die Beziehung in die Brüche ging. Tja – und jetzt bin ich wieder hier.«

Neugierig hob Nike den Kopf.

»Ja und?«, fragte sie. »Erzähl doch mal ein bisschen. Wie war das so in London? Und vor allem: Wie war sie?«

Grinsend wandte er sich ihr zu, seine Augen funkelten sie listig an.

»Sie war vor allem viel älter als du raffiniertes junges Ding«, sagte er. »Du willst dich jetzt aber nicht über unsere früheren Beziehungen unterhalten, oder?«

Nike sah zur Seite und überlegte.

»Nein, nicht wirklich«, bestätigte sie, schmiegte sich an Johnny und hauchte ihm einen zärtlichen Kuss auf den Mund. Als sie aus dem Bett steigen wollte, hielt er sie zurück, indem er sie von hinten umfasste und an seine Brust zog.

»Bleib doch noch ein bisschen«, raunte er mit dem Kinn auf ihrer Schulter, biss sachte in ihr Ohrläppchen und roch mit geschlossenen Augen an ihrem Haar.

»Noch mal?«, fragte sie mit gerümpfter Nase.

»Oh ja«, sagte er.

»Du bist ja süß. Aber ich kann nicht mehr.«

Sie befreite sich mit sanfter Gewalt aus seiner Umklammerung, küsste ihn noch einmal, stieg endgültig aus dem Bett und verkniff sich einen weiteren Kommentar. Dass sie ihrem Vater versprochen hatte, nachts nie mit Johnny alleine zu sein, solange der Ripper-Fall noch lief, brauchte sie ihm nicht auf die Nase zu binden. Er wusste ja noch nicht einmal, dass ihr Vater Polizist war. Sie bückte sich nach ihrer Unterwäsche, die auf dem Boden lag.

Er stützte seinen Kopf auf die Hand und beobachtete sie unverhohlen beim Ankleiden.

»Jetzt guck mich nicht so an«, motzte sie. »Das macht mich nervös.«

»Dein Körper ist makellos.«

Als sie den BH und den Slip angezogen hatte, baute sie sich neben dem Bett auf und stemmte die Fäuste in die Hüften.

»Mich darf nur mein Freund so anschauen.«

»Soso.«

Sie seufzte, setzte sich aufs Bett und strich ihm mit dem Zeigefinger über die Nase.

»Im Ernst«, sagte sie und legte den Kopf schräg. »Sind wir jetzt eigentlich zusammen?«

»Weiß nicht. Sag du's mir!«, erwiderte er lächelnd.

»Weiß nicht. Sag du's mir!«, wiederholte sie und knuffte ihn auf die Schulter.

»Weiß nicht. Sag du's mir!«, sagte er wieder.

»Immer einmal mehr als du!«, rief sie, hechtete auf ihn und küsste ihn lange und wild.

Als er erregt zu schnauben begann, stieß sie ihn plötzlich weg und sprang aus dem Bett. Pfeifend zog sie sich weiter an und verschwand im kleinen, fensterlosen Badezimmer.

Protestierend stöhnend ließ er sich grinsend ins Kissen fallen und schlug fassungslos die Hände vors Gesicht. Als er im Bad die Klospülung hörte, stand er auf, schlüpfte in seine Boxershorts und schlappte ans Fenster, das mittlere von dreien in seiner Einzimmerwohnung in der Eisgrube. Er öffnete es, inhalierte gierig die frische Luft und stützte gut gelaunt die Ellbogen aufs Fensterbrett.

»Hallo!«, riefen ihm ein paar Nachbarskinder zu, die unter ihm an der Hauswand die Steintreppe hoch eilten und vorbei an ein paar parkenden Autos hinter der Oberen Pfarre durch die Hölle rannten.

Nike kam mit neu geordneter Frisur aus dem Bad, umschlang von hinten seine Hüften und vergrub ihre Nase in seinem Nacken. Innig inhalierte sie seinen Duft und legte ihre Wange auf die nackte Haut seiner muskulösen Schulter.

»Wie auch immer das hier weitergeht«, sagte sie

ernst. »Treib keine Spielchen mit mir, okay? Hauptsache keine Spielchen!«

Rilke sah den Kindern nach, bis die letzten ums Eck eines feurig-gelben Häuschens verschwanden. Es waren zwei kleine Mädchen.

»Geht klar«, sagte er.

Am Dienstagabend saßen die Kommissare erneut im Besprechungsraum. Sie unterhielten sich mit gesenkten Stimmen, als sie auf den Beginn der Sitzung warteten. Aurich band sich seinen Pferdeschwanz neu, nahm einen Schluck Kaffee und räusperte sich.

»Ich hab mir die Jungs von diesem Security Service mal zur Brust genommen«, verkündete er und alle verstummten.

»Wir können denen natürlich nicht verbieten, Samstagnacht durch die Straßen zu laufen. Ihr Chef, ein gewisser Marco Stuck, hat mir allerdings versprochen, den Ball flach zu halten und im Internet nicht mehr Stimmung zu machen. Ich hatte den Eindruck, dass er das Ganze auch ein bisschen ausnutzen wollte, um für seinen Service zu werben. Tatsächlich könnten die sogar von Nutzen sein, denn sind wir mal ehrlich: Auch wenn wir Samstagnacht ein paar Hundertschaften am Start haben werden – jeden dunklen Winkel der Stadt können wir nun mal nicht absichern.«

Lauts Gesichtsausdruck blieb neutral.

»Danke, Kollege Aurich«, sagte er und kam zum nächsten Punkt. »Dank schnellen Reagierens der Nürnberger haben wir Ripperfucker21. Er heißt Frank Fabian und betreibt eine Kampfsportschule in der Brennerstraße.«

»Das sind doch diese Backsteingebäude in der Nähe vom Bahnhof?«, warf Thiele ein.

»So ist es«, bestätigte der Chef. »Wir haben ihn vorhin erreicht, und ich hab Fritz mit einem Kollegen rübergeschickt, um mal ein ernstes Wörtchen mit ihm zu reden. Er müsste jeden Augenblick wieder kommen.«

Wie aufs Stichwort betrat Bayer den Raum, nickte kurz in die Runde und nahm Platz.

»Kollege Bayer?«, sagte Laut.

»Das Wichtigste zuerst«, sagte der und strich dabei mit den Fingern duch seine vom Motorradhelm zerdrückte Vokuhila-Frisur. »Er wird die Provokationen im Forum unterlassen.«

Er nickte dankbar zur Seite, als Schmoll ihm einen Kaffee zuschob. Er nahm einen kleinen Schluck und fuhr fort: »Der Typ ist ein riesiger Bär und hält sich wohl für unbesiegbar. Ich habe natürlich Klartext mit ihm gesprochen. Behinderung der Ermittlungen und so weiter. Wenn er jetzt brav ist, sollten wir die Sache meiner Meinung nach auf sich beruhen lassen. Als ich ihn nämlich gefragt habe, was er sich bei dieser Wahnsinns-Aktion mit Ripperfucker21 überhaupt gedacht hat, erzählte er mir was ganz Erstaunliches. Seine neunjährige Schwester sei einem Triebtäter zum Opfer gefallen, der nie ermittelt wurde. Das war 1986 in Nordrhein-Westfalen, wo seine Familie damals noch wohnte. Er selbst war zu der Zeit zehn. Ich habe es Schreiber gleich durchgegeben, damit er es überprüft.«

Er sah zu Schreiber, der nickte.

»Er meinte, dass er wegen dieser alten Geschichte ausrastet, wenn es um Gewalt gegen Kinder und Frauen geht«, fuhr Bayer fort. »Nun ja, ich kann es ihm ehrlich gesagt nicht verdenken. Jedenfalls trainiert der Bruder von Heike Schwarz bei ihm Karate. Als er von dem dann erfuhr, dass das eine Opfer, von dem er in den Zeitungen gelesen hatte, dessen Schwester war, hat bei ihm irgendetwas Klick gemacht. Er fühlte sich seinem Kampfsport-Kumpel wohl auch besonders verpflichtet. Und als er heute Morgen auf das Forum in Rippermania stieß, meinte er, dass das eine echte Chance für ihn wäre, den Ripper zu kriegen. Er hat spontan seine Provokation abgefeuert – es war wohl auch eine Art Ventil für ihn.«

Bayer sah in die Runde und ließ seine Geschichte wirken.

»Was für einen Eindruck machte er auf dich?«, fragte der Chef.

»Ich denke, ich konnte ihn überzeugen, dass er den Ripper uns überlässt und von nun an Ruhe gibt. Am Ende hat er mir sogar ein bisschen Leid getan. Natürlich hab ich ihm auch noch geraten, wachsam zu sein – gegen einen heimtückischen Angriff ist selbst der stärkste Kerl machtlos. Er versprach, sich sofort zu melden, falls er was Ungewöhnliches beobachtet – könnte ja sein, dass der Ripper tatsächlich auf die Sache angesprungen ist und ihn findet.«

»Seine Beiträge im Forum wurden inzwischen übrigens rausgenommen«, sagte Schreiber. »Ich habe den Schiller heute Mittag erreicht.«

Laut atmete tief ein und ließ die Luft kopfschüttelnd wieder heraus: »Als ob wir nichts besseres zu tun hätten«, murmelte er matt und schielte kurz zum vorläufigen Einsatzplan für Freitag, der an einer neuen Stellwand hing. Auf einem Stadtplan waren zahllose bunte Stecknadeln als Markierungen für die jeweiligen Polizeikräfte angebracht.

Schmoll arbeitete auch an einer digitalisierten Fassung, die sie noch am Abend an die Kommissariate aller Städte schicken wollte, die Kräfte zur Verfügung stellten. Es war bereits ein Führungsstab eingerichtet worden, dessen Leitung Kriminaldirektor Schuster, der Chef der Bamberger Kriminalpolizeidirektion, persönlich übernommen hatte.

»Also gut, gehen wir es noch mal durch«, sagte Laut. »Die strategische Verteilung der Einsatzkräfte geht ganz gut voran. Wir werden ihr in jeden Fall noch den letzten Schliff geben, wenn endgültig feststeht, wie viele Beamte wir überhaupt kriegen. Aber was geben wir denen mit auf den Weg? Worauf müssen die besonders achten?«

Er sah zu Thiele, die aufstand und zur Pinwand mit den Londoner Ripper-Opfern ging. Sie deutete auf ein ovales Bild vom Gesicht einer lockigen Frau mit geschlossenen Augen.

»Annie Chapman wurde in den frühen Morgenstunden am Samstag, den 8. September 1888 ermordet. Man schätzte die Tatzeit auf 5.30 Uhr. Ihre Leiche lag in einem Hinterhof, also weg von der Straße.«

»Demnach wird es eine lange Nacht von Freitag auf Samstag«, stellte Laut fest. »Die Kollegen dürfen nicht glauben, dass die Sache früh um drei schon gelaufen ist. Das mit dem Hinterhof gefällt mir nicht. Ganz Bamberg ist verschachtelt und hat zahllose Hinterhöfe, die nur durch die Haustüren erreicht werden können. Wenn da was passiert, bekommen es die Kollegen gar nicht mit. Wir können aber nicht in jeden dieser Höfe einen Beamten reinstellen. Also kommen wir nicht darum herum, die Bevölkerung zu warnen und zur Mitarbeit aufzurufen. Die wissen wahrscheinlich eh schon, welche Tage besonders gefährlich sind. Was die Kollegen angeht, so müssen sie schon im Vorfeld darauf achten, wer wen nach Hause begleitet und ein Auge auf Pärchen haben. Unser Mann könnte sich an das Opfer heranmachen, und wenn er erst mal mit ihr durch die Haustür getreten ist, hat er leichtes Spiel.«

»Aber wenn er das tut, tritt er in Erscheinung«, gab Schreiber zu Bedenken. »Zeugen werden sich an ihn erinnern.«

»Er könnte also sein Aussehen verändern«, führte Laut den Gedanken weiter. »Sich vielleicht sogar verkleiden als Türsteher, Straßenkehrer oder am Ende gar als eine Person, der jeder vertraut: als Polizist zum Beispiel. Von denen werden ja genügend herumlaufen.«

Die Tage verstrichen, ohne dass die Soko Ripper auf eine heiße Spur stieß. Alle stellten sich darauf ein, dass sie es nicht schaffen würden, den Täter bis Freitag zu ergreifen. Die Hoffnungen lagen darauf, ihn auf frischer Tat zu ertappen, ohne dass jemand zu Schaden kam.

Am Donnerstagabend ging Schreiber zusammen mit Thiele, Aurich und Bayer sogar noch einmal auf den Schießstand, falls es am Freitag tatsächlich hart auf hart käme. Alle vier hatten sich für die Nacht den Beamten im Innenstadtbereich zuteilen lassen.

Schreiber war froh, dass an diesem Donnerstag auch eine längst überfällige Probe der *B. Bulls* angesetzt war. Sie wollten sich um zwanzig Uhr im gut isolierten Kellerraum unter der Rockkneipe *Rampe* in der Thoracker Strasse treffen, wo auch das fast in Vergessenheit geratene Plakatproblem angesprochen werden sollte. Schreiber hatte das Musizieren vermisst, und der Abend würde ihm etwas Ablenkung verschaffen.

Volker Erwig, der kahl geschorene Bassist, der stets schwarz trug, steckte als letzter seinen Kopf zur schweren Metalltür herein und sagte: »Sorry, aber bei einer richtigen Band …«

»... muss mindestens ein Musiker zu spät kommen«, sagten die anderen Drei gelangweilt im Chor.

Rainer Grämer, der Keyboarder, bückte sich nach dem Bierkasten in der Ecke, fischte ein Pils heraus und öffnete es. Er strich sich die in der Mitte gescheitelten Haare zurück und reichte die Flasche dem Neuankömmling, der sich gänzlich in den kleinen Raum quetschte, in dem man sich kaum bewegen konnte.

An den Wänden waren notdürftig dicke Schaumstoffpolster angebracht, in den Ecken standen Verstärker, Keyboard und Mischpult. Bewegte sich ein Musiker, so musste er ständig aufpassen, nirgends anzustoßen, oder über Kabel, Gitarrenständer oder die Dreifüße der Mikrophonständer und Schlagzeugbecken zu stolpern.

Aurich hockte bereits hinter seinen roten Drums.

»Endlich bist du da!«, rief er erfreut. »Ich wollte meine Skizze erst zeigen, wenn alle zusammen sind.«

»Du und deine Bitches«, brummte Schreiber gedehnt. Er saß auf seinem Verstärker.

»Ist ja gut«, bremste ihn Aurich. »Seit der Chef sich eingemischt hat, sehe ich ja ein, dass meine ursprüngliche Idee nicht geht. Aber seht euch das an!«

Er hielt eine Zeichnung hoch, die er mit Kugelschreiber angefertigt hatte. Erwig, der mit dem Rücken an der Tür lehnte, streckte den Kopf nach vorne und kniff die Augen zusammen. Schreiber und Grämer, der es sich schon hinter seinem Keyboard bequem gemacht hatte, taten das gleiche.

»Gut, gell?«, sagte Aurich strahlend. »Ich habe in Kunsterziehung auch immer eine Eins gehabt. Aber abgesehen davon: Ist das nicht eine geile Idee? Und wir bräuchten für das Foto auch nur die Jutta – und die hat ja schon zugesagt.«

Schreiber nickte langsam und sagte: »Ich tu es nicht gerne, Aurich, aber ich muss dich loben. Das ist wirklich 'ne geniale Idee, auch mit dem Text und so.« Er sah zu den beiden anderen. »Ich finde, so sollten wir's machen. Was meint ihr?«

»Jou«, machte Erwig an der Tür.

Grämer schlug sich mit der Faust gegen die Brust und rülpste.

»Ich vermute, dass heißt ja«, stellte Schreiber fest. »Also gut. Machen wir bald einen Termin fürs Foto-Shooting. Und jetzt lasst uns musizieren.«

Er stand auf und hängte sich seine Gitarre um.

Erwig, verschränkte seine Finger, überstreckte sie mit einem lauten Knacken und nahm seinen Bassgitarre.

»Ich bin für Jumpin' Jack Flash«, schlug Grämer vor.

»Jou«, machte Aurich, steckte seine Skizze weg und schnappte sich seine Sticks, die auf der Snare-Drum lagen.

Erwig nickte und wärmte sich mit einem brummenden Bass-Lauf auf.

»Gut, das haben wir auch schon lange nicht gespielt«, stimmte er zu.

»Gebongt«, sagte Schreiber und übte kurz den Riff. »Aber in der knackigen Version von Motörhead. Aurich, du singst!«

Aurich zog das Mikrofon am Galgen zu sich herunter: »One two, one two - okay, ist laut genug«, sagte er, atmete tief durch und schlug die Sticks zusammen. »One, two, three, four!«

Alle rümpften angewidert die Nasen, als Schreiber seine Riffs spielte. Er hatte seinen Sound wieder einmal zu verzerrt eingestellt, so dass er viel zu dreckig und breiig klang. Doch zumindest spielten die vier gut zusammen, und der Groove stimmte, als Aurich röhrend zu singen begann:

»I was born in a cross-fire hurricane
And I howled at my ma in the driving rain,
But it's all right now, in fact, it's a gas!
But it's all right. I'm Jumpin' Jack Flash,
It's a Gas! Gas! Gas!«

Stichtag

8. bis 10. September

Rund 360 Beamte der Bereitschaftspolizei in 65 VW-Bussen aus neun Städten, strategisch günstig über das Bamberger Stadtgebiet verteilt und bereit, Personen zu überprüfen, Kontrollpunkte zu errichten und Straßen zu sperren; 24 Beamte ziviler Einsatzgruppen aus Coburg, Bayreuth und Hof, zusammen mit 32 Polizisten der Bamberger Kripo; und schließlich ein 21-köpfiges Sondereinsatzkommando aus Nürnberg: Erster Kriminalhauptkommissar Konrad Laut war mit der Ausbeute an Einsatzkräften für Freitagnacht zufrieden.

Am Donnerstagabend hatte sich der Führungsstab für den Großeinsatz zur letzten Besprechung getroffen. Er setzte sich aus führenden Beamten der unterschiedlichen Städte zusammen. Lauts Aufgabe war es, Kriminaldirektor Schuster bei der Einsatzleitung direkt zur Seite zu stehen.

Als schon alle Kollegen gegangen waren, stand Laut noch alleine im Besprechungsraum vor der Stellwand und studierte ein letztes Mal die Markierungen auf dem Stadtplan. Wie ein General, der in einem Krieg die alles entscheidende Schlacht vorbereitete, nahm er die einzelnen Zonen erneut ins Visier und überlegte, ob sie noch etwas vergessen hatten. Irgendwann riss er sich vom Plan los, trat ans Fenster und schaute über die Stadt. Die Sonne war schon fast am Horizont verschwunden.

Er fühlte sich wie ein Förster, der über sein Revier sah. Wild entschlossen, das Untier, das in diesem Revier umging, unschädlich zu machen. Bestimmt würde er es erwischen, bevor es weiteren Schaden anrichten konnte. Schließlich hatte er alles in seiner Macht stehende dafür getan.

Nie zuvor hatte er so viele Kräfte aktiviert, es hatte auch nie zuvor einen genauen Termin für eine Straftat gegeben, von dem noch dazu alle Welt wusste. Zahllose Augen würden morgen auf Bamberg gerichtet sein, und obwohl Kriminaldirektor Schuster die Einsatzleitung übernommen hatte, fühlte sich Laut, als ob all diese Augen nur ihn ansahen.

In Anbetracht all dieser Aufmerksamkeit wog seine Verantwortung doppelt schwer, und es kamen ihm Zweifel auf, ob er ihr auch tatsächlich gewachsen war. Hatte er wirklich genug getan und dabei an alles gedacht? Konnte er die Menschen tatsächlich beschützen und den Mörder ergreifen? Im Grunde wusste er, dass er sich nicht hundertprozentig sicher sein konnte.

Laut rammte die Fäuste in seine Hosentaschen und atmete tief durch: Nein – obwohl er alle Hebel in Bewegung gesetzt hatte, war er nicht auf alles vorbereitet. Als er so dastand und die Silhouette Bambergs in der Abenddämmerung betrachtete, kam er sich vor wie ein Schüler, dem eine Prüfung bevorstand, für die er nicht das Geringste gelernt hatte.

Jack stellte mit der Fernbedienung den Ton lauter, schlug die Beine übereinander und lehnte sich bequem zurück.

»In Franken zittert eine ganze Stadt vor Jack the Ripper.«

Die braunäugige Schönheit stand selbstbewusst neben einem Designer-Pult und blickte ernst in die Kamera. »Nach den brutalen Morden an zwei Bamberger Frauen, von denen wir berichtet haben, sind die

Parallelen zum historischen Serienmörder aus London nicht mehr zu leugnen. Nun ist sogar von einem Stichtag die Rede, an dem der Bamberger Killer erneut zuschlagen will. Eine Stadt im Ausnahmezustand. Aus Bamberg: Halime Küjah.«

Schnitt. Eine attraktive Deutsch-Türkin im roten Blazer vor der Kriminalpolizeiinspektion in der Schildstraße: »Ganz Bamberg steht noch immer unter Schock. Noch keine zwei Wochen ist es her, dass Sandra Hümmer auf dem Nachhauseweg brutal ermordet wurde …«

Schnitt auf Blumen und rote Grablichter am Fundort von Sandra Hümmer. Halime Küjahs Stimme aus dem Off: »… Und nicht genug damit, dass schon am nächsten Tag die Leiche von Heike Schwarz gefunden wurde. Während der Sandkerwa, welche die Stadt jedes Jahr ausgelassenen feiert …«

Schnitt auf das Fischerstechen – zwei Bote vor der malerischen Kulisse Klein Venedigs.

Schnitt auf Halime Küjah: »Jetzt soll sogar die nächste Tat unmittelbar bevor stehen. Experten und Polizei befürchten, dass der Mörder in der Nacht von Freitag auf Samstag sein grausiges Treiben fortsetzten wird.«

Schnitt auf Laut bei einer Pressekonferenz, vor ihm Mikrofone, Blitzlichtgewitter: »… Daher wurden für die Nacht von Freitag auf Samstag umfangreiche Sicherheitsvorkehrungen getroffen. Es wird eine groß angelegte Überwachungsaktion aller öffentlichen Orte im gesamten Bamberger Stadtgebiet durchgeführt, in die zahlreiche Beamte aus ganz Bayern eingebunden sind.

Um diese zu unterstützen, appellieren wir dringend an alle Bürger, möglichst zu Hause zu bleiben. Für einen optimalen Schutz rufen wir die Einwohner außerdem zu aktiver Mitarbeit auf und bitten, verdächtige Beobachtungen sofort zu melden …«

Schnitt auf Halime Kühja: »Große Sorge also hier in Bamberg, viele Bürger gaben bereits an, die Überwachungsaktion zu unterstützen, indem sie zu Hause bleiben. All ihre Hoffnungen ruhen jetzt auf der Polizei.

Schnitt auf die braunäugige Schönheit im Studio: »Bamberg – eine Stadt sucht einen Mörder. Sehen sie hierzu gleich im Anschluss unsere Sondersendung über die bisherigen Ereignisse in Bamberg und im Anschluss daran eine Reportage über Jack the Ripper.«

Jack lehnte sich entspannt zurück und verschränkte die Hände hinter dem Kopf.

»Cool.«

Lauts Appell an die Einwohner Bambergers ging durch sämtliche Medien, dennoch erzielte er nicht den gewünschten Effekt. Zwar folgten viele seinen Ratschlägen, meist, indem sie für Freitagnacht einfach einen Heimabend einplanten. Doch es waren bei weitem nicht genug. Die Betreiber von Kneipen, Diskos, Tanzlokalen, Live-Bühnen und anderen Etablissements wollten nicht auf ihr Wochenendgeschäft verzichten.

Die Nachtschwärmer sahen ihrerseits nicht ein, bereits gekaufte Eintrittskarten zurückzugeben oder ihre Gewohnheiten zu ändern. »Jetzt erst recht!«, sagten sich die meisten. Sie würden sich doch den Auftakt zum Wochenende nicht von einem Kriminellen verderben lassen. Vor allem Singles und eingefleischte Disco-Cliquen hielt nichts zu Hause. Sie würden schon aufpassen und zu keinem Zeitpunkt alleine sein.

Auch der Großteil privater Feiern wurde nicht abgesagt. Manche wandelten ihre Feiern in Ripper-Partys um, bei denen nebenbei Radio oder Fernseher laufen sollten, um keinesfalls zu versäumen, wenn sich in der Stadt etwas tat. Dass sie alle alleine dadurch, dass sie sich in der Nacht zweimal von A nach B bewegen mussten, die Polizeiaktion erschwerten würden, wollten sie nicht wahrhaben.

Ines Bertold gehörte zu den Einsichtigen, die den Abend zu Hause verbringen wollten, was ihr nicht schwer fallen würde, weil sie freitags ohnehin selten ausging. Auf Valentin wollte sie allerdings nicht verzichten, schließlich freute sie sich schon seit Tagen auf seinen Besuch. Dass sie ihn erst zweimal getroffen hatte, machte ihr wenig Sorgen. Ihre Menschenkenntnis sagte ihr, dass sie ihm vertrauen konnte.

Um 19:15 überprüfte sie vor dem Spiegelschränkchen im Badezimmer noch einmal ihr Äußeres. Die braunen, hochgesteckten Haare saßen gut, die dezente Schminke betonte ihre grünen Augen, deren Farbe sich im eng anliegenden, schulterfreien Kleid wiederfand. Sie trug noch die rote Kochschürze darüber.

Als sie um 19:26 Uhr den Tisch im Wohn- und Esszimmer ihrer heimeligen Zweizimmerwohnung in der Josephstraße deckte, hörte sie im Radio noch einmal Lauts Aufruf an die Bevölkerung.

Ihre Bewegungen verlangsamten sich, als sie Löffel und Gabeln ordentlich neben den Tellern platzierte. War sie vielleicht doch zu leichtsinnig? Konnte Valentin der gesuchte Mörder sein? Schließlich hatte sie sich schon früher in Männern getäuscht. Nicht umsonst war sie mit 38 noch Single. Ein leiser Zweifel vergiftete ihre Vorfreude.

Sie ging in die kleine Küche, wo sie Kerzenstumpen aus ihrem silberfarbenen Tischleuchter pulte und drei neue Kerzen hinein steckte. Im Hintergrund lief der Wetterbericht.

Als sie die köchelnde Bolognese-Sauce umrührte, ertönte »How deep is your love?« von den *Bee Gees* und sie lächelte kopfschüttelnd über sich selbst. Wenn sie sich irrte und er tatsächlich der gesuchte Mörder war – die Wohnungen in ihrem Haus waren hellhörig. Und Frau Schneider, die wie sie im ersten Stock und gleich über dem Hof wohnte, konnte direkt zu ihr herüber in ihr Wohn- und Esszimmer sehen. Sie würde einfach die Vorhänge offen lassen. Und ins Schlafzimmer wollte sie mit Valentin ohnehin nicht gehen – zumindest heute noch nicht.

Sie legte den Kochlöffel beiseite, ging zum rechten der drei Hoffenster und schaute hinüber zu Frau Schneiders Wohnung. Nirgends brannte Licht.

Ein Klingeln an ihrer Tür ließ sie zusammenzucken, und sie sah auf die Standuhr neben ihrem Fernseher: 19:32 zeigten die schwarzen Zeiger auf der dreieckigen, grünen Kunststoffplatte. Das war nicht Valentin.

Sie ging zur Tür und lugte durch den Spion. Es war Judith, die mit ihrem Mann zur Straße hin im Parterre wohnte. Ines öffnete ihr.

»Hi, Ines, ich bringe dir nur den Schlüssel«, sagte Judith und hielt ihr einen Sicherheitsschlüssel hin.

»Ach ja«, sagte Ines, der wieder einfiel, dass sie Judith versprochen hatte, ihre Fische zu füttern, während die mit ihrem Mann in Urlaub war. »Ihr fliegt schon heute Nacht?«

»Jaja – ab Nürnberg.«

»Hab ich gar nicht mehr daran gedacht«, gab Ines zu.

Sie nahm den Schlüssel und fragte: »Wo ist denn eigentlich Frau Schneider?«

Judith schaute überrascht und sagte: »Hast du das gar nicht mitbekommen? Die hat sich doch heute Morgen ins Klinikum bringen lassen. Verdacht auf Blinddarmentzündung. Aber das wird schon wieder. Wir müssen dann auch los, unser Flieger geht. Und Danke noch mal!«

»Ja klar, viel Spaß!«, rief Ines Judith nach, die schon die Treppe hinunter eilte.

Ines drückte die Tür zu, umklammerte den Sicherheitsschlüssel und überlegte: Frau Schneider war also im Krankenhaus, Volker, der Krankenpfleger über ihr, hatte Nachtschicht und würde bald aus dem Haus gehen. Die Studenten in den Einzimmer-Apartments unter ihr, waren in den Semesterferien zu ihren Eltern gefahren. Der Arzt, der mit seiner Familie über Frau Schneider im zweiten Stock zur Straßenseite wohnte, war mit seiner Familie im Urlaub.

Ines würde mit Valentin ganz alleine im Haus sein.

Tiele und Schreiber hatten sich den Polizisten am Obstmarkt zuteilen lassen, dem Zentrum der nächtlichen Aktion. Sie würden die ganze Nacht im Umfeld der Kneipen, Bars und Clubs in der Austraße, Langen Straße und der Oberen Sandstraße nach dem Rechten sehen. Für den Fall, dass sich in einem anderen Teil der Stadt etwas ereignete, konnten sie von dort aus schnell vor Ort sein.

Um 21:30 hielt Thiele mit ihrem Dienstwagen gleich hinter dem VW-Bus, der an der Ecke zur Austraße neben einer der Ampeln im Parkverbot stand. Er war mit vier Bamberger Beamten besetzt. Zwei lehnten an der seitlichen Schiebetür.

»Hey, Jutta«, grüßte Thiele Kriminalobermeisterin Jutta Kuschke. »Alles klar?«

Kuschke und ihr jüngerer Kollege nickten.

»Den Aufruf im Fernsehen hätten wir uns aber schenken können«, antwortete Jutta. »Die Leute sind genauso unterwegs wie jeden Freitag.«

»Hm«, machte Thiele, lehnte sich mit verschränkten Armen neben Kuschke und konnte sich mit einem Blick davon überzeugen, dass diese recht hatte.

Der Obstmarkt war ein Knotenpunkt, den viele Nachtschwärmer passierten, wenn sie in der Innenstadt unterwegs waren. Thiele, die nicht selten selbst dazu gehörte, konnte tatsächlich keinen Unterschied zu anderen Freitagen erkennen. Leute aller Altersklassen liefen aus allen Richtungen vorbei; Schüler und Studenten standen vor dem *Calimeros* herum, amerikanische Soldaten und aufgedonnerte Teenies vor dem *Green Goose*. Eine Gruppe kichernder junger Frauen in rosaroten T-Shirts kam vorbei, die einen Junggesellinnenabschied feierten.

»Marion heiratet (zweiter Versuch) – ich bin nur zum Saufen hier!«, las Thiele den Aufdruck in großen weißen Buchstaben und starrte der Gruppe nach.

»Wie findest du eigentlich Peters neue Idee?«, riss Kuschkes Stimme sie aus ihren Gedanken.

Thiele zuckte hoch und sah ihre junge Kollegin fragend an.

Sie brauchte einen Augenblick um zu begreifen, dass es um das neue *B. Bulls*-Plakat ging.

»Ist in Ordnung«, antwortete die Kommissarin. »Im Gegensatz zum ersten Vorschlag.«

Ohne es zu wollen, sah sie Kuschke mit ihrem kastanienbraunen Haar und dem kleinen, durchtrainierten Körper plötzlich im goldfarbenen Bikini vor sich.

»Der war aber auch nicht schlecht«, stellte Kuschke fest. »Warum wolltest du eigentlich nicht mitmachen?

Da ist doch heutzutage nichts dabei. Und so, wie du aussiehst ...«

Unter ihrer Polizeimütze lächelte sie zu Thiele hoch.

»Äh«, machte die nur und war froh, dass Schreiber gerade angeradelt kam.

Er fuhr quer über die Straße, kettete sein Fahrrad an eine der Stangen vor den Cafés auf der anderen Seite und trat an den Bus heran, die Fäuste in den Taschen seiner braunen Lederjacke.

»Alles klar bei euch?«, fragte er Thiele und nickte auch Kuschke und ihrem Kollegen zu.

»Alles klar«, sagte Thiele.

»Find ich übrigens klasse, dass du beim Shooting mitmachst«, lobte Schreiber Kuschke.

Sie strahlte ihn geschmeichelt an. »Mach ich doch gerne für euch Jungs. Aber dafür hab ich für eure Konzerte fei immer freien Eintritt, gell?«

»Logo«, versprach Schreiber.

»Na, dann wollen wir mal«, sagte Thiele, klappste Kuschke auf die Schulter und lief in die Lange Straße voraus.

Hinter ihrem Rücken hörte sie Schreiber sagen: »Wenn du als Model Karriere machst, lädst du mich aber mal in deine Villa ein, okay?«

»Geht klar«, versprach Kuschke lachend.

Schreiber holte Thiele ein und spazierte mit ihr durch die Lange Straße. An einem Pizza-Stand kaufte er zwei Stücke Spezial, reichte Thiele eines, und sie ließen es sich im Weitergehen schmecken.

Als sie schon fast beim Rand angekommen war, räusperte sich Thiele plötzlich und fragte: »Sag mal, Tiger: Findest du die Jutta eigentlich süßer als mich?«

Schreiber kaute zu Ende und schluckte seinen Bissen hinunter.

»Sei nicht albern, Schnegge«, antwortete er ohne sie anzusehen. »Du bist doch das süßeste Mädchen in der ganzen Stadt.«

Thiele verschluckte sich und hustete eine Scheibe Champignon auf den Gehweg. Ein Jugendlicher im Gangster-Rapper-Outfit sprang erschrocken zurück.

Schreiber schob sich das letzte Stückchen Pizza in den Mund und fragte: »Wie geht's eigentlich Julia mit ihren Zwillingen?«

Thiele keuchte noch einmal und krächzte: »Gut. Mitte Oktober soll es soweit sein. Aber sie sagt, dass sie jetzt schon platzt.«

Im kalten Licht der Straßenlampen tigerten Frankie und Kralle stadteinwärts die Pödeldorfer Straße hinunter, zu ihrer Rechten passierten sie die Stirnseiten einiger Reihenhäuser, die von Rasen umgeben waren. Die beiden Männer trugen dunkle Bomberjacken mit dem Logo von *Stuck Security Services*.

Kralle, der kleinere von ihnen, schwang lässig einen schwarzen Schlagstock und sagte: »Hier passiert doch nie und nimmer was.«

Frankie, ein hünenhafter Kerl mit Halbglatze, schaute aus dem Augenwinkel auf seinen blonden Kollegen hinunter und brummte: »Glaub ich auch nicht. Aber vorne in der Nähe vom *Romantico* hat der Typ nun mal die erste abgepasst.«

»Jaja«, machte Kralle gedehnt. »Und darum sollen wir uns da ab und zu sehen lassen und vielleicht ein paar Mädels zu ihren Autos bringen. Ich wäre nur gerne bei der richtigen Action dabei, wenn wir uns den Drecksack schnappen, verstehst du?«

»Oh ja«, nickte Frankie. »Wenn ich dran denke, was der mit den Frauen gemacht haben soll.«

Sie näherten sich der Fußgängerampel am Berliner Ring.

»Das hat keine Frau verdient«, stellte Kralle fest und grinste plötzlich verschmitzt. »Auch wenn ich meine Alte manchmal an die Wand …«

Er stutze.

Schräg gegenüber war die Auffahrt zum großen Parkplatz, der sich parallel zum Berliner Ring vor dem Trakt erstreckte, in dem das *Romantico* untergebracht war. Der Parkplatz war unbeleuchtet, doch bei den Autos, die gegenüber eines Sonnenstudios standen, meinte Kralle, in der Dunkelheit etwas gesehen zu haben.

Ohne sich umzuschauen, ging er quer über die Pödeldorfer Straße darauf zu. Er kniff die Augen zusammen.

»Was hast du denn?«, hörte er Frankie hinter sich sagen.

Kralle verfiel in ein Joggen, seinen Blick auf den Punkt fixiert. Plötzlich erkannte er, was vor sich ging: Ein Mann hatte eine Frau mit einer Hand im Würgegriff und drückte ihren Kopf auf die Kühlerhaube eines Autos. Er stand mit dem Rücken zu Kralle und hielt in der freien Hand einen Gegenstand hoch. Die Frau, die mit dem Rücken auf der Motorhaube lag, griff verzweifelt danach und strampelte wild mit den Beinen.

»Das gibt's doch gar nicht!«, rief Kralle und sprintete sofort los.

»Warte!«, rief Frankie und versuchte schnaufend, Schritt zu halten.

Im Nu war Kralle bei den Kämpfenden, holte weit aus und feuerte dem Angreifer mit voller Wucht den Schlagstock in die Kniekehle. Der Mann kreischte auf, ließ die Frau los und knickte mit dem Bein ein, was Kralle sofort nutzte, um ihm einen weiteren Hieb auf die Schulter zu verpassen. Stöhnend fiel der Mann vornüber und ließ dabei den Gegenstand fallen, der unter das Nachbarauto rutschte. Kralle warf den Stock beiseite und hockte sich auf den Rücken des Überwältigten. Er riss ihn an den Haaren den Kopf nach hinten und drehte ihm mit der anderen Hand den Arm auf den Rücken.

»Aua! Du Arsch! Ich mach dich fertig!«, schimpfte der Unterlegene.

»Ach ja? Du bist gefickt, du Drecksau!«, fauchte Kralle ihm ins Ohr und verdrehte ihm weiter den Arm, was den anderen wieder aufkreischen ließ.

»Mach langsam, Kralle!«, keuchte Frankie, der inzwischen angekommen war. »Der läuft uns nicht mehr weg.«

»Schon gut, schon gut«, hechelte Kralle, ließ die Haare seines Gefangenen los und begann, ihn hektisch abzutasten.

»Alles in Ordnung?«, fragte Frankie die Frau.

Die hatte sich auf der Kühlerhaube aufgesetzt und griff sich an den Hals.

»Mein Handy«, krächzte sie und zeigte auf das Nachbarauto.

Während sie Kleid und Jacke zurechtschob und nach ihrer Handtasche an der Windschutzscheibe tastete, ging Frankie beim nächsten Wagen auf die Knie und lugte darunter. Er musste seinen Arm ganz ausstrecken, um das Gerät greifen zu können.

»Es war nur ein Handy«, sagte er zu Kralle, als er es hervorgefischt hatte.

»Er hat sie gewürgt, das hast du doch gesehen!«, rief Kralle zurück.

»Das geht dich einen Scheiß an!«, röhrte der Mann. »Und jetzt lass mich los!«

»Schnautze!«, brüllte Kralle.

Frankie ging zur Frau und gab ihr das Handy. »Was war denn da los?«, fragte er.

»Der wollte mich umbringen«, stammelte sie.

Frankie nickte und half Kralle, den fluchenden Mann auf die Beine zu ziehen. Sie fixierten ihm mit Plastikfesseln die Hände auf dem Rücken. Kralle tastete ihn weiter ab, stutzte plötzlich und zog ihm einen Gegenstand aus der Hosentasche.

»Ja, was haben wir denn da?«, fragte er und hielt dem Mann triumphierend ein Springmesser unter die Nase.

Der Moderator stand im dunklen Anzug vor dem Bild einer Laterne, daneben der Schriftzug »Jack the Ripper«.

»Wir unterbrechen die Sendung für eine Live-Schaltung nach Bamberg zu meiner Kollegin Halime Kühja. Halime, ich höre, es hat sich etwas getan in Bamberg.«

Schnitt auf Halime Kühja vor dem Gabelmann, neben ihr ein großer, dunkelhaariger Mann in einer schwarzen Bomberjacke mit dem Logo eines Security-Services. Im Hintergrund Schaulustige.

»Ich stehe hier mit Marco Stuck, dem Chef von *Stuck Security Services.* Herr Stuck, *Stuck Security Services* beteiligt sich heute Nacht aktiv an der Überwachung der Stadt.«

»All meine Leute haben sich bereit erklärt, bei der Aktion mitzumachen. Und motivierte Bürger, die nicht zusehen wollen, wie jemand in unserer schönen Stadt Angst und Schrecken verbreitet.«

»Herr Stuck. Sie haben gerade einen Funkspruch von einem Ihrer Mitarbeiter erhalten, der hoffen lässt.«

»Vor wenigen Minuten konnten wir tatsächlich einen verdächtigen Mann überwältigen und in Gewahrsam nehmen. Wir haben ihn dabei erwischt, wie er auf einem Parkplatz eine Frau angriff.«

»Wie geht es der Frau?«

»Sie ist Gott sei Dank unverletzt. Bei dem Mann konnten wir ein Messer sicherstellen, was uns Grund zu der Annahme gibt, dass wir den Ripper haben.«

»Wo genau war das?«

»In der Nähe des Tanzlokals *Romantico*. Wir haben die Umgebung schwerpunktmäßig überwacht, weil ja bekannt ist, dass die eine Frau von dort nach Hause ging, als sie überfallen wurde.«

»Und wie geht es jetzt weiter?«

»Wir werden den Mann umgehend der Polizei übergeben, und die wird dann feststellen, ob wir wirklich den Richtigen erwischt haben. Alle Leute von Stuck Security Services hoffen natürlich, dass das so ist.«

Großaufnahme von Halime Kühja.

»Das hoffen wir wohl alle. Kann Bamberg aufatmen? Hat der Spuk ein Ende? Wir bleiben an der Sache dran und halten Sie weiter auf dem Laufenden.«

Valentin saß mit übereinander geschlagenen Beinen im Sessel und prostete seiner Gastgeberin mit einem Glas Rotwein zu. Ines hatte sich die Schuhe ausgezogen und es sich auf dem Sofa daneben bequem gemacht.

»Na dann: Wollen wir mal hoffen, dass sie den Richtigen haben«, sagte Valentin und trank.

Ines stellte mit der Fernbedienung den Fernseher leiser. Sowohl sie als auch Valentin hatten über die Ereignisse in der Stadt informiert sein wollen.

»Das wäre wirklich fantastisch«, bestätigte Ines. »Man konnte als Frau ja keinem mehr trauen.«

Sie prostete zurück und trank ebenfalls.

»Am Ende hast du sogar mich verdächtigt«, sagte Valentin und schmunzelte verschmitzt.

»Also wirklich …«, mehr fiel Ines nicht ein.

Sie sah verlegen zum Kerzenleuchter auf dem Wohnzimmertischchen, fuhr sich unsicher durchs Haar und errötete ein wenig.

»Schon in Ordnung«, sagte Valentin. »Es sind doch alle nervös, und ich fühle mich echt geschmeichelt, dass du mich an so einem Abend überhaupt empfangen hast. Schließlich kennen wir uns erst ganz kurz.«

Tatsächlich hatte Ines den ganzen Abend ein komisches Gefühl gehabt. Valentin war ihr irgendwie anders vorgekommen als sonst. Zwar charmant wie immer, aber etwas nachdenklich und in seiner ganzen Art ein bisschen steifer. Aber sie hätte nicht sagen können, ob sie sich das nur einbildete, weil sie wegen der bedrohlichen Lage in der Stadt so angespannt war.

Doch offenbar hatte man den Mörder jetzt geschnappt. Also war Valentin wahrscheinlich nur genauso aufgeregt gewesen wie sie, weil er zum ersten Mal bei ihr zu Hause war.

»Du kamst mir ehrlich gesagt schon etwas nervös vor«, gab Ines zu.

»Na ja, ich hab den Kopf eben noch zu voll wegen der Arbeit«, sagte Valentin. »Ich muss gleich morgen früh noch einiges erledigen – und das am Samstag.«

Ines schielte zu der Aktentasche, die neben ihrer Wohnungstür lehnte. Valentin hatte abends noch im Büro gearbeitet und war direkt zu ihr gekommen. Allerdings nicht, ohne ihr vorher eine wunderschöne Orchidee besorgt zu haben.

»Ach deswegen hast du die ganze Zeit auf die Uhr gesehen«, sagte Ines.

»Entschuldige, ich hoffe, ich habe dir dadurch nicht den Abend verdorben.«

»Schon gut. Ich selbst war ja auch nicht so entspannt, wie ich es mir vorgestellt hatte.«

»Vergessen wir's einfach«, schlug Valentin vor. »Ich würde dich jedenfalls gerne wieder besuchen, alleine schon wegen der fantastischen Spaghetti.«

Er zwinkerte ihr zu und hielt ihr das Glas hin.

»Du bist süß«, erwiderte sie lächelnd, und sie stießen leise an.

Als sie tranken, bemerkte Ines, wie Valentin über ihre Schulter sah. Sie brauchte sich nicht umzudrehen um zu wissen, dass er auf die Uhr neben dem Fernseher schaute. Sie atmete tief durch.

»Du scheinst ja morgen früh wirklich noch viel Arbeit zu haben«, sagte sie und stellte ihr Glas auf den Tisch.

Er hob die Achseln.

»Es ist kurz nach Mitternacht, es ist die richtige Zeit«, sagte er und lächelte entschuldigend.

Resolut beugte er sich nach vorne, stellte sein leeres Glas neben das ihre und reichte ihr die Hand.

»Aber wir sehen uns bald wieder, ja?«, fragte er.

Ines hatte plötzlich das Gefühl, sich an ihn schmiegen und küssen zu müssen. Der angespannte Abend würde so endgültig beiseite gewischt werden.

Langsam setzte sie ihre Füße auf den Teppich, rutschte ein Stück zu ihm hinüber, nahm seine Hand und küsste ihn zärtlich auf den Mund.

Er erwiderte den Kuss, entzog sich aber sanft, als sie drängender wurde. Er legte ihr sachte sie Hand auf die Schulter und hielt sie zurück.

»Ich muss jetzt wirklich gehen«, raunte er.

Seufzend strich sie ihm mit dem Finger über die Wange. Er zwinkerte ihr noch einmal zu, erhob sich und ging zur Wohnzimmertür, die gleichzeitig die Tür zum Treppenhaus war. Er nahm seine Jeansjacke vom Haken, streifte sie über, setzte die blaue Schildmütze auf und griff seine Aktentasche.

Ines schlüpfte in ihre Hausschuhe und ging zu ihm. Sie zog die Schlüssel aus dem Schloss, stellte sich auf die Zehenspitzen und küsste ihn noch einmal schmatzend.

»Ich sperre dir unten noch auf«, sagte sie und hielt ihm die Tür auf.

Er ging ins Treppenhaus voraus und drückte den orange leuchteten Schalter. Das Licht erwachte mit einem leisen Klacken und fiel auf die alte Holztreppe. Über die knarrenden Stufen ging es hinunter, wo er den nächsten Schalter fand. Als er durch den kleinen Innenhof lief, schaute er sich um: Mülltonnen und Fahrräder machten den spärlich erhellten Ort noch enger. Vor den beiden seitlichen Türen standen große Terrakotta-Blumentöpfe. Hinter den Fenstern der kleinen Parterre-Wohnungen war es dunkel, auch in den oberen zwei Etagen brannte nirgendwo Licht, wenn man von Ines' Wohnung absah.

»Ups«, machte Valentin, als er feststellte, dass die schwere Drahtglastür zum Durchgang ins Vorderhaus abgeschlossen war.

»Warte, Valentin. Ich mach dir auf«, hörte er Ines hinter sich.

Sie schob sich an ihm vorbei und suchte den richtigen Schlüssel an ihrem Bund.

»Die ist normalerweise offen«, sagte sie. »Aber der Volker wollte heute wohl besonders vorsichtig sein.«

Als sie den Schlüssel ins Schloss steckte, spürte sie plötzlich seine Hände an ihrem Hals. Wie zwei Schraubzwingen drückten sie ihr die Kehle zu. Instinktiv griff sie danach und wollte ihm die Fingernägel ins Fleisch krallen, doch sie fühlte nur ein dickes Gewebe, das sie nicht durchdringen konnte. Ihre Nägel brachen.

»Ich heiße nicht Valentin«, zischte er ihr ins Ohr. »Ich heiße Jack!«

Nur drei Minuten nachdem Kralle und Frankie den Mann überwältigt hatten, war ein VW-Bus der Polizei am Ort des Geschehens eingetroffen. Die vier Beamten hatten den Gefangenen in Gewahrsam genommen und anhand seines Ausweises als Johannes Schübner identifiziert.

Der Mann im Hawaiihemd schimpfte unaufhörlich vor sich hin, wiederholte immer wieder, dass er der Chef des *Romantico* sei, nichts getan habe und die beiden Securities anzeigen wolle.

Frankie und Kralle redeten ständig dazwischen, die Frau, die sich als stark alkoholisiert entpuppte, keifte die ganze Zeit herum.

Zahlreiche Gäste aus dem *Romantico* versammelten sich neugierig um die Szene, einige wollten sich einmischen: Der Joe sei doch in Ordnung und würde niemandem etwas tun.

Die Beamten verbrachten Schübner in den Bus und forderten auch die Frau und die beiden Securities zum Einsteigen auf. Man würde die Sache im Kommissariat klären, das die Polizisten per Funk benachrichtigten.

Im Einsatzraum stand Laut mit Kriminaldirektor Schuster gleich neben dem Beamten, der den Funkspruch entgegennahm. Gespannt wandten sich die Köpfe aller Führungskräfte und Sachbearbeiter in Richtung des jungen Mannes, der wiederholte: »Ein Messer – vor dem *Romantico.*«

Doch die Freude im Raum war verhalten. Niemand glaubte wirklich daran, dass man den Täter hatte. Kriminaldirektor Schusters Blick blieb ernst und konzentriert. Laut sah dem Chef des Kommissariats, der in zwei Jahren seinen Ruhestand antreten würde, die Anspannung und den Stress der vergangenen Tage an. Schuster wirkte grau und eingefallen, sein Anzug schien dem schlanken Mann zu groß geworden.

Noch bevor der Bus das Kommissariat erreichte, ließ er an alle Einsatzkräfte durchgeben, dass der gefasste Mann wahrscheinlich nicht der gesuchte Verdächtige und weiterhin äußerste Aufmerksamkeit geboten sei.

Schuster würde im Einsatzraum bleiben, während Laut den Verdächtigen in Empfang nehmen sollte.

Schon als die Polizisten Schübner vorführten, wusste Laut, dass sie den Falschen hatten: Nichts deutete darauf hin, dass dieser wütende Mann im Hawaiihemd den Angriff gezielt vorbereitet hatte. Dennoch musste der Vorfall, der immerhin den Tatbestand der Körperverletzung erfüllte, geklärt werden. Um weiterhin nichts von der Überwachungsaktion zu verpassen, übergab Laut den Mann an Schmoll.

»Ich gebe ja zu, dass ich Claudia ein bisschen gewürgt habe«, gab Schübner zu, nachdem er sich ein wenig beruhigt hatte. Er hockte auf Bayers Stuhl gegenüber der Kommissarin, die neben einem uniformierten Beamten an ihrem Schreibtisch saß.

Schübner atmete tief durch und ordnete seine Gedanken.

Schmoll merkte ihm an, dass er sich bemühte, nicht wieder die Nerven zu verlieren.

»Ich hatte mal was mit ihr und habe die Sache beendet«, erklärte er. »Sie wollte das aber nicht einsehen und kam vorhin total besoffen in mein Lokal. Ich habe sie nach unten auf den Parkplatz gebracht, wo ich ihr klar machen wollte, dass es keinen Sinn mehr hat. Da ist sie total ausgeflippt und hat gedroht, meine Frau anzurufen. Ich hab ihr das Handy abgenommen, und als sie auf mich losging, hab ich sie am Hals gepackt und weggedrückt. Das war's. Und dann kamen diese beiden Idioten und sind wie verrückt auf mich los. Das gibt 'ne fette Anzeige.«

Er deutete auf seine Wange, die eine Schürfwunde davongetragen hatte.

»Das steht Ihnen frei«, sagte Schmoll sachlich. »Aber zunächst klären wir das hier. Was wollten Sie mit dem Messer?«

»Das trage ich immer bei mir. Außerdem hatte ich es in meiner Tasche. Untersuchen Sie es meinetwegen – damit ist noch nie jemand verletzt worden.«

»Hm«, machte Schmoll.

»Sie können doch nicht ernsthaft glauben, dass ich der Ripper bin«, drängte Schübner. »Die eine Frau war Stammgast bei mir, die bring ich doch nicht um! Und als die ermordet wurde, war ich doch die ganze Zeit im *Romantico* und zwischendurch bei Claudia.«

»Der Claudia da draußen?«, wunderte sich Schmoll.

»Ja, das hab ich vor zwei Wochen auch schon alles dem Schreiber erzählt.«

Fünf Minuten später saß Schmoll mit Claudia im Nachbarbüro. Sie hatte Claudia einen starken Kaffee bringen lassen, um sie nüchtern und zugänglicher zu machen.

»Frau Kaufmann, Sie bleiben also dabei, dass Herr Schübner Sie umbringen wollte und nicht bei Ihnen war, als Frau Sandra Hümmer in der Nacht vom 26. auf den 27. August zu Tode kam?«, fragte die Kommissarin ernst.

Claudia hielt sich mit beiden Händen am heißen Becher fest und nickte trotzig.

Schmoll fragte: »Dann haben wir also den gesuchten Mörder und können die Ermittlungen einstellen, weil die Frauen dieser Stadt jetzt wieder in Sicherheit sind? Die brauchen keine Angst mehr zu haben. Ist das richtig, Frau Roth?«

Claudia wand sich und schüttelte dann energisch den Kopf. »Nein, nein«, sagte sie. »Alle sollen weiter aufpassen. Der Joe ist nicht der Mörder.«

Jack drückte noch einmal den Lichtschalter im Hof und begutachtete sein Werk. Alles stimmte – jetzt die Sache schnell abschließen. Schließlich wusste er nicht, ob bald einer der Nachbarn zurückkam und er wollte sein Glück nicht überstrapazieren.

Mit einem Klicken fuhr er die Klinge seines Messers ein und steckte es zusammen mit den blutigen Gummihandschuhen in eine kleine Plastiktüte, die er aus einer Tasche seines Overalls zog.

Die Arbeitshandschuhe hatte er schon in einem Außenfach der Aktentasche verstaut, die er zusammen mit seiner Jeansjacke im Korb eines der umherstehenden Fahrräder deponiert hatte. Er stopfte auch die Plastiktüte in die Aktentasche und huschte mit ihr und der Jeansjacke nach oben in die Wohnung.

Im Badezimmer stellte er die Tasche auf dem Wäschekorb ab und hängte die Jacke auf einen der Haken an der Tür.

Mit einem feuchten Tuch ging er durch die Zimmer und wischte über sämtliche Gegenstände, die er berührt hatte. Das fiel ihm leicht, denn er hatte sich während des ganzen Abends alles eingeprägt, sein fotografisches Gedächtnis hatte ihn noch nie im Stich gelassen. Als Jack sich im Wohnzimmer umsah, erwog er trotzdem für einen Augenblick, die Räume kurzerhand in Brand zu setzten. Nur, um ganz sicher zu gehen. Er entschied sich dann aber dagegen – das war zu plump, seiner nicht würdig. Außerdem wusste er nicht, wie schnell sich ein Brand ausbreitete, und er befürchtete, sein Kunstwerk auf dem Hof könnte Schaden nehmen.

Zurück im Badezimmer stopfte er seine Schildmütze in die Aktentasche und streifte sich den Overall ab, den er sorgfältig zusammenfaltete und auf dem Rand der Badewanne platzierte. Er wusch sich die Hände, die etwas Blut abbekommen hatten.

Aus dem mittleren Fach seiner Aktentasche nahm er eine braune Langhaarperücke, ein kleines Schminkset, eine Halskette mit bunten Kunststoffperlen, eine Damenarmbanduhr, ein Brillenetui und einen BH. Er legte die Sachen auf den Rand des Waschbeckens und holte dann ein grünes Sommerkleid heraus, das er über den Badewannenrand hängte. Im hinteren Fach hatte er eine zusammenfaltbare Handtasche und halbhohe, rote Damenschuhe verstaut.

Er stopfte den Overall in die Aktentasche, zog sich Hemd, Schuhe, Hose und Socken aus und verstaute diese ebenfalls darin. Die Aktentasche steckte er in die extragroße Handtasche. Nach einigen Minuten hatte er sich in eine attraktive Frau verwandelt. Er warf einen kritischen Blick in den Spiegel. Zufrieden stellte er fest, dass er zum Verlieben aussah: Die Frisur saß perfekt, ebenso das grüne Sommerkleid. Sein geschminktes Gesicht wirkte rosig und zehn Jahre jünger. Er rückte noch einmal den ausgepolsterten BH zurecht und warf sich selbst einen lasziven Blick zu.

Nachdem er in die Schuhe geschlüpft war, schnappte er sich ein feuchtes Tuch, mit dem er die Armaturen am Waschbecken reinigte, seine Fußabdrücke auf den Fliesen beseitigte und im Hinausgehen über sämtliche Lichtschalter und Türklinken wischte.

An der Wohnungstür fiel Jack ein, dass er beinahe das Wichtigste vergessen hatte. Er nahm einen bunten Sommerschal von der Garderobe, roch am feinen Gewebe und legte ihn um.

Er huschte wieder nach unten, wo er einen letzten Blick auf die Leiche warf, mit dem Tuch über den Fingern die Schlüssel von der Hoftür zog, durchs Vorderhaus lief und an der Tür zur Straße horchte. Als er keine Stimmen hören konnte, sperrte er auf, warf den Schlüssel weg und trat auf die Josephstraße hinaus, Richtung Ludwigsstraße. Er sah auf die Uhr: 00:41 – gut! Für eine Freitagnacht in Bamberg war das nicht wirklich spät, es würden noch zahlreiche Menschen unterwegs sein. Plötzlich stutzte er. Aus der Ferne konnte er erkennen, dass das Verkehrsschild am Ende der Straße, an das er sein Fahrrad gekettet hatte, vereinsamt war. Man hatte ihn bestohlen – und das heute, mit all der Polizei überall. Er schluckte seinen Ärger hinunter, atmete tief durch und lief zielstrebig weiter.

Aus dem *Cubana* kamen drei kichernde Frauen, von denen ihn eine fast anrempelte.

»Entschuldigung?«, fragte Jack mit sanfter Stimme und hob schüchtern die Hand.

Die junge Blondine sah ihn erschrocken an und musterte ihn mit offenem Mund.

»Lauft ihr Richtung *Orph-Club?*«, fragte er

»Natürlich! Und da wollen wir auch rein!« rief ihre Freundin, eine schlanke Dunkelhaarige mit schwarz geschminkten Lippen.

»Kann ich mit euch gehen?«, fragte Jack. »Ihr wisst doch, was heute los ist.«

»Klar«, sagte die Dritte, die wie eine Zwillingsschwester der Blondine aussah.

Zu viert überquerten sie die Fahrbahn.

»Aber wahrscheinlich haben die ihn eh schon verhaftet.«

»Ach ja?«, fragte Jack.

»Haben wir eben im *Cubana* gehört«, erklärte die Dunkelhaarige.

»Hm«, machte Jack skeptisch.

Ihre Schuhe klackten hallend auf dem breiten Gehweg, als sie die Ludwigsstraße stadteinwärts liefen. Jack bewegte sich betont geschmeidig und selbstbewusst, er wackelte ein wenig mit den Hüften und presste seine Hand auf die Tasche, damit diese nicht so dick wirkte.

Vor dem *Orph-Club* an der Ecke zur Königsstraße herrschte reges Kommen und Gehen. Ein Polizeibus stand auf dem Bürgersteig. Mit verschränkten Armen lehnten zwei uniformierte Beamte an der seitlichen Schiebetür.

»He! Stimmt es, dass ihr ihn geschnappt habt?«, rief eine der Blondinen ihnen zu.

Der Polizist schüttelte den Kopf.

»Wahrscheinlich nicht! Weiter aufpassen!«, sagte er knapp.

Jack lächelte den Beamten freundlich an.

Der junge Mann lächelte schüchtern zurück und sah schnell zur Seite.

Game over?

10. bis 13. September

Laut hatte die Nacht im Einsatzraum des Kommissariats verbracht und sich mit Kaffee wach gehalten. Zwischendurch hatte er sich in sein Büro zurückgezogen, es sich im nach hinten geklappten Schreibtischstuhl bequem gemacht und eine Stunde gedöst. An richtigen Schlaf war nicht zu denken gewesen.

Er war wieder zurück in den Einsatzraum gegangen, wo Kriminaldirektor Schuster und der gesamte Führungsstab zunehmend unruhig wurden. Die Sachbearbeiter an den Funkgeräten und Computern waren erschöpft und verspannt, der Einsatz war zum unerträglichen Geduldsspiel geworden.

Morgens um 7:30 Uhr zog sich Laut erneut in sein Büro zurück. Mit seiner dampfenden Tasse stand er am Fenster und schaute über Bamberg, wie es trügerisch friedlich im Morgengrauen vor ihm lag.

Die letzten Nachtschwärmer lagen längst in den Federn, Straßenfeger und Bäcker arbeiteten schon seit Stunden. Würde der Täter jetzt noch zuschlagen und dabei ertappt werden? Laut glaubte nicht wirklich daran.

Er nahm einen großen Schluck Kaffee, nagte an der Unterlippe und beobachtete, wie die Autos die Pfisterbrücke hinauf und hinab krochen.

Er musste an Bambergs Hinterhöfe denken. Sein gesunder Menschenverstand sagte ihm, dass es wahrscheinlicher war, dass der Mörder längst irgendwo im Verborgenen zugeschlagen hatte.

Für diesen Fall hatte er Schmoll und Bayer um 1:30

Uhr nach Hause geschickt. Sie würden dann etwas ausgeruht sein, um zusammen mit Reinfelder und dem KDD den ersten Angriff zu übernehmen – sicherlich keine normalen Arbeitszeiten für seine Kommissare, aber sie würden es ohne zu murren hinnehmen.

Nervös sah er auf die Armbanduhr: 7:32 Uhr. Die Gewissheit wuchs. Laut schnaufte, als er sich ausmalte, wie ein weiterer Mord in der Öffentlichkeit aussehen würde.

Das Klingeln des Telefons ließ ihn zusammenzucken. Er drehte sich um und schaute zum Gerät auf seinem Schreibtisch. Er hatte es nicht eilig, abzunehmen. Er brauchte das rot blinkende Lämpchen am Telfon nur anzusehen, um zu wissen, was geschehen war.

Um 7:48 Uhr bog Laut mit seinem privaten PKW von der Ludwigsstraße in die Josephstraße, wo er nach wenigen Metern vor dem rotweißen Absperrband hielt und ausstieg. Schuster parkte gleich hinter ihm. Der Rest des Führungsstabs war im Einsatzraum geblieben und koordinierte die Kontrollen an sämtlichen Ausfahrtsstraßen und innerhalb der Stadt.

Die Josephstraße war vor dem Haus, in dem man die Frauenleiche gefunden hatte, komplett gesperrt. Ein Nachbar, der kurz nach sieben Uhr von der Nachtschicht nach Hause gekommen war, hatte die Polizei gerufen.

Laut und Schuster trafen noch vor dem Notarzt, dem KDD und der Spurensicherung ein. Als sie sich vor den uniformierten Kollegen auswiesen, hielten zwei weitere Autos. Aus dem einen stiegen Thiele und Schreiber, aus dem anderen Aurich.

Sie alle hatten schon nach Hause gehen wollen, als sie die Hiobsbotschaft erreicht hatte.

Die drei Kommissare traten mit ernsten Gesichtern auf Schuster und Laut zu.

»Kollegen«, sagte der knapp und nickte steif, die Hände in den Taschen seines Trenchcoats.

»Guten Morgen« wollte keiner sagen, jeder wusste: Die Katastrophe war perfekt. Stumm duckten sie sich unter der Absperrung hindurch, die ein junger Beamter für sie hochhielt.

Das Quietschen von Autoreifen ließ alle herumfahren.

An der Ecke zur Ludwigsstraße war ein Übertragungswagen vom Fernsehen beinahe mit einem anderen Auto zusammengestoßen, als beide gleichzeitig in die Josephstraße biegen wollten. Hinter dem einen Steuer saß Darius Becker vom *Bambärchä Bläddla*, hupte fluchend und drängte sich vor dem anderen Fahrzeug in die Straße.

»Kümmert euch darum«, sagte Laut zu dem jungen Polizisten und lief in Richtung des Hauses, vor dessen offen stehender Tür ein weiterer Polizist und ein braunhaariger Mann warteten.

»Frau Ines Bertold«, berichtete der Beamte. »Sie liegt auf dem Hof. Der Herr hat sie gefunden.«

»Volker Vlecken«, stellte sich der Mann vor.

Laut, Schuster und die drei Kommissare schauten durch die Tür in den Hausflur, an dessen Ende die zweite Tür zum Hinterhof ebenfalls offen stand. Hinter einigen Fahrrädern konnten sie Mülltonnen erkennen, zwischen denen zwei Frauenbeine hervorschauten. Die riesige Blutlache darunter ließ den Anblick erahnen, der sie erwartete.

»Ich habe auch bestimmt nichts angefasst!«, griff der aufgeregte Mann der Frage vor, die er aus Fernsehkrimis kannte. »Ich hab nur der Ines ihren Puls gefühlt, automatisch, weil ich nämlich Krankenpfleger bin. Der schlug aber nicht mehr, und sie war auch schon ganz kalt.«

»Sie kannten sie näher?«, fragte Laut.

»Wir tranken manchmal zusammen Kaffee«, sagte Vlecken.

»Wollte sie gestern ausgehen?«

»Nein. Sie kochte wieder ihre Spaghetti Bolognese. Man hat es immer im ganzen Haus gerochen. Die hat einer besucht.«

Laut stutzte.

»Einer? Haben Sie ihn gesehen?«

Der Mann nickte.

»Leider nicht sein Gesicht«, erklärte er. »Weil ich im zweiten Stock, also über Ines wohne, habe ich ihn nur von oben gesehen, und er trug eine blaue Schildmütze. Er lief über den Hof, und Ines wartete unten an der Tür. Er war zum ersten Mal da, glaube ich. Er trug eine Jeansjacke, war eher schlank und nicht besonders groß – so ein Meter achtzig, würde ich sagen. Ach ja – und er hatte eine dunkle Tasche und eine Orchidee dabei.«

»Haben Sie noch mehr erkannt? Seine Haarfarbe vielleicht?«, hakte Laut nach.

»Schwarz«, sagte Vlecken sofort und sah dann zur Seite. »Oder vielleicht doch braun?« Er atmete schneller. »Verdammt, ich weiß es nicht mehr«, zischte er frustriert. Plötzlich wurden seine Augen glasig und sein Kinn begann zu zittern. »Oh Gott, die Drecksau hat Ines umgebracht«, stammelte er und presste sich die Faust vor den Mund.

Aus Richtung Kunigundenruhstraße kam eine Reihe weiterer Autos, aus denen Reinfelder, Schmoll, Bayer und uniformierte Beamte des KDD stiegen. Die Spurensicherer Schindler und Karaca trafen in ihrem weißen Spezialfahrzeug ein. Alle kamen auf die Gruppe um den Zeugen zu.

Schuster sprach in sein Handy und gab die Beschreibung des Mannes an die Zentrale durch.

Laut nickte den Kollegen im stummen Gruß zu, woraufhin Reinfelder, Schindler und Karaca durch die Haustür gingen. Im Flur bückte sich Karaca sofort und tütete einen Schlüsselbund ein.

Aus Richtung Luitpoldstraße drang ein lautes Streitgespräch zwischen Reportern und Beamten herüber.

»Vertröste sie auf heute Abend«, sagte Laut mit Blick auf Bayer. »Die Angehörigen sollen das nicht aus den Medien erfahren.«

Bayer nickte und lief sofort zu den ungeduldigen Medienvertretern hinüber.

Schuster beendete sein Telefonat.

»Die Beschreibung wird zum jetzigen Zeitpunkt wahrscheinlich nichts bringen«, sagte er den anderen. »Wenn sie schon kalt war, ist er längst über alle Berge. Aber trotzdem …«

Reinfelder trat aus der Haustür zurück auf die Straße und sagte zu einigen seiner Beamten: »Klinkenputzen! Das übliche Programm.«

Einer abendlichen Sitzung der Soko Ripper saß an diesen Samstag Schuster persönlich vor. Im neonbeleuchteten Besprechungsraum wartete er am Kopfende der beiden Tische direkt neben Laut. Alle Kommissare waren versammelt, die Spurensicherer waren ebenfalls anwesend. Sogar Goldschmied wurde erwartet, sie hatte sich in München schon auf Verdacht bereitgehalten. Am Nachmittag hatte sie den Tatort gesichtet und später mit Bayer und Schmoll der Obduktion beigewohnt. Sie erschien als letzte zur Sitzung und nahm gleich an Lauts Seite Platz.

Schuster wartete mit gesenktem Blick, bis alle es sich bequem gemacht hatte. Der Kriminaldirektor wirkte grau und erschöpft wie nie zuvor, tiefe Sorgenfalten durchzogen seine hohe Stirn. Er hatte dieses Mal selbst die Benachrichtigung der nächsten Angehörigen des Opfers übernommen: den Vater, zwei Schwestern und einen Bruder. Auch die Fragen bei der abendlichen Pressekonferenz hatte er beantwortet.

Schuster räusperte sich, nickte in die Runde und sagte: »Sie haben ja alle die Pressekonferenz verfolgt. Ich denke, die haben begriffen, dass wir nicht in jeden Haushalt einen Beamten reinsetzen können. Auch der Bürgermeister steht hinter uns, aber wir brauchen jetzt trotzdem einen schnellen Erfolg. Die werden nicht locker lassen und sich auf alles stürzen, was nach einer Ermittlungspanne aussieht – ganz abgesehen davon, dass wir in Bamberg nicht noch eine tote Frau brauchen können. Also: Was haben wir?«

Schreiber schielte zur Pinnwand, an der inzwischen auch Fotos der Leiche von Ines Bertold hingen. Ihr Anblick war so entwürdigend wie abscheulich: Sie lag rücklings zwischen den Mülltonnen, den Unterleib weit geöffnet, Teile der inneren Organe hatte der Täter auf ihren Schultern platziert.

Karaca beugte sich vor und berichtete als erster: »Bis jetzt gibt es leider noch sehr wenig. In der Wohnung wurde alles gründlich abgewischt, nirgends eine Chance auf Fingerabdrücke oder DNA-Spuren. Auch die Orchidee – Fehlanzeige. Auf dem Hof sah es schon etwas besser aus. Durch das viele Blut hat er brauchbare Fußabdrücke hinterlassen: Sneakers – ein sehr verbreitetes Modell. Aber immerhin wissen wir jetzt seine

Schuhgröße: 43. Unter ihren abgebrochenen Fingernägeln gab es wieder die Faserspuren von Arbeitshandschuhen. Blutige Fingerspuren an den Mülltonnen deuten allerdings daraufhin, dass er zwischendurch handelsübliche Haushaltshandschuhe aus Latex getragen hat. Bis auf die Orchidee hat er übrigens alles, was er bei sich trug, wieder mitgenommen. Nirgends im Haus und auch nicht in den Mülltonnen oder in den Mülleimern auf den Straßen ist irgendein Objekt aufgetaucht, das von ihm stammen könnte. Die elektronischen Geräte von Frau Bertold sind zur Auswertung nach Nürnberg, ich habe oberste Priorität angezeigt.«

Karaca sah zu Bayer, der sich mit dem Zeigefinger über seinen Schnauzer fuhr und berichtete: »Ines Bertold hat mit einer zweiten Person zu Abend gegessen, wahrscheinlich mit dem Täter. Wie es sich darstellt, wollte sie ihn zur Haustür bringen und er hat sie auf dem Hof überwältigt. Erst erwürgt und dann das andere. Danach ist er noch einmal zurück ins Haus, wo er seine Spuren beseitigte. Laut ihrem Nachbarn war Ines Bertold schon länger Single, hatte aber in letzter Zeit von einem gewissen Valentin geschwärmt, mit dem sie sich schon ein paar Mal getroffen hatte. Es ist allerdings unklar, ob es der Mann ist, den sie gestern empfangen hat – wenn ja, dann ist der Name Valentin wahrscheinlich falsch. Wenn nein, sollten wir diesen Valentin natürlich finden, vielleicht war der Mörder ja sogar sein Nebenbuhler, und er könnte ihn identifizieren. Sie war bei Allmyfaces01 registriert, sagte der Nachbar. Ihr wisst ja: das große soziale Online-Netzwerk. Wir wissen allerdings nicht, ob sie den Mann da kennen gelernt hat. Wir dürfen gespannt auf die Ergebnisse aus Nürnberg sein. Der Täter hatte übrigens mehr Glück als Verstand, dass er so ungestört war. Eine Nachbarin kam gestern ins Krankenhaus, der Nachbar, der sie fand, hatte Nachtschicht, und die restlichen Mietparteien waren verreist. Laut Wiegand liegt der Todeszeitpunkt irgendwann zwischen 23:45 und 1:00 Uhr morgens.«

Er schaute zu Schmoll, die vor ihrem aufgeklappten Notebook saß und nun zu Goldschmied schielte.

»Heike Schwarz war auch bei Allmyfaces01«, sagte die. »Allerdings erst seit kurzem, und sie hatte nur Kontakte zu ein paar alten Freundinnen. Sanda Hümmer hingegen nutzte das Netzwerk gar nicht. Ansonsten wird die neue Fallanalyse noch dauern. Ebenso wie die Eruierung weiterer Verbindungen zwischen den Opfern. Ich halte es allerdings für möglich, dass wir wenig finden werden. Die Vorgehensweise des Mannes folgt keinem festen Muster. Wie es aussieht, hat er sich vor dieser Tat an Ines Bertold herangemacht und sie kennengelernt. Das war bisher nicht so.

Er geht also sehr flexibel vor, hat immer neue Ideen, wie er an seine Opfer kommt und wann und wo er die Tat durchführen kann. Er ist wie ein Chamäleon, das sich ständig seiner Umgebung anpasst.

Er hat sich auch bei den Verstümmelungen verändert: Sie sehen zwar genauso aus wie bei Annie Chapman, dem Opfer von Jack the Ripper, ihr fehlten aber Teile der Organe, die nie wieder aufgetaucht sind. Das hat sich unser Ripper bei Ines Bertold geschenkt, ihre Organe waren vollständig vorhanden.«

Sie sah zu den Tatortbildern auf der Pinnwand und fuhr fort: »Die Auffindesituation von Ines Bertold stimmt wiederum genau mit der von Annie Chapman überein. Davon gibt es zwar keine Bilder, aber es wird in den Büchern genau beschrieben, wie sie da lag und wie ihre Verletzungen aussahen. Es kommt unserem Ripper also primär auf das äußere Erscheinungsbild am Tatort an.«

Goldschmied lehnte sich zurück und verschränkte die Hände auf der Tischplatte. Laut nickte ihr zu.

»Danke, Kollegin Goldschmied«, sagte er und ergriff das Wort: »Die Kollegen des Überwachungseinsatzes haben in der Nacht im Bereich um den Tatort keinerlei Auffälligkeiten bemerkt, zur Tatzeit war leider auch noch ziemlich viel los. Es gibt das *Cubana*, direkt an der Ecke, den *Orph Club* in der Königsstraße, das *Augustus*, die riesige Disco am Bahnhof – und das sind nur ein paar Beispiele. Überall herrschte Hochbetrieb, die Leute waren gestern nicht so vernünftig, wie wir gehofft hatten.

Einige der Kollegen erinnern sich an Männer, auf die die Beschreibung von Ines Bertolds Besucher passt, was allerdings nicht viel heißen muss. Die Statur des Mannes war durchschnittlich, Jeansjacken und Baseballmützen sind sehr verbreitet, und eine blaue Baseballmütze könnte in der Nacht leicht mit einer grauen oder grünen verwechselt werden. Und an eine dunkle Tasche konnte sich keiner der Kollegen erinnern. Wir haben hier also keinen Punkt, an dem wir ansetzen könnten. Interessant ist allerdings, dass auch niemandem eine Person mit Blutflecken aufgefallen ist. Auch wenn er an den Händen Plastikhandschuhe trug – bei solch massiven Vestümmelungen muss die Kleidung etwas abbekommen haben. Es stellt sich also die Frage, ob er überhaupt noch die Kleidung trug, mit der er gekommen war. Schließlich ist er noch mal zurück in die Wohnung, wo er bestimmt nicht nur die Spuren verwischt hat. Er hat sich womöglich umgezogen.«

»Nicht unbedingt«, warf Schreiber ein. »Er könnte

sich schon nach dem Erwürgen irgendetwas anderes angezogen haben, somit wären seine Sachen sauber geblieben.«

»In jedem Fall muss er mehr bei sich geführt haben als nur ein Messer«, stellte Thiele fest. »Schließlich hatte er ja auch die dunkle Tasche. Was war da noch drin außer den zwei Paar Handschuhen? Eine Hose zum Wechseln? Eine Schürze? Vielleicht sogar ein zweites paar Schuhe?«

»Wie hat er die Tasche weggeschafft?«, fragte Aurich. »Jedem der Kollegen wäre sie aufgefallen. Die hätten den garantiert angehalten!«

Alle sahen auf die Tischplatte und überlegten.

Als Schreiber Samstagnacht nach Hause kam, fühlte er sich vollkommen erschöpft und ausgelaugt. Zwar hatte er sich nach der vorherigen durchgearbeiteten Nacht und der morgendlichen Tatortbegehung mittags zwei Stunden hingelegt, aber er hatte nur unruhig geschlafen. Und nach der abendlichen Soko-Sitzung saß ihm der Ripper-Fall mehr den je in den Knochen.

Nike war mit ihren Freundinnen in der Sandstraße unterwegs, nicht ohne ihm vorher versprochen zu haben, keinesfalls alleine nach Hause zu laufen. Es war ihm ganz recht, die Wohnung eine Weile für sich zu haben. Er begrüßte Sophie, wärmte sich in der Küche einen Gemüseauflauf auf, duschte ausgiebig und schlupfte in einen bequemen, grauen Hausanzug.

Im Wohnzimmer legte er eine CD von John Lee Hooker auf, machte es sich vor dem Schreibtisch bequem und schaltete den Computer ein. Während das Gerät hochfuhr, goss er sich feierlich ein Pils in einen Glasskrug und achtete darauf, dass es eine schöne Schaumkrone bekam.

Sophie saß aufrecht im Sessel beim Aquarium und legte neugierig den Kopf schräg.

Er klickte sich durch einige Nachrichtenseiten und las über das »Neueste Ripper-Opfer« und den angeblich »fragwürdigen Polizeieinsatz«. Im Bamberger Jack the Ripper-Forum schaute er sich die neuesten Beiträge an. Die einen griffen die Polizei an, andere konzentrierten sich auf Mutmaßungen, wie der Täter es geschafft haben konnte, alle zu überlisten:

»Ist doch ganz einfach: Der Typ entsorgt den blutigen Kram in irgendeiner Ecke, zieht sich was anderes an und spaziert dann seelenruhig an allen vorbei«, schrieb einer.

Schreiber schob die Unterlippe vor und nickte. Er schenkte den letzten Tropfen Pils ein und nahm einen großen Schluck. Als er das Getränk zurück auf den Schreibtisch stellte, sprang Sophie daneben und schnupperte daran.

»Das ist nichts für dich«, murmelte Schreiber und schob sie weg.

Als sie nachsetzte, griff er sich die Katze und trug sie in den Gang, wo er den Wassernapf nahm und ihn in der Küche nachfüllte. Sophie folgte ihm und strich um seine Waden, als er den Napf zurück in ihre Ecke stellte. Sofort machte sie sich über das frische Wasser her.

Zurück im Wohnzimmer, stellte Schreiber den Gitarrenverstärker an und griff sich das Instrument, das neben dem Schreibtisch auf seinem Ständer ruhte. Er setzte sich damit in den Drehstuhl.

Am Computer öffnete er die Dia-Show mit den elf Gesichtern aus dem *Romantico* plus dem Bild von Donald Silence und ließ sie in einer Endlosschleife laufen.

Bequem zurückgelehnt fixierte er die Fotos und improvisierte auf der Gitarre leise einige Soli zu John Lee Hooker.

Halbglatze mit Goldkettchen, blonder Vokuhila mit Schnautzer, Grauer Seitenscheitel mit markanter Nase, Geheimratsecken mit dicker Hornbrille. Zwei Männer mit Vollbärten, Donald Silence – und wieder von vorne.

Schreiber dehnte die G-Saite und entlockte dem Instrument ein süßes Wehklagen. Es folgten ein kleiner Lauf über die tieferen Töne und ein finaler, schräger Riff. Er griff sich sein Bier, nahm einen weiteren großen Schluck, lehnte sich wieder zurück, spielte langsam weiter und überlegte:

Donald Silence. Schreiber hatte nach wie vor die Ripperologen auf der Rechnung, auch wenn er sich darüber im Klaren war, dass das nicht wirklich begründet war. Andererseits hatten wochenlange Ermittlungen, in denen hunderte Personen befragt worden waren, nicht einen einzigen dringenden Tatverdacht hervorgebracht. Was konnte es also schaden, ein wenig in Richtung der Ripperologen zu forschen, ganz zu schweigen davon, dass seine Tochter sich mit einem von ihnen traf?

Donald Silence, Johannes Rilke und Ruben Schiller: Sie alle waren bei der ersten Tat auf der Sandkerwa gewesen. Würde es nicht perfekt zur perfiden Vorgehensweise des Täters passen, sich kurz vor einer Tat unter vielen Menschen sehen zu lassen? Alle drei hatten genügend Zeit gehabt, zum Tatort zu gelangen, auch Ruben Schiller, der laut den Bedienungen der *Hemmingway Bar* kurz nach Rilke gegangen war. Der Chef des *Romantico* hatte gesagt, dass Sandra Hümmer freitags immer um Mitternacht ging. Da der Mörder wahrscheinlich Sandras Gewohnheiten kannte, konnte er auf den letzten Drücker zu seiner Tat aufbrechen, er konnte davon ausgehen, dass Sandra Hümmer innerhalb eines Zeitfensters von nur wenigen Minuten an der Stelle vorbeikommen würde, wo er ihr auflauern wollte.

Schreiber stellte die Gitarre beiseite und gab die Begriffe Sandkerwa 2011 und *Hemingway Bar* in eine Suchmaschine ein. Ein paar Mausklicks später durchforstete er Bildergalerien, in denen er nicht nur die drei Ripperologen, sondern auch Nike und ihre Freundinnen fand. Er rümpfte die Nase über ein Bild, auf dem sich seine Tochter an Rilke schmiegte. Von zwei Fotos, die er nicht herunterladen konnte, machte er Screenshots, die er mit einem Bildbearbeitungsprogramm zuschnitt. Die fertigen Bilder öffnete er zusammen mit dem von Donald Silence nebeneinander auf dem Monitor.

Schreiber nahm sein Bier, trank und studierte die drei Gesichter – Schiller, Rilke und Silence. War Schiller wirklich nur ein harmloser Spinner, der sich an den Verbrechen von Serientätern ergötzte? Seine zwanghafte Art passte zur pedantischen Vorgehensweise des Täters. Er hatte das Bamberger Jack the Ripper-Forum ins Leben gerufen. Würde das nicht auch der Täter tun, der sich an all der Aufmerksamkeit erfreuen wollte?

Andererseits war es Johannes Rilke, dem Frauentyp, eher zuzutrauen, das Vertrauen von Ines Bertold zu gewinnen und sich von ihr einladen zu lassen.

Der Gedanke, dass Nike den Mann traf, ließ Schreiber nicht ruhen. In den vergangenen Wochen waren sie deshalb einige Male aneinander geraten. Zwar vertraute er seiner Tochter, die ihm versprochen hatte, vorläufig nicht bei Rilke zu übernachten, aber es blieb ein ungutes Gefühl. Schreiber wusste, dass die Sorge als Vater seine Sicht auf Rilke beeinflusste, und er fragte sich, ob er nicht auf die Menschenkenntnis seiner Tochter zählen sollte. Sie hatte gestern versprechen müssen, den Abend zu Hause zu verbringen. Jetzt wünschte sich Schreiber fast, sie wäre mit Rilke in irgendeine Kneipe oder Disco gegangen. So hätte er den Mann jetzt wenigstens als Täter ausschließen und im Bezug auf Nike ruhiger schlafen können.

Schreibers Blick richtete sich auf das Porträtfoto von Silence. Es war im Grunde der Engländer, den der Kommissar als möglichen Täter vorne hatte. Die charmante, hilfsbereite Art des Dozenten, war ihm sofort suspekt gewesen. Er war ihm zu glatt.

»Er ist wie ein Chamäleon« hallten Goldschmieds Worte in Schreibers Ohren wieder. Er öffnete die Bilder der beiden bärtigen Männer aus dem *Romantico* und platzierte sie neben denen der drei Ripperologen. Mit dem Glaskrug in der Hand lehnte er sich zurück und studierte die fünf Fotos. Der dunkelhaarige Bartträger konnte gut und gerne Johannes Rilke sein, hinter dem braunen Bart des anderen Mannes konnten sich aber ebenso gut Silence oder Schiller verbergen.

»Fuck«, murmelte Schreiber, stürzte das restliche Pils hinunter und holte sich eine neue Flasche aus der Küche.

Zurück am Computer versuchte er sich vorzustellen, wie die Männer rasiert aussahen. Er zoomte die Bilder heran – nichts. Die Auflösung war nicht mehr hoch genug, und die beiden Bärte waren so dicht, dass sie ebenso gut angeklebt sein konnten. Hinzu kam, dass beide Männer markante Brillen trugen, der Schwarzhaarige eine mit dickem Kunststoffgestell, der Braunhaarige eine große getönte, hinter der die Augen nur schemenhaft zu sehen waren.

Erschrocken zuckte Schreiber zusammen, als ihm Sophie auf den Schoß sprang.

»Na du«, sagte er und kraulte sie mit einer Hand. Mit der anderen bediente er die Maus, um mit einem Bildbearbeitungsprogramm die Bärte mit Hautfarbe zu übermalen.

Am Ende seines zweiten Bieres war er damit fertig. Frustriert stellte er fest, dass sein Ausflug in die Welt der Kunst nicht das Geringste gebracht hatte. Die beiden bartlosen Männer hatten weder realistische Gesichter, noch sahen sie einem der drei Ripperologen ähnlich.

»What shall's? Versuch war's wert«, murmelte er. Er fügte die Bilder von Schiller und Rilke in die Dia-Show ein und fuhr den Computer herunter.

Auf dem Weg ins Badezimmer hörte er Schritte im Treppenhaus. Er zog die Wohnungstür auf, vor der seine Tochter mit gezücktem Wohnungsschlüssel stand.

»Hallo Süße«, gähnte er.

»Das ist ja süß, dass er Süße zu dir sagt«, ertönte von unten eine Stimme, und Kiki erklomm die letzten Stufen.

»Kiki?« Schreiber schaute verwundert auf Nikes Freundin.

Die blauäugige Blondine trat neben Nike und grüßte ihn höflich.

»Sie schläft heute hier«, verkündete Nike. »Ich sollte doch nicht alleine nach Hause gehen, schon vergessen?«

Sie kniff ihm in die Wange und schob sich mit Kiki an ihm vorbei in die Wohnung.

Eine Flut von Anrufen ließ die Telefone im Kommissariat noch Tage später heiß laufen. Zahllose Zeugen wollten Freitagnacht verdächtige Ereignisse oder gar den Ripper selbst gesehen haben. Die Kommissare hatten Mühe, die ernst zu nehmenden Hinweise von den unsinnigen zu trennen.

Der Anruf eines Studenten, der zu Thiele durchgestellt worden war, machte sie stutzig. In der Soko-Sitzung am Montagmittag setzte sie die Kollegen darüber in Kenntnis: »Er radelte mit zwei Freunden durch die Königsstraße. Das war ungefähr um 0:45 Uhr. Ihnen ist eine Frau aufgefallen, weil sie alleine unterwegs war. Die drei stiegen ab und boten an, sie ein Stück zu begleiten. Sie nahm dankbar an, und sie schoben die Räder bis zur Kettenbrücke neben ihr her. Dort mussten sie geradeaus weiter. Die Frau meinte, das wäre in Ordnung, weil sie es nicht mehr weit hätte und auf der Kettenbrücke auch genügend Menschen unterwegs waren. Als die drei dann weiter fuhren, fingen sie an zu streiten, ob die Person tatsächlich eine Frau gewesen war. Sie hatten zwar alle Alkohol getrunken, aber der Zeuge, der anrief, war sich ziemlich sicher, dass es in Wirklichkeit ein Mann war: ein Transvestit. Als der dritte Mord bekannt wurde, kam er ins Grübeln und hat uns angerufen.

Interessant ist, dass der Zeuge die Größe der Person auf einen Meter achtzig schätzt und außerdem angibt, sie hätte eine recht große Damenhandtasche bei sich getragen.«

Thiele breitete die Hände aus und ließ den Blick über ihre Kollegen schweifen.

»Das könnte doch locker der Täter gewesen sein. Verkleidet als Frau – und die Uhrzeit würde auch passen.«

»Klingt gut, Kollegin Thiele«, sagte der Chef, der wieder den Vorsitz übernommen hatte. »Klingt sogar richtig gut. Bleiben wir an der Sache dran. Überwachungskameras vor Clubs, weitere Zeugen und so weiter. Was gibt's sonst noch?«

»Die Nürnberger brauchen noch etwas Zeit für die elektronischen Geräte«, verkündete Schmoll. »Dafür hat sich Scotland Yard inzwischen gerührt. Sie haben tatsächlich einen Fall mit sehr ähnlicher Handschrift.

Natalie Porter, 36, wurde am Samstag, den 26. Juli 2008 in Trowbridge ermordet, das liegt ungefähr dreißig Kilometer von Bristol entfernt. Man fand sie mit durchtrennter Kehle in der Nähe eines Volksfestes. Auch sonst: gleiches Muster wie bei unserer Münchnerin. Wichtigste Hinweise waren die Aussagen verschiedener Zeugen, denen ein Mann, der es sehr eilig hatte, in Tatortnähe aufgefallen war. Die Beschreibungen waren leider sehr ungenau: Größe 1,80 bis 1,85, volles Haar, dunkelblond oder braun und ein Vollbart. Außer diesem Fall gibt es noch drei vermisste Frauen aus der Umgebung von London, die vom Alter her ins Schema passen würden. Sie verschwanden zwischen April 2009 und Juni 2010.«

»Donald Silence ist Engländer«, gab Schreiber zu bedenken. »Er hat zu der Zeit in Bristol gearbeitet.«

Laut nickte und sah zu Schmoll.

»Taucht sein Name im Zusammenhang mit einem der Fälle auf?«, fragte er.

Schmoll schüttelte den Kopf.

»Das habe ich als erstes geprüft«, sagte sie.

»Dann haben wir zu wenig Fakten«, entschied der Chef. »Dass er in England dreißig Kilometer von einem Tatort entfernt wohnte, heißt gar nichts. Ebenso wie die Tatsache, dass er Ripperologe ist.«

Er bemerkte Schreibers enttäuschtes Gesicht und fragte mit ausgebreiteten Händen: »Was soll ich machen, Kollege Schreiber? Seine Wohnung durchsuchen? Du weißt genau, dass wir dem Staatsanwalt für einen Durchsuchungsbeschluss nicht mit bloßen Ahnungen kommen können. Der will Fakten.«

»Aber dreißig Kilometer sind doch gar nicht so viel«, bemerkte Bayer. »Wenn die Fälle tatsächlich zusammenhängen, finde ich es schon erstaunlich, dass Silence ausgerechnet jetzt in Bamberg ist.«

»Das sehe ich genauso, Kollege Bayer«, sagte Laut. »Natürlich werden wir ihn weiter auf dem Radar haben und sehen, ob noch was gegen ihn auftaucht. Aber wir dürfen uns in nichts verrennen und einseitig ermitteln. Momentan haben wir nur eine Vermutung und nicht einen Beweis.«

Am Dienstagmorgen saß Thiele mit übereinander geschlagenen Beinen vor Silence' Schreibtisch. Das Reden überließ sie Schreiber. Silence, der sie genauso höflich empfangen hatte wie beim ersten Mal, saß mit geöffnetem Hemdkragen gegenüber. Seine bunte Fliege lag neben der Tastatur seines Computers.

»Ein wenig wundere ich mich schon, dass Sie mich noch einmal besuchen«, sagte er. »Sie wissen doch jetzt bestimmt, dass ich vor drei Wochen auf der Sandkerwa war. Gehen Sie denn nicht davon aus, dass ein und derselbe Mann die Morde begangen hat?«

»Doch«, bestätigte Schreiber freundlich nickend. »Aber da sind noch ein paar kleine Unstimmigkeiten. Sie verließen die *Hemingway Bar* um 23:15 Uhr, uns sagten Sie aber, Sie wären um 0.30 Uhr zu Hause in der Steinertstraße gewesen. Wieso hat das so lange gedauert?«

»Ich sagte, dass ich glaube, um 0:30 zu Hause gewesen zu sein«, korrigierte der Engländer mit erhobenem Zeigefinger. »Es könnte auch früher gewesen sein. Ich war, wie gesagt, betrunken. Das einzige, woran ich mich noch dunkel erinnere, ist, dass ich mir unterwegs noch irgendwo ein Stück Pizza gekauft habe.«

Er breitete die Hände aus, verschränkte sie dann vor sich auf der Tischplatte und sah abwartend zwischen den Polizisten hin und her.

»Ja, werde ich jetzt offiziell verdächtigt?«, fragte er ungeduldig. »Brauche ich einen Anwalt?«

»Routine-Fragen«, beschwichtigte Thiele, ein Lächeln andeutend. »Sicher werden Sie verstehen, dass wir gründlich sein müssen. Uns ist auch schon geholfen, wenn wir Sie ausschließen können.«

»Soso«, sagte Silence.

»Wo waren Sie denn am Freitagabend?«, fragte Schreiber.

»Zu Hause«, kam die schnelle Antwort. »Leider alleine.«

Schreiber legte den Kopf schräg. Er konnte keine Anzeichen für eine Lüge erkennen.

»Das kann also niemand bestätigen?«, fragte er weiter.

Das Lächeln des Engländers kühlte ab.

»Ich glaube, das muss auch niemand bestätigen«, sagte er. »Schließlich werde ich ja nicht offiziell verdächtigt, nicht wahr?«

Schreiber grinste und sagte: »Wie bereits erwähnt: Es würde uns auch helfen, Sie auszuschließen.«

»Tja, dann tut es mir leid, dass ich da nichts für Sie tun kann«, bedauerte Silence. »Aber wenn Sie den Täter erst einmal haben, ist das wohl sowieso nicht mehr wichtig, oder?«

»Das ist richtig«, bestätigte Schreiber. »Aber vielleicht können Sie uns ja doch noch helfen. Sagt Ihnen der Name Natalie Porter etwas?«

Der plötzlichen Themawechsel ließ Silence stutzen.

»Warten Sie mal«, bat er dann und sah mit offenem Mund aus dem Fenster. »Ich kenne den Namen tatsächlich irgendwo her. Gleich fällt es mir wieder ein.«

»Trowbridge?«, half Schreiber.

»Aber ja!«, rief Silence und sah ihn an. »Das ist die Frau, die beim Village Pump Festival ermordet wurde. Ihr Name war damals wochenlang im Fernsehen. Wann war das doch gleich?«

»Im Juli 2008.«

»Genau«, sagte der Engländer und zeigte mit dem Finger auf sein Gegenüber. »Ich war damals noch Dozent in Bristol.« Er stockte. »Aber Moment mal. Soll ich die Frau jetzt etwa auch ermordet haben?«

Schreiber sah ihn nur ausdruckslos an.

»Kennen Sie jemanden aus dieser Zeit, der heute im Raum Bamberg wohnt?«, fragte Thiele. »Vielleicht einer Ihrer damaligen Studenten?«

»Nein«, sagte Silence eisig. Er hielt inne und fügte hinzu: »Wenn man von Johannes Rilke absieht. Den kennen Sie ja auch schon, nicht wahr? Allerdings kannte ich ihn damals noch nicht, und er lebte zu der Zeit auch in London, also weiter weg von Trowbridge. Abgesehen davon, dass Johnny nicht der ist, den Sie suchen. Für den lege ich meine Hand ins Feuer.«

Er fuhr zusammen, als Schreibers Handy schrillte.

»Entschuldigen Sie«, sagte Schreiber lächelnd, fischte das Gerät aus seiner Jacke, sah kurz aufs Display und hielt es sich ans Ohr.

»Ist gerade schlecht, Aurich«, sagt er, den Blick auf Silence gerichtet.

Der Engländer schaute zu Thiele, lehnte sich zurück und legte die Hände in den Schoß.

»Wir haben ihn«, drang Aurichs Stimme in Schreibers Ohr.

»Wie bitte?«, fragte Schreiber.

»Du hast mich verstanden«, kam es aus dem Handy.

Im Zelt der Spurensicherung lag Ruben Schiller rücklings auf dem Asphalt, den Kopf in einem absurden Winkel zur Seite geneigt, darunter eine kleine Blutlache. Seine halb geöffneten Augen blickten leblos in die Ferne, die rote Kunsstoffbrille lag unversehrt neben ihm. Beine und Arme waren seltsam verdreht, wie bei einer Majonette, die achtlos auf den Boden geschleudert worden war. Er trug Jeans und sein Uhrwerk Orange-T-Shirt. Einer seiner nackten Füße steckte noch in einer Haussandale.

Schillers Leiche lag vor einem Balkon in einem großen Hinterhof in der Hornthalstraße. Ein Nachbar hatte sie am Morgen gefunden. Er war auf dem Weg zu den Garagen mit den Grassdächern auf der gegenüberliegenden Hofseite gewesen, um zur Arbeit zu fahren.

Der Notarzt hatte den Tod festgestellt und war bereits gegangen.

»Offenbar Genickbruch«, berichtete Aurich, als er mit Thiele und Schreiber vor der Leiche stand. »Wahrscheinlich kommt noch ein Schädelbasisbruch hinzu. Er ist vom Balkon im vierten Stock gefallen.«

Die drei Kommissare verließen das Zelt und schauten nach oben. Zwei uniformierte Kollegen, die auf dem Hof standen, folgten automatisch ihren Blicken. Schreiber hielt sich die Hand über die Brille, weil ein leichter Nieselregen eingesetzt hatte.

»Oder gefallen worden«, stellte er fest und sah wieder Aurich an.

»Man wird sehen«, sagte Aurich. »Hans und Muhamed untersuchen gerade noch die Wohnung. Der Chef und Fritz sind übrigens auch oben. Aber bislang gibt es noch keinerlei Hinweise auf Fremdeinwirkung. Ganz sicher können wir natürlich erst sein, wenn der Wiegand mit der Obduktion fertig ist. Aber ich gehe jede Wette ein, dass er nichts finden wird.«

»Der fliegt doch nicht einfach vom Balkon«, bemerkte Thiele skeptisch.

»Er könnte geglaubt haben, er wäre ein Vögelchen«, sagte Aurich, der sich abwandte und zum Haus lief. Thiele und Schreiber folgten ihm, die zwei Beamten blieben am Zelt zurück.

»Auf dem Wohnzimmertisch lagen zwei Päckchen: eines mit Gras und eines mit diesen Kräuterdrogen«, erklärte Aurich. »Verdammt gefährliches Zeug, wird gerne übers Internet bezogen. Ihr wisst doch von diesen Unfällen, die es schon mit Kids gegeben hat. Die flippen total aus, wenn sie auf dem Trip sind und springen zum Beispiel irgendwo runter. Wenn Schiller davon was intus hatte, könnte er so ziemlich alles gemacht haben.«

Mühsam nahmen sie die Stufen nach oben, Schreiber bildete das Schlusslicht und brummelte hin und wieder missmutig vor sich hin.

»Jedenfalls haben wir eine Menge Beweise gefunden«, berichtete Aurich, verkniff sich aber weitere Details, damit die Nachbarn nichts mitbekamen.

Vor Schillers angelehnter Wohnungstür grüßte sie ein uniformierter Polizist. Sie schoben sich an ihm vorbei in die Diele, wo sich Laut gerade mit Bayer unterhielt.

»Morgen, Kollegen«, sagte der Chef, als die Kommissare eintraten. Er wandte sich ihnen zu, während Bayer durch eine seitliche Tür ins Schlafzimmer verschwand.

»Ich habe es gerade dem Fritz gesagt«, sagte Laut. »Wir dürfen hier nicht das geringste Detail übersehen. Will heißen: Alles wird dreifach und vierfach geprüft. Ich brauche wohl kaum zu erwähnen, dass wir uns 150-prozentig sicher sein müssen, ehe wir das hier öffentlich machen.«

»Sowieso«, sagte Thiele.

»Ist doch Routine«, meinte Aurich. »Aber warum so vorsichtig? Schaut doch ganz gut aus bis jetzt.«

»Ich weiß nicht«, sagte Laut. »Ich habe so ein komisches Gefühl bei der Geschichte. Das wäre fast zu schön, um wahr zu sein. Mir ist es beinahe zu einfach – so blöd sich das jetzt auch anhören mag.«

Er sah zwischen den Kommissaren hin und her, seufzte und sagte: »Nun ja, ihr wisst Bescheid. Ich habe mit dem Wiegand telefoniert. Er macht die Obduktion um elf Uhr. Kollegen Thiele und Schreiber: Ihr übernehmt das. Bis dann.«

Damit verließ er die Wohnung.

»Alles wird gut«, sagte Aurich, als Laut außer Hörweite war.

Er winkte Thiele und Schreiber ihm zu folgen, und sie betraten das große Wohnzimmer, wo sie gleich hinter der Tür stehenblieben und die Blicke umherschweifen ließen.

»Morgen«, grüßte Hans Schindler, der gerade vor einer herausgezogenen Schrankschublade kniete und eine braune Damenperücke eintütete.

Karaca beachtete die Kommissare nicht weiter. Hinter der offen stehenden Balkontür war er unter einem schwarzen Regenschirm darin vertieft, das Geländer mit Fingerabdruckpulver zu bestäuben.

»Nicht schlecht für einen Studenten«, kommentierte Schreiber mit Blick auf den Großbildfernseher an der Wand und die drei Monitore auf einem extra großen Schreibtisch, unter dem zwei Computer standen. Über den Monitoren waren Tatortaufnahmen von Gewaltverbrechen und Postmortem-Bilder an eine großformatige Korkwand geheftet, darunter auch die Opfer von Jack the Ripper.

»Das reinste Gruselkabinett«, stellte Thiele fest, trat einen Schritt vor und musterte die Bilder. Hinter Glasrahmen waren Fotos berüchtigter Serientäter aufgehängt. Sie erkannte Ted Bundy, Pedro Alonso López, Fritz Haarmann aber auch Charles Manson, den berüchtigten Sektenführer aus den sechziger und siebziger Jahren.

Nur ein Bild fiel gänzlich aus der Reihe, sie hatte es schon im Büro von Donald Silence gesehen: die Illustration aus dem neunzehnten Jahrhundert mit dem Fledermaus-Mann, dem Grab und den drei erschrockenen Männern.

Schreiber studierte die Titel einiger Bücher, von denen sich hunderte in einer Regalwand drängten. Es war fast ausschließlich Literatur über reale Verbrechen, allein über Jack the Ripper mochten es über dreißig Exemplare sein. Die einzigen Ausnahmen bildeten ein paar Bücher für das Anglistik-Studium.

»Seht euch nur um«, sagte Aurich. »Man hätte ihn schon alleine dafür verhaften müssen, dass er so ein Freak war.«

Er deutete auf eine große, durchsichtige Plastikbox, die neben Schindler auf dem Teppich stand. Sie war randvoll mit Tüten der Spurensicherung.

»Aber da drin haben wir richtig gute Indizien«, stellte er fest. »Ein Springmesser, das vom Typ her die Tatwaffe sein könnte, eine dunkle Aktentasche, in der ein Overall und Haushaltshandschuhe steckten, außerdem auch ein paar Arbeitshandschuhe, die passenden Sneakers, Größe 43, und last but not least: die Kette von Sandra Hümmer, den Slip von Heike Schwarz und einen bunten Damenschal. Und ich fresse einen Besen, wenn der nicht von Ines Bertold ist.«

»Hier geht es noch weiter«, brummte Schindler unter seinem dicken Seehundschnauzer und beförderte ein grünes Sommerkleid aus der Schublade.

»So viel zum ominösen Transvestiten in der Königsstraße«, sagte Aurich und grinste Thiele zufrieden an.

Nachgetreten

14. bis 22. September

Nike spuckte ihren Kaugummi in einen Papierkorb an der Schranne und tippelte bei Rot über die Fußgängerampel, um die Passage unter dem Studentenwohnheim am Ende der Judenstraße zu durchqueren. Als sie ums Eck bog und über das Kopfsteinpflaster die Gaststätten zu ihrer Linken passierte, hauchte sie prüfend in ihre vorgehaltene Hand und stellte zufrieden fest, dass ihr Atmen als küssbar durchging.

Obwohl es an diesem Mittwochnachmittag recht kühl war, knöpfte sie ihre Jeansjacke weiter auf, damit es schneller ging, wenn sie erst einmal in Johnnys kleiner Wohnung war, die sie insgeheim schon ihr Liebesnest getauft hatte.

Die Handtasche lag ihr schwer auf der Schulter, sie enthielt eine Flasche Rotwein, mit der sie ihn überraschen wollte. Bestimmt würde er auf ihren spontanen Besuch mit seiner üblichen, schlagfertigen Art reagieren, sie als vermeintlichen Störenfried necken, um sie dann mit charmanten und lustigen Sprüchen zu umgarnen und zu verführen. Sie würde sich fallen lassen, sich ihm vollkommen hingeben, allein beim Gedanken daran spürte sie Schmetterlinge im Bauch.

Als sie nach rechts in die Eisgrube bog und diese hinauf lief, erschauerte sie, weil ihr klar wurde, wie wenig sie ihn eigentlich kannte. Sie wusste praktisch nichts über ihn, bis auf diese London-Geschichte, und selbst die hatte er nur grob umrissen. Oft war ihr, als ob Johnny sich ihr nie richtig öffnete, hinter seiner glatten Fassade immer noch irgendetwas zurückhielt, immer noch irgendwo ein Geheimnis verbarg. Im Grunde wollte sie alles von ihm wissen, sehnte sich nach mehr Nähe, doch andererseits war es genau diese geheimnisvolle, unverbindliche Art, die sie an ihm so faszinierte.

Trotzdem konnte es so nicht weitergehen, sie kannten sich immerhin seit über zwei Wochen, und sie war wild entschlossen, ihn nicht so schnell vom Haken zu lassen. Wenn er mehr von sich preisgab, würde alles noch besser werden. War er womöglich sogar der künftige Vater ihrer Kinder? Kopfschüttelnd lächelte sie über sich selbst und entschied, dass sie zu viel nachdachte und Gespräche erst einmal warten mussten – zunächst würden sie ihre Zärtlichkeiten sprechen lassen.

An der Steintreppe, die an seinem Haus entlang direkt hinauf in die Hölle führte, öffnete sie ihre Jeansjacke vollends, stockte aber, als oben die Haustür aufging.

Eine Blondine in Mini-Rock und hochhackigen Schuhen kam heraus und drehte sich auf der Fußmatte noch einmal um. Johnny trat unter die Haustür, die er mit seinem Rücken geschickt offen hielt, während er die Blondine zu sich heranzog und ihr einen langen, innigen Abschiedskuss gab.

Nike starrte die Szene fassungslos an. Sie versuchte nicht, sich davon zu stehlen oder sich zu verstecken. Sie stand einfach da und stellte ungläubig fest, dass es bei dem, was sie sah, keinerlei Spielraum für Interpretationen gab: Johnnys Hände glitten zärtlich über den Po der Blondine, strichen über ihre Hüften und Schultern, beinahe sah es so aus, als wollte er sie zurück ins Haus und in seine Wohnung ziehen … ihr Liebesnest.

Nein, nicht ihr Liebesnest. Sie würde die kleine

Wohnung, die für sie noch vor einigen Sekunden der Mittelpunkt des Universums gewesen war, nie wieder betreten.

Als die Küssenden sich voneinander lösten, bemerkten sie sofort, dass sie beobachtet wurden und sahen auf Nike herunter. Die hübsche Frau, die Nike auf Anfang Dreißig schätzte, schaute verwundert. Johnny lächelte nur verschmitzt und zuckte mit einer Schulter.

Nike drehte sich um und lief den Weg zurück, den sie gekommen war. Sie musste sich zurückhalten, nicht einfach loszurennen. Ihr Gesicht begann zu glühen, und sie spürte zwei heiße Tränen über ihre Wangen kullern.

Hinter ihrem Rücken hörte sie die Frau fragen: »Hast du die gekannt?«

Seit Tagen konzentrierten sich die Ermittlungen darauf, die Person Ruben Schiller restlos zu durchleuchten, die genauen Umstände seines Todes zu klären und sämtliche Beweise zu überprüfen, die ihn als den Ripper überführen konnten.

In Nürnberg wurden die elektronischen Geräte aus Schillers Wohnung in Rekordzeit untersucht, die Ergebnisse ebenso schnell von den Bamberger Kommissaren gesichtet und ausgewertet.

Es sprach sich schnell herum, dass Schiller der Betreiber der Rippermania-Website gewesen war, und Reporter fragten immer wieder nach, ob es einen Zusammenhang zwischen seinem Tod und den Ripper-Fällen gab, oder ob er am Ende gar selbst der gesuchte Serienmörder war. Darius Becker versuchte es mehrmals täglich.

Nach nur einer Woche sollte sich in einer Sitzung entscheiden, ob der Ripper-Fall abgeschlossen werden konnte. Sie war auf Dienstagnachmittag, 15:30 Uhr angesetzt.

Schreiber, der zusammen mit Thiele Schillers Tod untersucht hatte, berichtete als erster: »Ruben Schiller, geboren 1982 in Erlangen, starb in der Nacht vom Montag, den 13., auf Dienstag, den 14. September, etwa um Mitternacht. Der toxikologisch-forensische Befund ergab, dass er vor seinem Tod eine erhebliche Menge Alkohol getrunken hatte, die Blutalkoholkonzentration betrug 1,9 Promille, leere Bierflaschen und eine halbe Flasche Rum waren in der Wohnung. Seine weiteren Werte deuten auf regelmäßigen Cannabiskonsum über einen längeren Zeitraum hin. Allerdings Fehlanzeige, was die Kräuterdrogen angeht. Im Aschenbecher auf dem Wohnzimmertisch waren nur Reste eines gewöhnlichen Joints. Weder in der Wohnung noch an der Leiche gab es Spuren eines Kampfes. Seine Verletzungen lassen sich alle durch den Sturz erklären. Die Lage der Leiche und deren Entfernung zum Haus könnte sich sowohl durch einen Sturz als auch durch einen Sprung erklären lassen. Wir haben einige Tests mit einem Dummy durchgeführt.

Es lässt sich allerdings auch nicht ausschließen, dass nachgeholfen wurde. Wenn er beispielsweise besinnungslos gewesen wäre, hätte man ihn über das Geländer werfen können, ohne Kampfspuren zu hinterlassen. An einen Besucher erinnert sich niemand aus der Nachbarschaft. Er hatte überhaupt selten Besuch. Bis jetzt deutet nichts auf Fremdeinwirkung hin. Es ist nach dem momentanen Stand der Ermittlungen mit hoher Wahrscheinlichkeit davon auszugehen, dass Ruben Schillers Tod ein Unfall war.«

Schreiber hielt inne und sah Hilfe suchend zu Thiele. Die atmete nur tief durch, fand aber keine Worte.

Laut sah erst sie an und richtete dann einen skeptischen Blick auf Schreiber.

»Kollege Schreiber«, sagte er. »Wieso betonst du: nach dem momentanen Stand der Ermittlungen? Habt ihr die Sache denn noch nicht abgeschlossen?«

Thiele räusperte sich und sagte: »Wir würden ehrlich gesagt noch ein wenig weiter machen.«

Der Chef rümpfte die Nase.

»Aber was fehlt denn noch?«, fragte er. »Ihr solltet doch heute fertig sein, die Öffentlichkeit will Antworten, vor allem nach dem Mord an Ines Bertold.«

»Lassen wir uns nicht so unter Druck setzen«, mahnte Schreiber. »Außerdem hast du doch selbst gesagt, dass wir alles dreifach und vierfach prüfen sollen«, fügte er hinzu.

Der Chef wiegte den Kopf hin und her.

»Machen wir erst einmal weiter«, sagte er. »Wenn wir also momentan davon ausgehen, dass Ruben Schiller nicht ermordet wurde, bleibt noch die Frage, ob er auch tatsächlich unser Ripper war. Seine Eltern sind natürlich davon überzeugt, das ihr Sohn unschuldig war, auch die zwei großen Brüder sehen das so. Sein übersteigertes Interesse an Serientätern hielten alle für eine harmlose Spinnerei. Niemand aus der Familie gibt ihm allerdings ein Alibi für eine der Tatnächte. In dem Sinne: Was haben wir?«

Er schaute zu Schmoll, die auf ihrem Laptop eine Tabelle zur Spurenverwaltung geöffnet hatte. Sie sah immer wieder auf ihren Bildschirm, als sie die Ermittlungsergebnisse zusammenfasste: »Auf allen der gefundenen Objekte konnten, wo dies technisch möglich war, Schillers Fingerabdrücke nachgewiesen werden, auch auf dem Messer. Es ist die Tatwaffe. Es wurde zwar gereinigt, aber das Labor hat noch Blut- und Faserspuren von Ines Bertold nachweisen können. An der Aktentasche gab es ebenfalls Blutspuren, wieder von Ines Bertold aber hier auch von Sandra Hümmer.

Allerdings waren sowohl auf dem Overall als auch auf den zwei Paar Handschuhen aus der Tasche keine Rückstände, weil alles neu war.

Die Aktentasche passte in eine große, präparierte Damenhandtasche, die Frauenkleider und die Perücke entsprachen der Beschreibung der Person, die die drei Studenten ein Stück durch die Königsstraße begleiteten. In der Perücke wurden ein paar Haare und Hautschuppen gesichert. Die gefundene Kette gehörte Sandra Hümmer, der Slip ist definitiv der von Heike Schwarz. Der bunte Schal konnte auf einigen Fotos von Ines Bertold identifiziert werden.

Die Auswertung von Schillers Handy hat ergeben, dass er Ines Bertold in den vergangenen zwei Wochen vier Mal angerufen hat, das letzte Mal am Vormittag des Freitags, an dem sie nachts ermordet wurde. Ines Bertold hat ihrerseits sein Handy drei Mal angewählt.«

»Stop«, gebot Laut. »Warum haben wir Schiller dann nicht überprüft, als wir die Telefonverbindungen von Ines Bertold ausgewertet haben?«

»Weil er da schon tot war«, sagte Schmoll. »Wir haben die Einzelnachweise ihrer Gespräche erst Dienstag früh rein bekommen.«

»Hm«, brummte Laut unzufrieden.

»Über Schillers Festnetz gab es allerdings keinen Kontakt zwischen den beiden«, fuhr Schmoll fort. »Schiller war auch bei Allmyfaces01 registriert, stellte hier aber keinen Kontakt zu Ines Bertold her, auch nicht zu Heike Schwarz. Seine Computer wurden in den Nächten, in denen Sandra Hümmer und Ines Bertold ermordet wurden, nicht benutzt, ansonsten allerdings sehr oft, was darauf hindeutet, dass er außer Haus gewesen sein könnte. In jedem Fall können ihm seine Geräte kein Alibi geben – wenn ich das mal so sagen darf. Und die Nachbarn erinnern sich, dass am Abend von Ines Bertolds Ermordung kein Licht bei ihm brannte.«

Laut nickte zufrieden und schaute in die Runde.

»In Studentenkreisen war er bekannt dafür, dass er sich ab und zu mal einen durchzog«, sagte Aurich. »Das gab übrigens auch dieser andere Ripperologe, Johannes Rilke, an. Insofern gehörte das Cannabis in der Wohnung wohl tatsächlich Schiller, was auch zum toxikologisch-forensischen Befund passen würde. Die Kräuterdrogen wollte er möglicherweise mal testen, ist aber nicht mehr dazu gekommen.

Es ließ sich nicht ermitteln, wo Schiller in der Mordnacht von Ines Bertold war. Er hatte einigen Studenten erzählt, dass er zum Monsters of Rock Revival nach Nürnberg fahren wollte, mit *Whitesnake* und *Motörhead*, da wollte ich eigentlich auch hin – aber egal. Wir fanden jedenfalls weder Reste einer Eintrittskarte noch einen Nachweis über eine Online-Buchung. Die Aufzeichnungen der Überwachungskameras vor den Eingängen zum Konzert wurden längst gelöscht, wir konnten ihn auch nicht auf Bildern vom Publikum finden, oder Personen ermitteln, die seine Anwesenheit bestätigen könnten.

Bemerkenswert finde ich übrigens, dass er alleine gehen wollte. So macht das doch keinen Spaß – also, ich wollte mit Gisela hin.

Fazit: Er könnte die Geschichte mit dem Konzert in Nürnberg vorgeschoben haben, damit ihn keiner seiner Bekannten vermisst.«

Laut lehnte sich zurück und gestikulierte mit seiner

Lesebrille, als er sprach: »Schiller hatte also kein Alibi für die Nacht von Ines Bertolds Ermordung. Wir können außerdem davon ausgehen, dass er nach der Sandkerwa genügend Zeit für den Mord an Sandra Hümmer gehabt hätte.

Wenn wir dann noch all die Beweise ansehen, die wir in seiner Wohnung gefunden haben – also, sind wir mal ganz ehrlich: Wäre Schiller noch Leben, würden wir keine Sekunde zögern, die Sache der Staatsanwaltschaft zu übergeben.«

»Dennoch könnten die Beweise platziert worden sein«, bemerkte Schreiber. »Ein Besucher hätte auch die Fingerabdrücke anbringen können, nachdem er Schiller besoffen gemacht hatte und der eingeschlafen war.«

Bayer räusperte sich und hob seinen Kaffeelöffel.

»Also, mir schmeckt das alles nicht«, begann er. »Ich bin auch eher Schreibers Meinung, dass die Sache stinkt. Unser Ripper soll einfach so vom Balkon fliegen? Wohl kaum. Ich glaube, das hat der echte Ripper geschickt hingedreht und dann Schiller die Beweise untergejubelt. Der will, dass wir die Sache abschließen und die Leute sich wieder sicher fühlen. Aber eine Sache kapier ich trotzdem nicht: Woher wusste er, welche Gegenstände er platzieren muss? Messer, Handschuhe und Overall konnte er sich ja denken. Aber wie kam er darauf, dass wir nach den Trophäen suchen und von der Frauenverkleidung wussten?«

»Er könnte den drei Studenten in der Königsstraße angemerkt haben, dass sie ihn für einen Mann hielten«, schlug Goldschmied vor und zeigte mit ihrem bunten Kugelschreiber auf Bayer. »In dem Fall konnte er sich ausrechnen, dass sie zur Polizei gehen würden. Und was die Trophäen angeht, so war es für seinen Plan nicht wirklich wichtig, dass wir von ihnen wussten. Er konnte darauf vertrauen, dass wir Frauenschmuck und Frauenkleidung aus der Wohnung eines alleine lebenden Verdächtigen früher oder später den Opfern zuordnen würden.«

Sie stockte, lehnte sich zurück und tippte sich mit dem Druckknopf des Kugelschreibers an die Lippen.

»Ich halte es allerdings für so gut wie ausgeschlossen, dass sich der Täter von seinen Trophäen trennen würde. Für ihn sind sie das Wertvollste, das er hat.«

»Also war es Schiller!«, hob Aurich an. »Ich verstehe ja eure Bedenken, aber lassen wir die Kirche mal im Dorf. Was brauchen wir denn noch, bei all den Beweisen? Wenn etwas aussieht wie ein Hase, hoppelt wie ein Hase und stinkt wie ein Hase, dann ist es nun mal ein Hase, oder?«

Er breitete die Arme aus und sah in die Runde.

Alle Blicke richteten sich auf Laut, der mit gesenktem Kopf dasaß und überlegte.

»Neben all den Beweisen überzeugen mich vor allem die Anrufe«, sagte er schließlich. »Schiller hatte definitiv Kontakt zu Ines Bertold.« Er hielt inne. »Andererseits haben wir keine Eile«, stellte er fest. »Schiller ist schließlich tot. Und Kollege Schreiber hat schon recht: Die Presse soll gefälligst warten. Wenn wir vorschnell öffentlich machen, dass wir ihn haben, werden die Leute wieder sorgloser. Und wenn dann doch wieder was passiert und wir im Nachhinein feststellen, dass wir irgendein Detail übersehen haben, können wir einpacken.«

Er atmete tief durch und verschränkte die Hände auf dem Tisch.

»Also, alles zurück auf Null«, sagte er bestimmt. »Gehen wir einmal davon aus, dass Schiller tatsächlich unschuldig war und wir das beweisen wollen. Wo gibt es noch ungeklärte Details, Ungereimtheiten oder offene Fragen?«

»Es ist noch unklar, wo er war, als Heike Schwarz in ihrer Wohnung starb«, stellte Thiele fest. »Wir haben das nicht überprüft, weil wir den Zeitpunkt ihres Todes nur auf etwa drei Tage eingrenzen können. Aber es wäre ja auch möglich, dass Schiller während der gesamten drei Tage nicht in Bamberg war, weil er beispielsweise verreist war.«

»Wir haben auch noch nicht herausgefunden, ob er 2010 auf dem Oktoberfest war und für den Mord an Franziska Beck in Frage kommt«, sagte Schreiber. »Oder ob er sich 2011 im Raum Regensburg aufhielt und etwas mit dem Verschwinden von Heidi Schubert zu tun haben könnte.«

»Da wäre noch das Opfer in England«, sagte Schmoll. »Wir wissen nicht, ob sich Schiller am 26. Juli 2008 in der Nähe von Trowbridge aufhielt.«

»Es ist allerdings auch nicht hundertprozentig sicher, ob wir es bei all diesen Fällen überhaupt mit dem selben Täter zu tun haben«, erinnerte Goldschmied. »Wenngleich ich persönlich zu dieser Annahme tendiere – zumindest bei der Münchnerin und der Engländerin.«

»Wenn er also beispielsweise in Trowbridge gewesen wäre, hätten wir einen Punkt mehr auf der Pro-Seite«, stellte Aurich fest und zeigte mit dem Kaffeelöffel auf sie.

»So ist es, Kollege Aurich«, bestätigte Laut. »Aber jetzt sind wir ja bei der Contra-Seite. Also: Was noch?« Er schaute fragend in die Runde.

»Es ist ungewöhnlich, dass er bei der Polizei noch nie aktenkundig geworden ist«, sagte Goldschmied.

»Unser Mann hat, wie gesagt, ziemlich sicher eine einschlägige Vorgeschichte.«

Bayer strich sich nachdenklich über den Schnauzer und fragte: »Waren auf dem Päckchen Kräuterdrogen nur seine Fingerabdrücke und sonst keine?«

»Nur seine«, sagte Thiele. »Es wurde Bier darüber geschüttet und hinterher mit einem Papiertaschentuch trocken gewischt. Danach wurde es nur noch von ihm angefasst.«

«Könnte Absicht gewesen sein«, schlug Bayer vor. »Der Täter platziert die Kräuterdrogen, um uns den Sturz vom Balkon besser zu verkaufen. Weil es auffällig wäre, wenn nur Schillers Abdrücke drauf wären, schüttet er Bier drüber und wischt es ab, damit das plausibel wirkt.«

»Daran habe ich auch schon gedacht«, sagte Schreiber.

»Ach, kommt schon!«, rief Aurich. »Und überhaupt: Wie konnte euer Phantom ihn so besoffen machen, dass er einpennt und sich alles Mögliche an seine Fingerspitzen drücken lässt?«

»Er könnte mit KO-Tropfen nachgeholfen haben«, sagte Schreiber ruhig. »Die lassen sich schon wenige Stunden nach Eintritt des Todes nicht mehr nachweisen, und sie hätten Schiller so hilflos gemacht, dass ein kräftiger Mann ihn problemlos hätte über das Balkongeländer wuchten können.«

»Welcher kräftige Mann denn?«, fragte Aurich. »Die Nachbarn haben doch keinen Besucher bemerkt.«

»Ich würde auch keinen Lärm im Treppenhaus machen, wenn ich vorhätte, jemanden zu ermorden«, antwortete Schreiber.

Laut sah zwischen den beiden Kommissaren hin und her und ließ sie gewähren.

»Und wen schlägst du als Besucher vor?«, fragte Aurich provokant.

»Vielleicht denjenigen, der Ines Bertold im vergangenen Monat fünf Mal angerufen hat, von einem Handy mit anonymer SIM-Karte«, sagte Schreiber und deutete mit seinem Kuli auf eine vor ihm liegende Liste der Telefonate von Ines Bertold.

»Schiller hat sie auch vier Mal angerufen, schon vergessen?«, ereiferte sich Aurich.

»Schiller selbst hat übrigens auch Anrufe von einem anonymen Handy erhalten«, hielt Schreiber dagegen.

»Das genügt vorerst«, bremste sie Laut mit erhobener Hand, und alle sahen gespannt zu ihm.

»Das mit der anonymen SIM-Karte ist zwar verdächtig, aber es bringt uns nicht weiter – die Dinger sind nun mal nicht zurück zu verfolgen. Wenn wir allerdings davon ausgehen, dass Schiller tatsächlich eine Art Sündenbock ist, dann steht eines fest: Sein Mörder, also der echte Ripper, muss aus seinem Bekanntenkreis kommen, womit wir tatsächlich wieder die Ripperologen von der Uni im Spiel hätten.«

»Wir gehen aber nicht wirklich von der Sündebock-Theorie aus, oder?«, fragte Aurich.

»Nein«, sagte Laut bestimmt. »Allerdings werden wir sowohl den Todesfall Schiller als auch die Ripper-Morde erst abschließen, wenn wir wissen, ob Schiller bei der Ermordung von Heike Schwarz überhaupt in Bamberg war. So viel Zeit muss sein.«

Er sah zu Thiele und Schreiber und sagte: »Bis dahin könnt ihr ja sehen, ob ihr noch was ausgrabt.«

»Und? War es jetzt der Ruben?«, fragte Nike und rührte mit einem Holzlöffel das dampfende Gemüse im Wok um.

Schreiber saß mit bei einem Glas Wasser am Küchentisch, den Rücken an die Wand gelehnt und rümpfte die Nase.

»Du weißt doch, dass ich dir nichts sagen darf«, mahnte er seine Tochter. »Also erzähl bloß keinen Blödsinn herum, das kann böse Folgen haben.«

»Jaja«, sagte Nike gedehnt. Sie schnappte sich das Curry und würzte kräftig nach.

»Ich glaub ja nicht, dass er es war«, sagte sie, stellte das Gewürz beiseite und setzte den Deckel auf den Wok.

Etwas zu spät, fand Schreiber. Seine Tochter hatte es längst geschafft, seine gesamte Altbauküche einzunebeln, eine Dunstabzugshaube gab es hier nicht. Aber Nikes Chinapfanne roch schon jetzt verführerisch.

Sie rührte den Reis um, der in einem Topf vor sich hin köchelte.

»Ich hab den Ruben nur kurz gekannt«, erklärte sie. »Aber er kam mir absolut harmlos vor. Dieses Serienkiller-Ding war doch nur ein schräges Hobby von ihm, mit dem er sich ein bisschen wichtig machen wollte. Ansonsten war der doch ein totaler Nerd.«

Sie legte den Löffel neben den anderen auf ein Schneidbrettchen, schielte kurz zur Bahnhofsuhr an der Wand und lehnte sich gegen die Anrichte. Sie verschränkte die Arme vor der roten Kochschürze und sah nachdenklich auf den Küchenboden.

»Seine verklemmte Art hatte fast schon wieder was Rührendes«, sagte sie. »Es machte ihn sogar irgendwie süß und er schaute ja auch ganz niedlich aus.«

»Hm«, machte Schreiber nur, fixierte den leise scheppernden Deckel des Woks und überlegte, ob das vielleicht auch Ines Bertold so gesehen hatte und es ihr zum Verhängnis geworden war.

»Was macht eigentlich Johnny?«, fragte er betont beiläufig.

Ruckartig drehte sich Nike wieder zum Herd, nahm den Deckel vom Wok und begann so verkrampft darin zu rühren, dass sofort ein paar Stückchen Paprika und Zwiebeln herausfielen.

»Okay, okay«, sagte Schreiber und hob beide Hände. »Hab's kapiert. Ich soll nicht so neugierig sein.«

Nike knallte den Deckel auf den Wok und wandte sich ihm zu.

»Nein, nein. Ist schon gut. Es ist nur so, dass sich das Thema Johnny ein für alle Mal erledigt hat.«

Schreiber staunte mit offenem Mund.

Nike machte mit dem Holzlöffel eine wegwerfende Geste, zuckte die Schultern und sagte: »Das wird dich jetzt wahrscheinlich freuen.«

Sie sah zur Seite und schob die Unterlippe vor.

Schreiber schluckte und überlegte, was er sagen sollte. Er stellte fest, dass Nike schon gerötete Augen hatte, und das nicht vom Zwiebeln schneiden. Auf gar keinen Fall durfte er sie zum Weinen bringen, er hatte damit noch nie umgehen können. Er beschloss, es mit der Wahrheit zu versuchen.

»Ehrlich gesagt bin ich deswegen nicht wirklich traurig, aber das weißt du ja selbst«, sagte er frei heraus.

Sie schaute ihn wieder an und lächelte schwach.

Sophie kam aus Nikes Zimmer, setzte sich gleich hinter der Tür auf den Küchenboden und sah neugierig zwischen den beiden hin und her.

»Du mochtest ihn auch nicht, stimmt's?«, fragte Schreiber die Katze.

Sophie maunzte.

»Siehst du«, sagte er zu Nike, die grinsen musste.

Als Schreiber am darauf folgenden Morgen ins *Café Müller* trat, saß Rilke schon an seinem Stammtisch und baute gerade die Schachfiguren auf der Tischplatte auf.

»Ah, dein Freund und Helfer«, sagte er.

»Sie spielen wieder mit Herrn Silence?«, vermutete Schreiber und zeigte fragend auf einen freien Stuhl.

Rilke bedeutete dem Kommissar mit einem Nicken, Platz zu nehmen.

»Er hat gerade angerufen, dass es etwas später wird«, sagte er. »Wollen Sie einspringen?«

Schreiber setzte sich und hob ablehnend die Hand.

»Ich hätte eigentlich nur ein paar Fragen.«

»Schon wieder?«, wunderte sich der Student. »Einer Ihrer Kollegen hat mich heute schon in aller Herrgottsfrüh gelöchert. So einer mit 'nem Pferdeschwanz – also, die Haare meine ich.«

Schief grinste er sein Gegenüber an.

»Brüller«, kommentierte Schreiber trocken.

Er musste sich zwingen, nicht ständig daran zu denken, wie Rilke seine Tochter behandelt hatte. Nike hatte keine Details erzählen wollen und nur herausgelassen, dass er ein »verlogener Dreckstyp« sei. Sie hatte versichert, dass Rilke nie gewalttätig geworden war, also vermutete Schreiber, dass er sie mit einer anderen betrogen hatte.

»Ach, kommen Sie schon«, drängte der Student. »Wir spielen eine kleine Partie. Wenn Sie mögen, können Sie mich auch weiter ausfragen.«

Die spanische Bedienung kam, und Schreiber bestellte einen italienischen Kaffee.

»Sind Sie nicht erschüttert vom Tod Ihres Kommilitonen?«, fragte er dann und setzte einen weißen Bauern zwei Felder vor.

Rilkes Blick wurde ernst.

»Aber natürlich«, sagte er. »Der Ruben war zwar ein verdammter Freak und konnte unglaublich nerven, aber im Grunde war er nicht verkehrt. Immer hilfsbereit und fehlte auf keiner Party.«

Er antwortete auf Schreibers Zug.

»Wissen Sie, wo er vom sechsten bis achten August war?«, fragte der Kommissar.

»Das wollte Ihr Kollege auch schon wissen.«

»Und was haben Sie dem erzählt?«

»Dass wir mit ein paar Kumpels im *Stilbruch* in der Sandstraße waren und einen Geburtstag gefeiert haben. Das war am Samstag, den sechsten August. Warum ist das eigentlich so wichtig?«

Schreiber ignorierte die Frage.

»Haben Sie Herrn Schiller an den darauf folgenden Tagen auch gesehen?«, fragte er stattdessen.

Rilke, den Blick auf die Spielfiguren fixiert, antwortete: »Am Sonntag danach nicht. Ich war fast den ganzen Tag im Bett, aber nicht weil's mir mies ging.«

Er sah kurz vom Spiel hoch und zwinkerte Schreiber verschwörerisch zu.

»Verstehe«, sagte Schreiber.

Rilke machte seinen Zug und sagte: »Was den Montag angeht, weiß ich`s nicht mehr genau. Aber wie gesagt: Ihr Kollege hat das alles schon gefragt.«

»Hat er Sie auch gefragt, wo Sie in der Nacht vom neunten auf den zehnten September waren?«

Rilke zog skeptisch die Brauen zusammen.

»Vorletzten Freitag? Da wurde doch die eine Frau ermordet. Brauche ich ein Albi?«

»Reine Routine. Wir würden Sie gerne ausschließen«, versicherte Schreiber.

»Ich meine es ernst. Sie verdächtigen mich? Dann müssten wir das Spiel leider abbrechen.«

»Sagen Sie doch einfach, wo Sie waren«, sagte Schreiber Schulter zuckend.

»Ich rufe jetzt meinen Anwalt an«, knurrte Rilke und griff nach seinem Handy.

»Aber Sie sind nicht tatverdächtig«, sagte Schreiber ruhig. »Und wenn ich Sie belästige, kann ich gerne wieder gehen. Abgesehen davon, dass Sie mir nicht weismachen können, dass Sie die Nummer Ihres Anwalts gespeichert haben. Sie haben doch noch nicht einmal einen Anwalt, oder?«

Rilke hielte inne, und schaute nachdenklich auf das Display, dann legte er das Gerät seufzend wieder neben seinen Milchkaffee.

»Hören Sie. Wenn Sie mir etwas zur Last legen, werde Ihnen sagen, wo ich war. Vorher nicht. Aber bevor ich mich hier verdächtig mache, gebe ich Ihnen einen kleinen Hinweis: Die Dame ist verheiratet. Genügt das?«

Schreiber sah ihn prüfend an. Wenn es stimmte, was er sagte, würde das zumindest zu Nikes Enttäuschung passen.

Der Student schlug mit einem Läufer Schreibers Dame und sagte: »Schach.«

Schreiber schaute verdutzt auf das Spiel und stellte fest, dass er schachmatt war.

Rilke nahm genüsslich einen Schluck Milchkaffee und lehnte sich grinsend zurück.

Schreiber stand vor dem Bild des Fledermausmannes, der auf dem Grabstein seine Schwingen ausbreitete. Der Blick des Kommissars wanderte abwärts über die drei erschrockenen Männer und die heruntergefallene Laterne zum unteren Rand des Druckes, wo er die Bildunterschrift las:

»Spring-heeled Jack«, stand da in alten, schwungvollen Buchstaben.

»Gehen wir es noch einmal durch«, hörte er Thieles Stimme hinter sich.

Sie hatte sich in einem der Sessel in Schillers Wohnzimmer niedergelassen, um mit Schreiber noch einmal die Ereignisse durchzuspielen, die sich in der Nacht von Schiller Tod zugetragen haben konnten.

Die Polizisten wussten, dass es einer ihrer letzten Versuche sein konnte, ein Vergehen an Schiller und dessen Unschuld an den Frauenmorden nachzuweisen.

Schreiber drehte sich zu Thiele um und sagte: »Wir sitzen zusammen und trinken was. Du rauchst 'nen Joint. Falls ich überhaupt mal dran ziehe, berühre ich ihn nicht mit den Lippen, sondern inhaliere durch die Faust – wegen möglicher DNA-Spuren, die auf meinen Besuch hinweisen würden.«

»Irgendwann bin ich im Reich der Träume«, sagte Thiele. »Du hast möglicherweise mit KO-Tropfen nachgeholfen.«

»Ich werfe dich aber noch nicht vom Balkon«, sagte Schreiber und lief vor der Wand mit dem Großbildfernseher und den Bücherregalen auf und ab. »Wenn jemand den Sturz mitbekommt, ruft er sofort den Notarzt, und das ganze Haus ist auf den Beinen. Ich muss erst die Beweise platzieren und meine eigenen Spuren beseitigen.«

»Du räumst also dein Glas weg und reinigst es. Du packst auch die Tropfen wieder ein. Wo hast du die Beweise?«, fragte Thiele und breitete die Arme aus. »Hast du die schon mit in die Wohnung gebracht?«

»Alles passt in die Aktentasche, auch die Damenhandtasche, die sich klein zusammenfalten lässt. Ich habe das bei Ines Bertold ja auch so gemacht.«

»Wenn du aber die Aktentasche bei dir getragen hättest, wäre ich stutzig geworden. Es sei denn, du wärst hier in der Nähe beschäftigt und gleich nach der Arbeit gekommen.«

»Zum Beispiel von der Uni«, stellte Schreiber mit erhobenem Zeigefinger fest. »Wie Johannes Rilke oder Donald Silence. Aber natürlich könnte ich die Tasche auch unten in einem Auto haben und erst später holen, dann würde sich die Frage erübrigen.«

»Du platzierst also die Beweise, aber nicht zu offensichtlich, damit es nicht so plump erscheint.«

»Vorher drücke ich dir die Perücke auf den Kopf. Wegen der Spuren. Und ich presse deine Finger auf die verschiedenen Gegenstände.«

»Die Frauensachen kommen in die Schublade, das Messer in den Schreibtisch, die Aktentasche darunter. Nur die Kräuterdrogen legst du auf den Wohnzimmertisch, als Eyecatcher, um den Sturz zu erklären.«

»Ich gieße etwas Bier über das Päckchen, trockne es mit dem Papiertaschentuch ab und drücke es dir ebenfalls in die Finger.«

Schreiber lief um den Sessel, kniete sich daneben und nahm zärtlich Thieles Hand von der Lehne. Nachdenklich musterte er die feingliedrigen Finger und ihr zartes Handgelenk. Er strich mit den Fingerspitzen darüber und murmelte: »Der trug keine Uhr oder einen dicken Armreif, oder?«

Thiele erschauerte, ließ sich aber nichts anmerken.

»Leider nein«, antwortete sie. »Also auch keine Chance auf verdächtige Fingerabdrücke. Es waren auch keine Armbanduhren in der Wohnung. Er gehörte wohl zu den Leuten, die immer auf ihrem Handy nach der Uhrzeit schauen.«

Schreiber bemerkte die Gänsehaut auf ihrem Unterarm und verbiss sich ein Grinsen. Er erhob sich, stemmte die Fäuste auf die Hüften und schaute sich um.

»War der eigentlich Rechts- oder Linkshänder?«

Thiele stand ebenfalls auf und sagte: »Keine Ahnung, aber der Ripper ist ziemlich sicher Rechtshänder, zumindest nach Muhammeds Theorie.«

»Deswegen frage ich ja. Wäre Schiller Linkshänder gewesen, wäre das unser erstes Indiz dafür, dass er unschuldig war.«

Sie liefen zum Schreibtisch, blieben davor stehen und überlegten. Die Spurensicherung hatte die Computer mitgenommen, doch die Monitore, der Drucker und die Maus mit dunklen Resten von Fingerabdruckpulver waren noch da.

»Die Maus hat eine neutrale Form«, stellte Thiele fest. »Aber lag die vorher auch schon links?«

Schreiber nickte.

»Ich bin mir ziemlich sicher«, sagte er. »Wir können auch noch mal in den Geräteeinstellungen überprüfen, ob sie auf Linkshänder umgestellt war, falls die Nürnberger das nicht schon irgendwo vermerkt haben. Abgesehen davon …«

Er beugte sich über den Schreibtisch und griff sich eine Schere, die mit den Klingen nach unten in einem runden Stiftebehälter steckte. Er begutachtete sie und stellte fest: »Die ist für Linkshänder, weil die untere Klinge rechts ist.«

»Respekt, Tiger«, lobte Thiele. »Das könnte selbst Aurich zum Zweifeln bringen. Dennoch ist es nur ein Anfang. Unter dem Strich wird es nicht gegen die restlichen Beweise ankommen. Schiller könnte sich aus allen möglichen Gründen, wie ein Rechtshänder neben die Leiche von Sandra Hümmer gekniet haben. Außerdem deutet noch nichts auf den wahren Täter hin. Also schauen wir, wie es weiter ging.«

Seufzend steckte Schreiber die Schere ein und meinte: »Ich werfe dich über den Balkon, dann husche ich blitzschnell die Treppe runter, falls jemand den Sturz bemerkt hat und ein Krankenauto ruft.«

»Wir haben den Dummy schon oft geworfen.«

»Wir haben ihn aber noch nie vom Sessel zum Balkon befördert.«

Er sah an ihr herunter.

»Du bist eins sechsundsiebzig, oder?«

»Richtig. Schiller war eins einundachtzig aber viel schwerer als ich, der wog achtundsiebzig Kilo. Ich schlage vor, du bist jetzt Schiller.«

»Geritzt, Schnegge«, sagte Schreiber, setzte sich in den Sessel und lehnte sich entspannt zurück.

Thiele stellte sich seitlich hinter ihn und beugte sich über seine Schulter. Mit geschlossenen Augen genoss er das Kitzeln ihres Atems an seinem Hals und den blumig-orientalischen Duft des Eau de Toilettes, das nur an ihr so gut roch.

»Also, ich würde dich so nehmen«, sagte Thiele, packte seine Schultern und drehte seinen Oberkörper von der Lehne weg.

Dann schob sie ihre Arme unter seinen hindurch und griff sich einen seiner Unterarme, den sie ihm quer vor den Bauch legte und dann wie eine Reckstange umklammerte.

»Das ist dieser Erste-Hilfe-Griff, verstehst du?«, ächzte sie, als sie ihn schräg aus dem Sessel zog und zur Balkontür schleifte. »Mach dich nicht so schwer«, japste sie dabei.

»Mach ich doch gar nicht«, murmelte er.

Sie setzte ihn mit dem Gesäß auf den Teppich und

hielt seinen Oberkörper aufrecht, indem sie ihm ein Knie in den Rücken drückte und den Kragen seiner Jacke festhielt. Mit der anderen Hand öffnete sie die Balkontür, packte ihn dann wieder und schleifte ihn nach draußen, wo sie ihn ein Stück hochzog, um ihn ans Geländer zu lehnen. Schließlich richtete sie ihn gänzlich auf, indem sie schnell in die Knie ging, seine Hüften umklammerte und ihn unter größten Mühen anhob.

»Das machst du doch absichtlich«, keuchte sie.

»Ne, echt nicht«, verteidigte sich Schreiber. »Aber es soll doch realistisch sein, oder?«

»Ja ja«, winkte sie ab, als sie es endlich geschafft hatte und er, zwischen ihr und dem Geländer eingeklemmt, aufrecht dastand.

»Wenn es so weit geklappt hat, ist der Rest nicht weiter schwer. Ich drücke dich mit dem Oberkörper nach hinten – etwa so.«

Sie packte ihn an der Gurgel und bog ihn rücklings übers Geländer.

»Spinnst du?«, röchelte er erschrocken, schielte mit aufgerissenen Augen in die die Tiefe und krallte sich panisch an ihrer Jacke fest.

Unbeirrt fuhr sie fort: »Ich schiebe den anderen Arm unter deine Beine und wuchte dich drüber, so wie wir es mit dem Dummy probiert haben.«

Sie beugte sich über seinen Bauch.

»Ist gut jetzt, ist gut jetzt«, ächzte Schreiber.

»Hm«, machte sie knapp, zog ihn am Jackenkragen zurück in eine aufrechte Position und ließ ihn los.

Beide atmeten durch und rutschten ihre Jacken zurecht. Schreiber rieb sich den Kehlkopf und schaute sie strafend an.

»Also gut«, krächzte er. »Was folgern wir daraus?«

Thiele sah zurück zum Sessel. Ihr Blick wanderte über den Teppich zum Parkett bei der Balkontür.

»Er trug nur Haussandalen«, erinnerte sie sich. »Wenn er so herausgebracht worden wäre, hätte es hier auf Parket und Balkon Schleifspuren mit Hautpartikeln gegeben. Und der Wiegand hätte an den Fersen zumindest leichte Abschürfungen bemerken müssen.«

Schreiber ging in die Hocke, legte den Kopf schräg und musterte den Fußboden in der Wohnung.

»Da ist aber nichts. Und Hans und Muhammed hätten etwas gefunden, wenn da was gewesen wäre«, stellte er fest. »Er könnte den bewusstlosen Schiller vielleicht doch getragen haben, es wäre zu schaffen.«

»Oder er hat ihm irgendetwas Glattes unter die Füße gelegt.«

»Hm«, machte Schreiber und zeigte mit dem Finger auf sie. »Wenn er wie du vergessen hat, vorher die Balkontür zu öffnen, könnte er ihn so gehalten haben wie du vorhin mich. Meine Jacke hält das aus, aber Schillers T-Shirt wäre dabei eingerissen.«

»War aber nicht so«, sagte Thiele Kopf schüttelnd und musterte nachdenklich das Geländer. »Und daran haben sie auch nichts entdeckt.«

Schreiber verzog das Gesicht und kratzte sich am Hinterkopf, sah zwischen dem Balkongeländer und dem Sessel hin und her und seufzte.

»Tja, Sherlock«, sagte er. »Ich schätze, dann hat unsere Aktion nicht wirklich viel gebracht. Hätten wir uns ja denken können. Hans und Muhammed verstehen schließlich ihren Job.« Er zuckte die Schultern. »Aber what shall's. Einen Versuch war es wert.«

Thiele schmunzelte versöhnlich und meinte: »Eben, und ich hoffe, es war für dich genauso schön wie für mich.«

Die Glocken des Doms schlugen Mitternacht, dicker Nebel hing wie Zuckerwatte zwischen Bambergs Altbauten, die Laternen an den Häuserecken vermochten ihn kaum zu durchdringen. Eine modrige Feuchtigkeit hing in der Luft. Mit herabhängenden Armen stand Schreiber mitten auf dem menschenleeren Maxplatz und fragte sich, wie er überhaupt dorthin gekommen war und weshalb er Bayers Motorradlederjacke mit den langen Fransen trug.

»Das ist ein Traum, du Trottel«, kam es gelangweilt von einem großen, schwarzen Hund, der wie aus dem Nichts neben dem Kommissar aufgetaucht war.

»Ach so«, sagte der, doch der Hund rannte schon weiter und wurde nach wenigen Metern von der dicken Nebelsuppe verschluckt.

Das Geräusch seiner Pfoten wich einem hallenden Klacken von Schuhen, das immer näher kam, bis sich schließlich E.T.A. Hoffmann mit Zylinder, Stock und langem, grünen Gehrock vor Schreiber materialisierte. Der romantische Schriftsteller blieb wankend vor ihm stehen, lächelte ihn an und rülpste dezent in die vorgehaltene Faust. Dann sah er sich suchend um, was Schreiber einen Blick auf das unverwechselbare Profil mit der spitzen Nase, dem ebenso spitzen Kinn und den schrägen Wangenbart gewährte. Mit glasigen, geröteten Augen sah Hoffmann schließlich wieder zum Kommissar.

»Haben Sie meinen Freund gesehen? Er heißt Berganza und ist ein schwarzer Bullenbeißer, der im Übrigen sprechen kann«, fragte er Schreiber mit schwerer Zunge.

Der nickte und zeigte stumm in die Richtung, in die das Tier verschwunden war. Hoffmann verbeugte sich dankend und lief weiter.

»Sie finden in dem Traum ein paar Antworten«, drang seine Stimme noch einmal aus dem Nebel, als er schon längst außer Sichtweite war.

Fröstelnd zog Schreiber die Schultern hoch und lief in die Richtung, in der er den Brunnen vermutete. Nach einigen Schritten hörte er ein seltsames, rhythmisches Geräusch, eine Mischung aus Kratzen und Pochen. Er hielt an, lauschte in die Dunkelheit. Es war nicht auszumachen, wo es herkam, doch es wurde immer lauter, bis irgendwann ein Mann vom Himmel fiel, den Schreiber als den Fledermausmann erkannte.

Er trug die dunkle Haube mit spitzen Ohren und einer einzelnen Feder auf dem Kopf und hatte an seinen Stiefeln sonderbare Absätze mit Sprungfedern. Sie waren so hoch, dass ihr Träger Schreiber um einen halben Meter überragte. Der Mann stand mit ausgebreiteten Armen da, präsentierte seine schwarzen Fledermausflügel und fixierte Schreiber durch die Sehschlitze seiner Maske.

Schreiber zeigte mit dem Finger auf ihn und sagte: »Ich kenne dich. Du bist Spring-heeled Jack, ich habe dich im Internet gegoogelt. Ich weiß alles über dich. Du hast seit 1837 im Raum London dein Unwesen getrieben, indem du mit Hilfe deiner Spezialschuhe wie aus dem Nichts aufgetaucht bist. Du hast dich an Frauen vergangen, ihnen die Kleider vom Leib gerissen und ihre Körper zerkratzt. Mindestens ein Mädchen sollst du sogar getötet haben: diese dreizehnjährige Prostituierte, die du in einem Slum in einen Wassergraben geworfen hast. Du wurdest nie erwischt und giltst in England als eine Art Vorgänger von Jack the Ripper. Richtig?«

Spring-heeled Jack nickte knapp, sprang plötzlich vorwärts, griff nach Schreiber und klemmte ihn sich wie eine Puppe unter den Arm. Dann schoss er wie eine Rakete in die Höhe und flog mit ihm davon.

Schreiber hörte schon bald auf, sich zu wehren, er staunte nur, wie sie den Nebel durchbrachen und über dem Dom und der Michelskirche in die Nacht stachen. Mit irrsinniger Geschwindigkeit ging es um den halben Globus. Schreiber spürte das Pfeifen des Windes in den Ohren und roch das Salzwasser des Atlantiks. Über die beleuchteten Wolkenkratzer einer Großstadt ging es quer durch den nordamerikanischen Kontinent, bis sie über ein Meer von Lichtern hinwegschossen.

»Wo sind wir?«, fragte Schreiber.

Doch Spring-heeled Jack sagte nichts. Schreibers Frage beantwortete sich von selbst, als sie am weißen Hollywood-Schriftzug auf den Hügeln vor Los Angeles vorbei kamen.

Schwungvoll flog Jack eine weitläufige Schleife und setzte zum Landeanflug an. Vorbei an den hohen Palmen am Straßenrand zischten sie über den Sunset Boulevard, auf dem nicht ein Auto unterwegs war, und verlangsamten ihr Tempo vor einem kleinen Haus mit Giebeldach. Auf einem hochformatigen Schild stand von oben nach unten in schwarzen Buchstaben das Wort *Rainbow* auf buntem Grund und auf einem kleinen Schild darunter in weißen Lettern *Bar and Grill*.

Jack sank graziös vom Himmel und stellte Schreiber auf dem Gehweg ab.

»Da rein?«, fragte der und deutete auf das Haus.

Jack nickte, reckte eine Faust in die Luft und stach wie Superman davon.

Schreiber betrat das Lokal und schaute sich um. Vor holzvertäfelten Wänden saßen an rot gedeckten Tischen alle möglichen Stars der Blues- und Rockmusik, auch solche, die längst verstorben waren, wie Elvis und John Lee Hooker. Im Hintergrund lief »Rock me Baby« von B. B. King.

»Over here!«, rief eine raue Stimme.

In einer Ecke entdeckte Schreiber Lemmy von *Motörhead*, der vor einem leeren Teller und einer halb vollen Flasche Whiskey saß. Er hob die Hand und winkte den Kommissar heran. Als Schreiber sich zu ihm setzte, stellte ihm eine Bedienung sofort ein Bier auf den Tisch. Lemmy prostete Schreiber zu und beide tranken. Dann nahm Lemmy die Sonnenbrille ab, strich sich über den buschigen Schnauzbart, kratzte sich an den Kotletten und beugte sich mit ernstem Blick über den Tisch.

»Listen, Schreiber«, sagte er und Schreiber horchte gespannt.

»That Schiller kid didn't do it. I saw him at the Monsters of Rock Revival in Nürnberg. He was standing right in front of the stage.«

»Are you sure?«, wunderte sich Schreiber.

Lemmy nickte.

»Absolutely. I'd remember that nerd with the red glasses anywhere.«

»Who killed the women?«, fragte Schreiber.

Lemmy lächelte müde und sagte: »Nice try, Schreiber, but it's your job to find out.«

Schreiber schluckte und sagte: »When I was young I was a big fan of *Motörhead*. Would you play a song for me?«

»Sure«, meinte Lemmy. »Which one?«

»Jumpin' Jack Flash by the *Stones*, but in your version, of course.«

Lemmy hob die Hand und schnippte mit den Fingern. In einer Ecke erschien eine bunt beleuchtete

Bühne, auf der ein Schlagzeug, ein E-Bass und eine E-Gitarre standen. Vom Nebentisch winkte er zwei Männer heran, die Schreiber zweifelfrei als Udo Lindenberg und Keith Richards identifizierte.

»Come on, guys. Help me out«, murmelte Lemmy, setzte seine Sonnenbrille wieder auf und lief voraus zur Bühne.

Schreiber drehte sich mit dem Stuhl und wartete gebannt.

Udo, mit Hut und Sonnenbrille, klemmte sich hinter das Schlagzeug und schnappte sich die Sticks von der Snare-Drum. Keith, mit Stirnband, grinste schief, als er sich die Gitarre umhängte. Lemmy stellte sich das Mikrofon höher und strich seine langen Haare nach hinten über den Gurt seiner Bass-Gitarre.

Schon nach den ersten Riffs erhob sich das gesamte Lokal und begann wild zu tanzen.

»I was born in a cross-fire hurricane!«, röhrte Lemmy.

Eine braunhaarige Schönheit, die nur einen goldenen Bikini und hochhackige Schuhe trug, löste sich aus der Menge, tänzelte mit erhobenen Armen auf Schreiber zu und räkelte verführerisch ihren makellosen Körper vor ihm, ihre Brüste berührten fast seine Nase. Sie trat zurück, öffnete ihren Pferdeschwanz, schüttelte ihr volles Haar und fuhr sich lasziv mit der Zungenspitze über die Lippen.

»Would you like a lapdance, cowboy?«, gurrte sie.

Schreiber fiel die Kinnlade herunter, er schluckte schwer, starrte sie ungläubig an und brachte nur ein Wort heraus: »Schnegge?«

Schreibers Wecker klingelte.

Jumpin` Jack

22. bis 25. September

Enttäuscht ließ Jack das *Bambärchä Bläddla* sinken, sah aus dem Fenster und nagte nachdenklich an der Unterlippe. Er hob die Zeitung wieder an und las die letzten Abschnitte des Artikels noch einmal:

»Die Polizei untersucht noch immer, ob beim Tod des am 14. September aufgefundenen Ruben S. Fremdeinwirkung vorlag. Der verstorbene Student hatte die umstrittene Website *Rippermania* ins Leben gerufen. Ob es zwischen seinem Tod und den drei Frauenmorden einen Zusammenhang gibt, wird ebenfalls noch geprüft.

War er am Ende sogar der gefürchtete Ripper? Dürfen die Bamberger aufatmen? Man darf gespannt sein! Doch bis dahin ist weiterhin Vorsicht geboten!

Erster Kriminalkommissar Konrad Laut betonte, dass in allen vier Todesfällen die Ermittlungen noch liefen, Ruben S. nicht als dringend tatverdächtig gelte, und die Bevölkerung nach wie vor auf der Hut sein solle. Dies beträfe insbesondere die Nächte an den Wochenenden.«

Kopfschüttelnd faltete Jack die Zeitung zusammen, legte sie beiseite und dachte nach. Wieso dauerte das so lange? Die hatten doch alles, was sie brauchten.

Egal – zumindest waren sie derzeit abgelenkt, was ihm zugute kommen würde, abgesehen davon, dass er ohnehin beschlossen hatte, den nächsten Akt in einem Haus zu vollziehen und die Frau erst hinterher ins Freie zu befördern. Das war zwar anders als damals in London, aber Bamberg war einfach zu klein. Deshalb gönnte er sich hier etwas künstlerische Freiheit.

Jack grinste zufrieden als er daran dachte, wie reibungslos alles gelaufen war. Es war nicht sonderlich schwierig, die passenden Frauen zu finden, wenn man nur die Augen ein bisschen offen hielt. Bilder blitzten in seiner Erinnerung auf.

Heike Schwarz, wie sie im Supermarkt in der Langen Straße für einen typischen Single-Haushalt einkaufte und auch Katzenfutter in ihren Wagen legte. Sandra Hümmer, wie sie in ihrer Ecke im *Romantico* saß. Und dann Ines Bertold: ihr dankbarer Blick, als er ihr am Straßenrand das Fahrrad wieder aufpumpte, aus dem er zuvor selbst die Luft herausgelassen hatte.

Jacks Grinsen wurde breiter, als er an Ruben Schiller dachte. Besonders stolz war er auf die Sache mit dessen Handy. Das Ganze war so einfach wie genial gewesen. Er hatte diesen Freak als Sündenbock eingeplant, nachdem er erfahren hatte, dass er die Sandkerwa rechtzeitig verlassen hatte, um als Mörder von Sandra Hümmer in Frage zu kommen. Damit Schiller auch für Ines Bertold kein Alibi hatte, hatte er eigens eine Karte für ein Rockkonzert in Nürnberg gekauft. Die war dann allerdings nicht zum Einsatz gekommen. Noch bevor er sie dem Spinner anbieten konnte, hatte der ihm erzählt, dass er eine Karte hatte – er solle doch mitkommen. Er hatte dankend abgelehnt, wohl wissend, dass Schiller alleine fahren würde.

Nach der dritten Frau und dem riesigen Polizeiaufgebot in der Stadt hatte dann etwas passieren müssen, damit er die nächste Etappe auf dem Weg zur Vollendung seines Kunstwerks wieder ruhiger planen konnte.

Er sah Schiller noch immer quatschend vor sich im Sessel sitzen und schon kurz nach der Verabreichung der KO-Tropfen zusammensacken.

Jack nahm einen Schluck Kaffee und lief mit der

Tasse ans Fenster. Eine Hand in der Hosentasche, lehnte er sich bequem an die Wand und sah hinaus.

Sein Geniestreich war jedoch die Sache mit den Trophäen gewesen. Es hatte ihn tief in der Seele geschmerzt, sich von der Kette, dem Slip und dem Sommerschal zu trennen. Dennoch hatte er diesen Trumpf ausspielen müssen, es war einfach zu genial gewesen. Denn die Bullen hatten natürlich irgendeinen Profiler, der allen erzählen würde, dass der Ripper sich nie und nimmer von seinen Trophäen trennen würde, weil er nun mal ein Irrer sei.

Sie konnten ja nicht wissen, dass er, Jumpin' Jack, vollkommen normal war, wenn man von seinem künstlerischen Genie, seiner überlegenen Intelligenz und der Fähigkeit, sich blitzschnell durch Raum und Zeit zu bewegen absah.

Jack ging zum Schreibtisch und setzte sich an den Computer. Als er die Tasse abstellte, fiel ihm auf, dass neben der Tastatur noch Schillers abgerissene Eintrittskarte vom Nürnberger Rockkonzert lag. Er zerknüllte sie und warf sie in den Papierkorb. Er klickte sich ins Internet, öffnete die Seite mit Nummer vier und betrachtete ihr Bild. Ihm gefiel was er sah. Die attraktive Mittdreißigerin saß mit übereinander geschlagenen Beinen in einem weißen Ledersessel, prostete mit einem Sektglas in die Kamera und lächelte lasziv. Ihr welliges, langes Haar schimmerte kastanienbraun. Das Bisschen, was sie trug, war ausschließlich schwarz: ein durchsichtiges Negligé, Strapse und Pumps.

Jack lächelte.

Goldschmied verbrachte immer mehr Nächte bei ihrer Freundin, die sie auf der Sandkerwa kennengelernt hatte, und die Kollegen vom Kommissariat sahen die Münchener Fallanalytikerin schon als halbe Bambergerin an.

Am Donnerstag, den 22. September, hielten einige Kommissare ihr zu Ehren einen außerordentlichen Bullenstammtisch in der Fischerei ab. Thiele, Schreiber, Aurich und Bayer saßen mit ihr am großen Tisch am Ende des Nebenraums beieinander. Die anderen Gäste des Lokals genossen den lauen Altweibersommerabend im malerischen kleinen Hinterhof mit dem Zitronenbäumchen und den Kletterrosen. Doch keiner der Polizisten wollte sich nach draußen setzen, weil alle befürchteten, sie würden auf dienstliche Themen zu sprechen kommen. Tatsächlich dauerte es keine zehn Minuten, bis sie über die aktuellen Fälle diskutierten.

»Auch wenn ich nach wie vor der Meinung bin, dass es der Schiller war, muss ich eines zugeben«, sagte Aurich, als der Abend schon etwas fortgeschritten war. »Der Chef hat schon recht, dass er offiziell noch keine Entwarnung gibt. Es tut keinem weh, wenn wir zumindest noch den nächsten heißen Termin für einen Mord abwarten. Passiert doch wieder was, wäre das wirklich katastrophal, passiert nichts, haben wir mit Schiller eben den Richtigen.«

»Mit Abwarten hat das aber gar nicht so viel zu tun«, bemerkte Bayer. »Es gibt immer noch offene Fragen, schon vergessen? Was ist zum Beispiel mit der Münchnerin und der Engländerin? Daran arbeiten wir ja noch. Oder was ist mit dieser Linkshänder-Geschichte?«

»Der hat sich eben andersrum hingekniet«, sagte Aurich. »Aus Gründen, die man nie wird klären können. Die Eintrittskanäle der Stichwunden bei Heike Schwarz sind auch kein zwingender Beweis für einen Rechtshänder. Und die anderen Morde gehen halt doch nicht auf sein Konto. Ich sage euch: Der Chef lässt uns das Ding am Montag abschließen und gibt es an die Staatsanwaltschaft weiter. Und die werden im Laufe der Woche, den Schiller als den Ripper präsentieren.«

Er nahm einen kräftigen Schluck Pils und wischte sich mit dem Handrücken den Schaum von der Oberlippe.

»Darüber habe ich auch schon nachgedacht«, gab Schreiber zu. »Das sollte der Chef aber auf keinen Fall tun.«

»Und warum nicht?«, fragte Aurich.

»Weil das kommende Wochenende nicht unbedingt das richtige sein muss«, schaltete sich Thiele ein. »Elisabeth Stride und Catherine Eddowes wurden am Sonntag, den 30. September 1888 ermordet. Auf heute übertragen, kämen dafür zwei Wochenenden mit drei Stichtagen in Frage: Am kommenden Wochenende hätten wir Sonntag, den 25. September, das wäre der letzte Sonntag im Monat. Genau, wie damals. Am Wochenende darauf hätten wir Freitag, den 30. September im Angebot, zwar der falsche Wochentag, aber das letzte Wochenende im Monat und das gleiche Datum wie damals. Und außerdem wäre am selben Wochenende noch Sonntag, der zweite November, zwar der falsche Monat, aber wieder ein Sonntag und als einziger Termin im passenden Abstand zum vorherigen Mord.«

»Hm«, machte Bayer und schaute zu Goldschmied. »Was sagst du denn, wann der wieder zuschlägt?«

»Falls der überhaupt wieder zuschlägt!«, berichtigte Aurich mit erhobenem Zeigefinger.

Goldschmied hatte dem Kopf auf die Hand gestützt und starrte Thiele an.

»Dieser Pferdeschwanz steht dir echt gut, weißt du das?«, stellte die Münchnerin fest.

»Danke«, sagte Thiele, errötete ein bisschen und sah nach unten.

»Goldschmied«, drängte Schreiber gedehnt. »Wann der wieder zuschlägt?«

Sie schreckte hoch, räusperte sich und hob wie eine Lehrerin den Zeigefinger. »Also: Der passende Abstand zwischen den Taten ist ihm weniger wichtig, weil es in Bamberg bei den letzten beiden Opfern fast zwei Wochen waren aber damals in London nur acht Tage. Er legt allerdings Wert auf den richtigen Wochentag und das richtige Wochenende innerhalb des Monats. Nachdem ein Freitag nicht wirklich zum Wochenende gehört und Sonntag, der zweite November, im falschen Monat liegt, bleibt nur noch Sonntag, der 25. September.«

»Er wird es also in der Nacht von Samstag auf Sonntag wieder versuchen«, stellte Schreiber fest.

»Falls er es überhaupt versucht, wie gesagt«, betonte Aurich.

»Jedenfalls finde ich es richtig, dass der Chef und der Schuster für das kommende Wochenende eine erhöhte Polizeipräsenz in der Stadt beschlossen haben«, sagte Bayer.

Alle murmelten Zustimmung.

»Aber es wird nichts passieren«, sagte Aurich. »Ihr werdet schon sehen. Denkt doch nur an Schillers Anrufe bei der Bertold – die sind doch das Tüpfelchen auf dem i.«

»Mich überzeugen ehrlich gesagt die Trophäen«, gab Goldschmied zu.

Schreibers Handy piepste. Er nahm es, warf einen kurzen Blick darauf und legte es wieder beiseite.

»Mein Akku ist leer«, sagte er dann zu Aurich. »Kann ich mal deines haben?«

Aurich reichte es ihm.

»Ich bin nach wie vor hin und her gerissen«, meinte Thiele. »Auch wenn die Fakten eine deutliche Sprache sprechen, sagt mir mein Instinkt was anderes.«

»Meine Rede«, bestätigte Bayer. »Vor allem aber frage ich mich, ob er tatsächlich versuchen wird, zwei Frauen zu ermorden.«

»Würde!«, kam es gedehnt von Aurich.

Goldschmied ignorierte es.

»Er wird sich stur danach richten, was er für die Wahrheit hält«, sagte sie. »Da sich nicht mit Bestimmtheit sagen lässt, ob damals wirklich beide Opfer auf das Konto von Jack the Ripper gingen, kommt es darauf an, welcher Theorie er anhängt. Die neueren gehen davon aus, dass nur Catherine Eddowes von ihm ermordet wurde.«

»Wie beruhigend«, bemerkte Thiele zynisch.

Schreiber hatte mit gesenkter Stimme ein paar Sätze in Aurichs Handy gesprochen, legte auf und schob das Telefon wieder zurück.

»Danke«, sagte er.

Aurich nickte ihm kurz zu, steckte es wieder ein und verkündete: »Ihr werdet jedenfalls noch an meine Worte denken: Wenn etwas aussieht wie ein Hase, hoppelt wie ein Hase und stinkt wie ein Hase …«

»Dann ist es nun mal ein Hase«, tönten alle im Chor.

»Hast du eigentlich Kontakt zu meinem alten Schulfreund Anarcho?«, fragte Schreiber plötzlich Aurich.

Verwundert sah der ihn an.

»Der verrückte Dicke, der manchmal zu unseren Konzerten kommt und den du ab und zu zum Kartenspielen mitbringst?«

»Genau der«, bestätigte Schreiber.

»Nö, zu dem habe ich keinen Kontakt – warum?«

»Weil du eben bei ihm angerufen und auf seine Mailbox gesprochen hast.«

»Hab ich nicht.«

»Aus dem Nachweis deiner Einzelverbindungen wird aber hervorgehen, dass du es hast. Überzeugen dich Schillers Anrufe immer noch?«

»Jetzt mach aber mal einen Punkt«, protestierte Aurich und lächelte Hilfe suchend.

»Ich meine es ernst«, insistierte Schreiber. »Jeder, der Schiller regelmäßig traf, hätte sich ab und zu sein Handy leihen können. Vorwände zu finden ist einfach. Wenn das einer gemacht hat und sich ein paar Mal von Ines Bertold zurückrufen ließ, passt das genau zu dem Bild was wir haben: einige gegenseitige Anrufe, allerdings kein einziger von ihr auf sein Festnetz.«

Alle sahen zu Aurich.

»Nicht schlecht«, gab dieser zu. »Aber wieder mal nur eine Theorie.«

Es kränkte Jack nicht weiter, dass Nummer vier ihre Verabredung absagte. Sie hatte es zwar nicht näher begründet, aber das war in diesen Kreisen durchaus üblich, und sie hatte Jack versichert, dass sie das Rendezvous unbedingt nachholen wollte. Sie hatte ja nicht wissen können, dass ihm der genaue Termin so wichtig war.

Und Jack hatte immer einen Plan B. Er versuchte einfach, mit seinem nächsten Internetkontakt ein kurzfristiges Treffen zu arrangieren. Doch auch das schlug fehl.

Also Plan C. Er rief eine Bamberger Bekannte an, doch die Mailbox verkündete, dass sie auf Mallorca war.

Plan D. Sie hatte schon etwas vor. Mit ihrem neuen Freund, betonte sie.

Jacks Daumen verkrampfte sich, als er auflegte. Mit zusammengekniffenen Lippen starrte er auf sein Handy. Sollte er noch ein paar anrufen? Es gab noch genug Möglichkeiten.

Er lief zum Fenster, auf dem sein neues Messer lag. Er griff es, ließ die Klinge herausschnappen, fuhr sie wieder ein und überlegte. Vielleicht waren die vier Absagen ja eine Art Zeichen, einmal mehr zu riskieren und so sein Genie etwas anzuspornen. Konnte das sein?

Er schaute wieder auf das Handy. Kam es ihm vielleicht zu sehr auf das vollendete Kunstwerk an? War nicht der Schaffensprozess, der zum Ergebnis führte, das eigentlich Wichtige?

Er dachte zurück an seine alte Londoner Zeit. Damals war er viel risikofreudiger gewesen. Vielleicht brauchte es heute wieder die besondere Herausforderung eines großen Risikos. Wenn er es sich recht überlegte, kam ihm seine bisherige Schaffensperiode beinahe langweilig vor.

Leise lächelnd nickte Jack vor sich hin, als ihn die Erkenntnis wie ein Keulenhieb traf: Schon die Verwandlung war nicht das Ende gewesen, auch das fertige Kunstwerk würde es nicht sein. Es würde immer weitergehen mit ihm, weil er mit jeder neuen Herausforderung, mit jedem weiteren Schritt mehr und mehr über sich hinauswachsen würde. Sein künstlerisches Genie, seine intellektuelle Überlegenheit kannten keine Grenzen. Sein Mythos würde niemals enden. Er, Jumpin' Jack, war ja unsterblich!

Er ließ die Messerklinge vor seiner Nase herausschnappen und betrachtete sein Auge darin. Es begann zu leuchten. Er fuhr die Klinge wieder ein und schaute hinaus auf das nächtliche Bamberg. Sein Puls schlug langsam und gleichmäßig. Er war bereit.

»Ich komm noch mit hoch bis zur Wohnungstür«, sagte Schreiber.

»Ist das dein Ernst?«, fragte Nike, die es schon lächerlich gefunden hatte, von ihm die 250 Meter von ihrer gemeinsamen Wohnung am Kunigundendamm bis zum Marienplatz gebracht zu werden.

Sie standen vor der geöffneten Haustür des großen klassizistischen Gebäudes, an dessen gelber Fassade sich rechts von der ersten bis zur dritten Etage ein Erker hochzog. Weiße Reliefs verliehen dem Haus eine barocke Schönheit, über einem Flügelpaar links vom Erker lächelte ein Engelsgesichtchen zur Inselstadt hinüber.

»Ich geh auch nicht mit rein«, versprach Schreiber.

Obwohl es die Samstagnacht war, in der der Ripper wieder zuschlagen konnte, hatte er nicht mit Nike herumgestritten, ob sie zur Geburtstagsfeier ihrer Freundin Sarah gehen sollte. Nike hatte sich seit Wochen darauf gefreut, weil all ihre Freundinnen da sein würden, auch Flora, die sie schon länger nicht mehr gesehen hatte. Außerdem hatte Sarah, die noch bei ihren Eltern wohnte, an ihrem Zwanzigsten sturmfreie Bude, weil die Eltern verreist waren.

Scheiber hatte Nike gefragt, ob Rilke oder Silence da sein würden, was sie verneint hatte. Trotzdem hatte er angekündigt, sie das kurze Stück zu begleiten und sich von ihr versprechen lassen, ihn anzurufen, wenn sie nach Hause wollte. Dann würde er sie abholen.

»Du weißt aber schon, dass es richtig spät werden kann?«, fragte Nike noch einmal, als sie in ihrem Minirock die Stufen erklomm.

»Schon gut«, ächzte Schreiber hinter ihr. »Ich werde sowieso die ganze Nacht auf sein und morgen drei Kreuze schlagen, wenn nichts passiert ist.«

Nike klingelte an der Wohnungstür, hinter der schon das dumpfe Hämmern der Bässe zu hören war. Als schwungvoll geöffnet wurde, schwappte die laute Musik wie eine Flutwelle ins Treppenhaus. Die Klinke in der Hand, stand die blonde Flora da und ignorierte Schreiber. Stattdessen kreischten sie und seine Tochter gleichzeitig los, Nike wurde mit einem Ruck in die Wohnung gezerrt und die Tür knallte wieder zu.

Mit hängenden Armen stand Schreiber da und starrte auf die vibrierende Tür.

»Oh Mann«, seufzte er und stieg die Treppe wieder hinunter.

Im Erdgeschoß lief er zur Hintertür, die auf einen kleinen Hof führte. Er öffnete sie und sah hinaus: Im flachen Gebäude hinter dem Haus war eine Kampfsportschule, nirgends brannte Licht. Erst als er sich vergewissert hatte, dass auch niemand im Hof war, verließ er das Gebäude.

Zu Hause legte er eine CD von John Lee Hoker ein und schnappte sich eine Flasche Mineralwasser, mit der er sich an den Wohnzimmertisch setzte und ruhelos in den kopierten Akten der vier Todesfälle herumblätterte. Sophie lag neben ihm auf einem Kissen, den Kopf auf seinem Oberschenkel. Sie wälzte sich hin und her und schien sich zu wundern, weshalb er nicht den Fernseher einschaltete.

Fieberhaft glitt Schreibers Blick über die Unterlagen, er hatte sie schon zahllose Male gesichtet. Dennoch glaubte er, der entscheidende Hinweis müsse noch irgendwo zu finden sein, er war bestimmt nur übersehen worden. Irgendein Detail, das auf den ersten Blick belanglos erschien; irgendeine Verbindung, die noch niemand hergestellt hatte. Doch wieder entdeckte der Kommissar nichts. Er sah zur Digitaluhr beim Computer: 22:17 Uhr. Er schob Sophies Kopf behutsam beiseite, stand auf und tigerte unruhig im Wohnzimmer auf und ab. Vor einem der Fenster hielt er und blickte über die Silhouette Bambergs. Der nächtliche Anblick seiner Stadt hatte ihn immer beruhigt, doch jetzt machte er Schreiber nervös. Irgendwo da draußen lief höchstwahrscheinlich noch der Mörder herum, doch was konnte er alleine schon tun, um ihn zu stoppen?

Immerhin hatte Laut beim Einsatzplan für die Nacht Silence und Rilke berücksichtigt und je zwei zivile Beamte vor deren Wohnungen positioniert.

Dass sowohl Silence als auch Rilke zu Schillers engerem Bekanntenkreis gehört hatten, und die Tatsache, dass beide für den Mord in England in Frage kamen, hatten den Chef dazu bewogen, diese Vorsichtsmaßnahme zu ergreifen. Für eine umfassende Dauerobservation hatte Laut jedoch keinen triftigen Grund gesehen.

Thiele und Bayer waren für die Wohnung des Engländers in der Steinertstraße zuständig. Schreiber hatte mit ihnen abgesprochen, dass sie inoffiziell wenigstens versuchen würden, Silence von Samstag auf Sonntag dauerhaft zu observieren.

Den ganzen Nachmittag hatte er vor der großen Villa mit den zwei runden Türmen gestanden, in deren oberster Etage der Engländer wohnte. Doch Silence war nicht zu Hause gewesen und auch nicht aufgetaucht. Auch die Mieter unter ihm hatten nicht sagen können, wo er sich aufhielt. Als abends Thiele und Bayer gekommen waren, war Schreiber nach Hause geradelt, wo er per Telefon mit ihnen in Kontakt bleiben wollte. Schließlich wollte er auch auf Nike aufpassen.

Schreiber rief die beiden an.

»Nichts«, sagte Thiele. »Es brennt auch nirgends Licht.«

»Ihr ruft sofort an, wenn sich was tut.«

»Ja klar, wie besprochen.«

Sie legten auf. Schreibers Lippen formten ein lautloses »Fuck«, als er mit dem Hörer zurück ins Wohnzimmer lief. Wo war Silence nur?

Wieder durchschritt er das Zimmer und versuchte seine Gedanken zu ordnen. Was, wenn es doch Johannes Rilke war, oder vielleicht der große Unbekannte?

Das Klingeln des Telefons, das er noch in der Hand hielt, ließ Schreiber zusammenfahren. Auf dem Display sah er, dass es Aurich war. Dieser war mit einem jungen Kollegen für Rilkes Wohnung in der Eisgrube eingeteilt.

»Ja?«, meldete sich Schreiber hektisch.

Aurichs Stimme klang frustriert. »Er ist vor zwanzig Minuten weggefahren«, sagte er. »Wir haben ihn aber verloren, weil uns an der Schranne so ein Volltrottel draufgefahren ist. Ich wollte nur, dass du Bescheid weißt.«

»Alles klar«, sagte Schreiber matt und legte auf.

Dann fluchte er so laut, dass Sophie sich auf dem Sofa aufsetzte und ihn erschrocken anstarrte.

»Schon gut«, beruhigte er sie. »Alles in Ordnung – bin vollkommen okay.«

Er ging zum Schreibtisch, legte das Telefon neben die Tastatur und schaltete den Computer ein. Als das Gerät hochfuhr, holte er sich eine Flasche Bier und ein Glas aus der Küche. Eigentlich hatte er in dieser Nacht keinen Alkohol trinken wollen, doch es würde ihn ein wenig beruhigen.

Zu ihrem runden Geburtstag hatte Sarah über fünfzig Gäste in die riesige Altbauwohnung eingeladen.

Lady Gagas »Pokerface« dröhnte so laut durchs Wohnzimmer, dass die Scheiben vibrierten.

In einer Ecke stand eine Gruppe Jugendlicher, die zahlreiche Piercings hatten und ausschließlich Schwarz trugen. Die dunkle Fraktion unterhielt sich, trank und wartete ungeduldig darauf, die Musik wechseln zu dürfen.

Nike tanzte mit erhobenen Armen zusammen mit Jasi, Tasi, Kiki und Vivi über den großen Perser-Teppich.

»In spätestens zehn Minuten sind die Bullen da!«, schrie Tasi und lachte übermütig.

»Nie im Leben!«, schrie Jasi zurück. »Das ist ja das Gute. Die Wohnung unten steht gerade leer! Und Floras Eltern von oben sind mit denen von Sarah verreist!«

Sie zeigte auf ein bordeaux-farbenes Sofa, wo Flora mit einem jungen Mann herumknutschte.

»All das gehört uns!«, röhrte Kiki, bog ihren Oberkörper zurück und breitete die Arme aus.

»Hähä«, lachte Vivi, klatschte in die Hände und machte mit Kopf und Schultern einen ihrer Spezial-Moves.

»Ich hab Hunger!«, schrie Nike. »Ich hol mir was zu futtern! Kommt wer mit?«

Alle winkten ab und tanzten weiter.

Nike schnappte sich ihr Glas Prosecco von der roten Marmortischplatte und ging hinaus in den Gang, wo sie sich zwischen weiteren Partygästen hindurch zur großräumigen Küche vorarbeitete. Unter der Tür blieb sie erschrocken stehen.

Am Küchentisch saß Johnny, vertieft in ein Gespräch mit einer Rothaarigen, die sie nicht kannte. Er trug ein eng anliegendes, schwarz schimmerndes Hemd, das seine sportliche Figur gut zur Geltung brachte.

»Wer hat denn den Arsch eingeladen?«, zischte sie Sarah zu, die am Türrahmen lehnte.

»Äh – Johnny?«, wunderte sich ihre schlanke Freundin mit dem langen, hellbraunen Haar.

Nike nickte und schaute schnell nach unten, als ihr Ex-Freund sie bemerkte und ihr zulächelte.

»Ich habe ihn eingeladen«, gab Sarah zu. »Ich kenne ihn von der Uni. Es tut mir leid, wenn du ein Problem mit ihm hast.«

»Schon gut. Ich gehe ihm einfach aus dem Weg«, sagte Nike, wandte sich zum Buffet auf der Anrichte, nahm sich eine Käsestange und biss hungrig ein Stück ab.

Sarah drängte sich hinter ihrem Rücken vorbei, öffnete den Kühlschrank und warf einen kritischen Blick hinein. Er quoll vor Flaschen unterschiedlichster Spirituosen über, nur ein Fach war leer. »Wir brauchen neuen Prosecco«, stellte Sarah fest.

Nike bemerkte aus dem Augenwinkel, wie Johnny zu ihr herüber sah. Den Blick weiter auf sie gerichtet, sagte er etwas zur Rothaarigen und stand auf.

»Den kann ich doch holen«, sagte Nike schnell zu Sarah. »Feier du nur schön weiter.«

»Das ist lieb«, sagte Sarah lächelnd. »Aber es reicht, wenn du es Flora sagst. Bei ihr oben sind noch ein paar Flaschen im Kühlschrank.«

»Alles klar«, sagte Nike eilig und verließ die Küche, bevor Johnny sich an den anderen Gästen vorbeischieben konnte.

Sie kämpfte sich durch die Feiernden zurück ins Wohnzimmer, wo Bruno Mars inzwischen »Grenade« schmachtete. Nike wehrte ihre Freundinnen ab, die sie wieder auf die Tanzfläche ziehen wollten. Am Sofa angekommen stellte sie fest, dass Flora immer noch fleißig am Knutschen war.

»Flora!«, schrie Nike gegen die laute Musik an.

Als ihre Freundin nicht reagierte, stürzte sie den restlichen Prosecco hinunter, stellte das leere Glas auf den Marmortisch und legte ihre angebissene Käsestange daneben. Sie fasste Flora an der Schulter, rüttelte sie sanft und brüllte noch einmal: »Wir brauchen mehr Prosecco!«

Unwillig riss sich Flora von ihrem Partner los, bedachte Nike mit einem strafenden Blick und kramte die Wohnungsschlüssel aus ihrer Handtasche. Sie hielt sie Nike hin und zwinkerte ihr zu.

»Bin gerade beschäftigt«, sagte sie. »Holst du ihn bitte? Du kennst ja unsere Wohnung.«

»Klar!«, schrie Nike und grabschte sich den Bund.

Zurück an der Wohnzimmertür, stieß sie fast mit Johnny zusammen. Der setzte an, etwas zu sagen, doch sie rief sofort: »Ich will nicht mit dir reden, klar?«

Unsanft schob sie ihn zur Seite und bahnte sich den Weg in Richtung Wohnungstür.

»Jetzt warte doch mal!«, sagte er und wollte ihr nachlaufen. Doch schon nach zwei Schritten wurde ihm von einer jungen Frau der Weg verstellt, sie grüßte ihn überschwänglich mit zwei Wangenküssen, nahm ihn am Arm und verwickelte ihn in ein Gespräch.

Nike drängte weiter. Mit einem kurzen Schulterblick stellte sie fest, dass Johnny die andere Frau abwimmeln wollte. Warum konnte der sie nicht einfach in Ruhe lassen?

Die *Dire Straits*-CD, die Schreiber als nächste eingelege, wirkte auf Katzen offenbar entspannend. Sophie lag auf dem Sofa und schlief fest, während er vor dem Computer saß und vier Bilder anstarrte: Die zwei bärtigen Männer aus dem *Romantico* und die Gesichter von Rilke und Silence.

Missmutig dachte Schreiber an seinen fehlgeschlagenen Versuch, den Bart des Braunhaarigen mit Hautfarbe zu übermalen.

Er schielte zur Schreibtischuhr: 23:40 Uhr. Wie er Nike kannte, würde sie nicht vor drei Uhr morgens anrufen.

Er schlurfte in die Küche, wo er Kaffee aufsetzte. Als er das Pulver in den Filter löffelte, dachte er an den seltsamen Traum, den er vor einigen Nächten gehabt hatte. E.T.A. Hoffmanns Stimme hallte in seinen Ohren wieder: »Sie finden in dem Traum ein paar Antworten«. Was konnte er gemeint haben? Dass Schiller unschuldig war, hatte er schon vermutet. Schreiber ließ die Bilder des Traumes Revue passieren. Der Hund, Hoffmann, Spring-heeled Jack und die Rockstars. Besonders die Gesichter von Hoffman und Lemmy konnte er noch klar vor sich sehen, beide hatten Teilbärte: Hoffman nur an den Wangen, Lemmy an Wangen und Oberlippe, der Rest war glatt rasiert. Lag in den Bärten eine Antwort?

Er schnappte sich eine Tasse und goss sich ein. Der Kaffee war noch nicht durchgelaufen und einige Tropfen fielen zischend auf die Warmhalteplatte. Hastig schob Schreiber die Kanne wieder in die Maschine und lief mit der dampfenden Tasse zurück ins Wohnzimmer.

Am Computer schloss er die Fotos der Männer und ging ins Internet, wo er nach Tipps zum Entfernen von Bärten auf Bildern suchte und schnell fündig wurde. Eine Videoanleitung bezog sich auf die Bildbearbeitungssoftware auf seinem Computer. Schreiber sah sich das Filmchen an. Zwischendurch nippte er am Kaffee und verzog das Gesicht, war aber zu faul, für Milch und Zucker zurück in die Küche zu laufen.

Stattdessen öffnete er mit dem passenden Programm das Bild vom braunhaarigen Bartträger. Sorgfältig entfernte den Bart, die neu entstandenen kahlen Stellen bearbeitete er etwas nach. Er fand Gefallen an der Arbeit und war schon bald ganz vertieft. Er war so fixiert auf die Details, dass er anfangs gar nicht merkte, dass das rasierte Gesicht tatsächlich jemandem zu ähneln begann. Als es ihm auffiel, spürte er, wie sich sein Puls beschleunigte und er arbeitete immer schneller. Irgendwann hielt er inne, lehnte sich zurück und musterte nachdenklich den Bildschirm. Konnte er das tatsächlich sein? Die Barthaare hatten zuviel vom Mund verdeckt und die getönte Brille verbarg die Augen.

»Also gut«, murmelte Schreiber. »Jetzt kriegst du einen neuen Mund.«

Er zoomte die Stelle heran.

Nike zog nacheinander sechs Flaschen Prosecco aus dem Fach, stellte sie in den Plastik-Flaschenträger auf der Anrichte und schloss die Kühlschranktür. Sie griff sich den Nachschub und verließ sie die Küche. Im Hinausgehen knipste sie das Licht aus. Durch den langen Gang lief sie zur Wohnungstür, trat hinaus in den Hausflur und kramte umständlich die Schlüssel aus dem Täschchen ihres engen Jeansminirocks. Plötzlich stutze sie.

Einen Stock tiefer kam jemand aus der Wohnung, »So what« von Pink drang herauf und verstummte, als die Tür geschlossen wurde. Sie hörte Schritte im Treppenhaus. Nike schlich zum Treppenabsatz, spähte hinunter und fuhr zusammen, als Johnny ums Geländer bog.

Als er sie sah, lächelte er und sagte: »Na, alles klar?«

»Verpiss dich!«, zischte sie.

»Du bist echt süß, wenn du sauer bist. Weißt du das?«, säuselte er und kam langsam die Treppe hoch.

Nike stellte den Flaschenträger ab und machte ein paar Schritte rückwärts.

»Du sollst abhauen!«, schrie sie.

Johnny verzog das Gesicht und kratzte sich theatralisch mit dem kleinen Finger im Ohr.

»Aua! Ich bin doch nicht taub!«, quengelte er und nahm die letzten Stufen.

Flink huschte Nike durch die offen stehende Wohnungstür und knallte sie ihm vor der Nase zu. Sofort hämmerte er von draußen dagegen.

»Jetzt lass uns doch in Ruhe reden!«, rief er.

Nike steckte den Sicherheitsschlüssel ins Schloss und sperrte doppelt ab.

»Da gibt's nichts zu reden! Verpiss dich!«, antwortete sie, trat zurück und starrte ängstlich die Tür an.

»Ich geh hier nicht weg, bis du heraus kommst«, sang er draußen.

Nikes Augen wanderten ruhelos zwischen der Türklinke und dem Parkettboden hin und her.

»Ich kann warten«, drang es herein. »Du kannst mich natürlich auch reinlassen!«

»Hör zu«, schrie sie. »Du bringst jetzt den Prosecco runter, bleibst unten und gehst mir den Rest des Abends aus dem Weg! Hast du das kapiert?«

»Und warum sollte ich das tun?«

»Weil ich sonst bei Sarah unten anrufe, ihr sage, was du hier abziehst, und dass sie dich rausschmeißen soll!«

Als sie das rief, fiel Nike ein, dass ihre beiden Handys in ihrer Handtasche in der unteren Wohnung waren – auch das Notfallhandy. Sie trug es, entgegen der Anweisungen ihres Vaters, nicht bei sich, weil es einfach zu klobig für ihr eng anliegendes Partyoutfit war. Doch es spielte jetzt Gott sei Dank keine Rolle, da sie ja den Festnetzanschluss in Floras Wohnung nutzen konnte.

»Das machst du doch eh nicht!«, rief Johnny draußen gedehnt.

»Ich mach noch viel mehr!«, schrie sie zurück. »Ich zeig dich an, und ich sag's meinem Vater, der ist Bulle!«

Es wurde still im Treppenhaus. Nike trat näher an die Tür und horchte.

»Du heißt doch Schreiber, oder?«

»Schön, dass du das noch weißt«, tönte Nike.

Johnny lachte schroff auf.

Die leere Kaffeetasse stand neben der Digitaluhr, die 00:15 Uhr anzeigte.

Schreiber starrte fassungslos auf den Monitor mit dem fertigen Bild. Er öffnete das Porträtfoto von Silence und legte es daneben. Die Gedanken des Kommissars rasten, seine Augen zuckten unruhig zwischen den beiden Gesichtern hin und her. Er war sich jetzt ziemlich sicher, dass der braunhaarige Bartträger aus dem *Romantico* der Engländer war, doch die Auflösung des Bildes war schlecht. Abgesehen davon, dass er es nachbearbeitet hatte. Würde ein Experte anhand der Nase und eines teilweise sichtbaren Ohrs auf dem Original bestätigen, dass es sich um Silence handelte? Und selbst wenn: Hatte es Beweiskraft?

»Fuck!«, zischte Schreiber und überlegte.

Silence hatte in England in der Nähe von Trowbridge gewohnt, wo Natalie Porter ermordet wurde. Er war mit stark verändertem Aussehen im *Romantico* gewesen. Er hatte Schiller gekannt, wahrscheinlich gut genug, um sich als Gast in dessen Wohnung aufzuhalten.

Abrupt sprang Schreiber auf, nahm die Listen mit Einzelgesprächsnachweisen vom Wohnzimmertisch und sah sich die Uhrzeiten an: Drei der vier Anrufe bei Ines Bertold von Schillers Handy aus waren an Vormittagen getätigt worden, zwei der drei Anrufe von ihr auf sein Handy ebenso.

An den Vormittagen spielte Silence regelmäßig mit Rilke Schach. Schreiber und Thiele hatten selbst gesehen, wie sich Schiller einmal zum wartenden Rilke an den Tisch setzte. Wahrscheinlich war er öfter dabei gewesen, und Silence hatte sich ab und zu Schillers Handy geliehen. Schreiber konnte es vor sich sehen, wie der Engländer zum Telefonieren auf die Straße ging und sich von Ines Bertold zurückrufen ließ. Der gutmütige Schiller hatte es natürlich erlaubt und sich vielleicht sogar gefreut, wenn er in der Zwischenzeit mit Rilke Schach spielen durfte.

Der Kommissar warf die Listen zurück auf den Tisch und ging wieder an den Computer, wo er die Bilder ansah und weiter überlegte. Den Mord an Sandra Hümmer hätte Silence nicht im betrunkenen Zustand begehen können.

Schreiber dachte an die glasigen, rötlichen Augen des stark alkoholisierten E.T.A. Hoffmann aus seinem Traum. Lag in diesen Augen eine der Antworten? Sah man nicht jemandem an den Augen an, ob er betrunken war oder nicht?

Hastig klickte sich Schreiber ins Internet zu den

Sandkerwa-Bildern der *Hemingway Bar*. Bei einem, auf dem Silence neben Rilke und Schiller stand, zoomte er die Gesichter heran und verglich die Augen.

»Du warst stocknüchtern«, zischte Schreiber. »Für dein perfektes Alibi hast du tatsächlich den Besoffenen vorgetäuscht!«

Er zoomte auf das Getränk in der Hand des Engländers, es war wahrscheinlich eine einfache Cola.

Schreiber erstarrte, als ihn eine Erkenntnis wie ein Messerstich in die Magengrube traf: Bei seinem ersten Besuch bei Silence hatte er diesen gefragt, wer Jack the Ripper war. Der Dozent hatte ihm einen Verdächtigen aus der Fachliteratur genannt, was Schreiber als glatte Lüge gesehen hatte. Er hatte sich immer gefragt warum – jetzt wusste er es: Silence hielt sich selbst für Jack the Ripper!

Nike legte das Ohr an die Wohnungstür, hielt die Luft an und lauschte gebannt. Sie konnte nicht genau hören, ob sich draußen Schritte entfernten. Doch nach einigen Sekunden, ging unten die Wohnungstür auf, Ushers »DJ got us falling in love again« drang ins Treppenhaus und verstummte wieder.

Nike atmete tief durch und lief zurück zur Küche, wo sie das Licht anknipste.

»So ein Arsch!«, zischte sie dabei vor sich hin.

Im Kühlschrank fand sie im Fach unter den restlichen Proseccoflaschen einige Sixpacks, die eiserne Bierreserve für die Feier. Sie riss eine der Packungen auf, zog ein Fläschchen heraus und kramte in einer Schublade einen Flaschenöffner hervor. Sie ließ den Kronkorken zischen und mit dem Öffner achtlos auf die Anrichte fallen. Dann trank sie in einem Zug das halbe Fläschchen leer.

Ein Geräusch ließ sie stutzen: War da noch jemand in der Wohnung? Floras Eltern waren doch verreist. Sie sah zur offenen Küchentür und rief: »Hallo?«

Sie lauschte in die Stille, konnte aber nur das Hämmern der Bässe von unten hören. Ihr Herz krampfte sich vor Schreck zusammen, als vom Gang draußen plötzlich eine freundliche Männerstimme ertönte.

»Ich bin's nur!«, rief jemand.

Die Flasche in der Hand, ging Nike zur Küchentür.

»Donny? Was machst du denn hier?«, fragte sie. Sie merkte sofort, dass etwas nicht stimmte.

Silence stand lächelnd vor der Wohnungstür und steckte die Schlüssel in eine Tasche seines blauen Overalls.

Mit einem Tellerchen Antipasti stand Sarah am Küchenbuffet und wollte gerade in ein Stück Baguette beißen, als ein betrunkener junger Mann ihr auf die Schulter tippte und ihr das Telefon unter die Nase hielt.

»Da will dich einer sprechen«, lallte er.

Sie legte ihr Essen beiseite und nahm den Hörer.

»Hallo?«, fragte sie.

»Schreiber hier! Sarah, bist du das?«

»Oh, hallo Herr Schreiber. Ja, ich bin's.«

»Ist Nike noch bei euch? Sie geht nicht an ihr Handy.«

»Ja, die müsste hier noch irgendwo rumschwirren. Soll ich sie mal suchen?«

»Ja, bitte. Es ist ganz dringend.«

Sarah verließ die Küche und drängte sich durch die Feiernden im Gang. Sie klopfte an die Badezimmertür und schrie: »Niki! Bist du da drin?«

»Nein!«, kam eine Männerstimme heraus.

Sie lief weiter zum Wohnzimmer, schob sich durch die Tanzenden und schaute sich um.

»Ist euer Dozent auch da? Der Silence?«, fragte Schreiber am Telefon, obwohl ihm Nike schon gesagt hatte, dass der nicht eingeladen war. Schreiber wusste, dass Sarah Anglistik studierte.

Wegen der lauten Musik verstand Sarah ihn nicht. Sie ignorierte die Frage und brüllte stattdessen Jasi an.

»Habt ihr die Niki gesehen?«

Jasi tanzte weiter und schrie: »Nö! Aber sie wollte Prosecco holen, hat die Flora gesagt!«

»Den hat der Johnny doch schon gebracht!«, rief Sarah, winkte mit dem Hörer ab, ging zurück in den Gang und hielt ihn sich wieder ans Ohr.

»Hallo, Herr Schreiber?«, fragte sie.

»Hast du gerade Johnny gesagt?«

»Ja.«

»Also ist der Silence auch da?«

»Der Donny? Ja, den hab ich aber schon länger nicht mehr gesehen … Hallo? Herr Schreiber?«

»Prosecco holen«, sagte Silence lächelnd.

»Äh – was?«, fragte Nike, sah irritiert auf seinen seltsamen Overall und schielte zum Schloss an der Küchentür. Es steckte kein Schlüssel.

»Du wolltest doch wissen, was ich hier mache«, erinnerte sie der Engländer an ihre Frage. »Ich habe Prosecco geholt, so wie du eben. Das war allerdings schon vor fast zwei Stunden. Ich habe ein paar Flaschen runter gebracht, Flora den Schlüssel zurückgegeben und mich dann bei ihr entschuldigt. Hab gesagt, dass ich Kopfschmerzen hätte und nach Hause gehen würde.«

Er zog ein Paar Arbeitshandschuhe heraus, streifte sie nebenbei über und schmunzelte.

»Ich bin dann aber wieder hier rauf gekommen – die Tür habe ich vorher offen gelassen. Und dann habe ich auf eine passende Gelegenheit gewartet. Tja, ich schätze, jetzt ist sie gekommen.«

Nikes Herz raste. Sie sah zum Telefontischchen, das an der rechten Wand stand. Nur ein Schritt, und sie konnte den Hörer greifen.

Silence merkte es und lächelte fast mitleidig. Er machte einen Schritt auf sie zu. Sie wich sofort zurück.

»Ich hatte eigentlich an Flora gedacht«, plauderte er weiter. »Aber es ist eigentlich besser, dass du jetzt da bist. Flora wäre ja vielleicht mit einem Übernachtungsgast gekommen, mit einer ihrer Freundinnen oder ihrem Lover.«

Nike schluckte, ihre Gedanken überschlugen sich: Konnte sie die nächste Tür erreichen? Sie kannte die Wohnung und wusste, dass dort die Gästetoilette war.

Silence hob beschwichtigend die behandschuhten Hände: »Versteh mich nicht falsch, Darling. Mit der Situation wäre ich natürlich auch fertig geworden. Das ist die hohe Kunst der Improvisation, verstehst du? Das können nur die Größten.«

Sein Blick wurde ernster, als er langsam näherkam.

»Aber ich schweife ab«, stellte er fest. »Jetzt bist jedenfalls du hier, und nachdem die unten wieder genug Prosecco haben, schätze ich, wir sind eine Weile ungestört.«

Er duckte sich geschickt, als Nike die Bierflasche nach ihm warf und zur nächsten Tür hechtete.

Seine Heckler & Koch am Gürtel und das Handy am Ohr, rannte Schreiber in Jeans und Hemd an den Häusern des Kunigundendamms vorüber.

»Ja?«, hörte er Thieles Stimme.

»Silence war's! Garantiert!«, hechelte er, ohne anzuhalten. »Frag jetzt nicht weiter. Er war zuletzt am Marienplatz auf einer privaten Feier! Das große gelbe Haus! Ich geh da jetzt hin!«

Ehe Thiele antworten konnte, legte er auf, sprintete ums Eck in die Marienstraße, über die Grünfläche auf dem Marienplatz, vorbei an der steinernen Madonna unter den drei Laubbäumen, zum gelben Haus, wo er bei Sarah Sturm klingelte. Der Summer ging, er stürzte durch den Hausflur, riss die Tür zum Hinterhof auf und sah kurz hinaus – nichts.

Er ließ die Tür zufallen, rannte zurück, eilte die Treppen hoch und nahm dabei die Stufen doppelt.

Oben war die dunkle Fraktion inzwischen zu ihrem Recht gekommen. Aus der offen stehenden Wohnungstür im zweiten Stock drang der langsam stampfende Rhythmus eines Liedes von Rammstein:

»... Sie kommen zu euch in der Nacht
Dämonen Geister schwarze Feen ...«

Jasi und Flora standen auf dem Treppenabsatz und staunten, als Schreiber von unten heraufstürmte und keuchend vor ihnen hielt.

»Ist Nike da drin? Oder der Silence?« japste er außer Atem.

»Nein«, antwortete Flora. »Aber Nike müsste noch oben in unserer Wohnung sein. Sie hat mir meine Schlüssel noch nicht zurückgegeben.«

»Wir wollten gerade mal nach ihr sehen«, erklärte Jasi und musterte skeptisch Schreibers Dienstwaffe im Halfter. »Ich glaube, sie hat sich mit Johnny gestritten.«

»... Sie kriechen aus dem Kellerschacht
und werden unter euer Bettzeug sehen ...«

«Ihr bleibt hier!«, befahl Schreiber und rannte weiter nach oben, wo er dreimal an Floras Wohnungstür klingelte, ungeduldig dagegen hämmerte und brüllte: »Aufmachen, Polizei! Nike?«

Unten lugten Jasi und Flora vorsichtig ums Geländer.

Schreiber legte den Kopf schräg und lauschte. Als er drinnen Nike kreischen hörte, riss er die Dienstwaffe heraus, nahm schnell Anlauf und trat donnernd gegen die Tür. Sie hielt.

»Oh Gott«, flüsterte Flora unten und rannte zurück in Sarahs Wohnung.

Schreiber nahm wieder Anlauf.

»… Mein Herz brennt! …«

Hektisch schlug Nike die Toilettentür zu und klemmte Silence die Hand ein.

»Fuck!«, schrie dieser.

Sie warf sich mit der Schulter gegen die Tür und versuchte, sie zuzudrücken. Doch ihre hohen Schuhe knickten um, sie rutschte seitlich weg und strampelte verzweifelt.

Silence hielt mit der eingeklemmten Hand die Tür umklammert und schob mit voller Kraft dagegen. Nikes Fuß fand Halt an einem Heizkörper. Sie stützte sich daran ab. Der Läufer im Gang gab nach, Silence rutschte mit den Füßen nach hinten und fiel auf die Knie, die Tür klemmte seine Hand wieder ein.

»Oh Fuck!«, schrie er noch einmal und zog die Hand heraus, der Arbeitshandschuh blieb dabei stecken, die Tür schloss sich.

Als er sich wieder hoch rappelte und schnaubend dagegen warf, hörte er, wie drinnen der Riegel vorgeschoben wurde. Er trat zurück und rieb sich die verletzte Hand. Wütend fixierte er die Türklinke.

Den Rücken an der Tür und den Fuß gegen die Heizung gestemmt, starrte Nike auf das verschwindend kleine Fensterchen über der Toilette. Es war gekippt, ging zum Hinterhof und zeigte nichts als schwarze Nacht.

»Hilfe!«, kreischte sie, dass ihre Stimme sich überschlug, wagte aber nicht, ihre Position an der Tür aufzugeben.

Schon donnerte ein gewaltiger Tritt dagegen, die Erschütterung ging durch ihren ganzen Körper.

»Open the door, you fuckin' bitch!«, röhrte Silence wütend.

Es folgten ein nächster Tritt und noch einer. Unerbittlich hämmerten sie gegen Nikes Rücken. Sie versuchte die Intervalle abzuschätzen, in denen die Schläge kamen. Panisch schielte sie auf die vier Finger des eingeklemmten Handschuhs, sie rutschten mit jedem neuen Tritt ein Stückchen tiefer auf das altmodische Schloss mit Schieberiegel zu. Das Holz am Türrahmen begann, sich aufzuwölben.

Plötzlich schrillte die Haustürklingel, die Schläge hörten auf, ein ungeduldiges Pochen und die Stimme ihres Vaters drangen von der Wohnungstür herein.

Nike kreischte um ihr Leben.

»... Sie kommen zu euch in der Nacht
und stehlen eure kleinen heißen Tränen ...«

Im Treppenhaus dröhnten noch immer die hämmernden Klänge von Rammstein aus Sarahs Wohnung.

Keuchend nahm Schreiber wieder Anlauf vor der schweren Wohnungstür, hinter der immer wieder Nikes Schreie hervordrangen.

»... Sie warten bis der Mond erwacht
und drücken sie in meine kalten Venen ...«

»Stop!«, rief plötzlich eine Stimme und Flora eilte die Treppe hoch.

»Ihr sollt unten warten!«, fuhr er sie an.

Sie hielt an und blinzelte erschrocken. Unten lugte Jasi ums Geländer, inzwischen waren andere Partygäste hinter sie getreten.

»Aber die Sarah hat mir gerade den Ersatzschlüssel gegeben«, rief Flora, nahm die letzten Stufen und hielt ihm einen einzelnen Sicherheitsschlüssel hin. »Den hatten wir völlig vergessen. Sarah hatte ihn noch von unserem letzten Urlaub, als sie unsere Blumen …«

Schreiber grabschte den Schlüssel und steckte ihn zitternd ins Schloss.

»Geh wieder runter, schnell!«, scheuchte er Flora weg.

»… Nun liebe Kinder gebt fein acht
ich bin die Stimme aus dem Kissen …«

Er atmete tief durch, drehte den Schlüssel um und drückte die Tür ein paar Zentimeter auf. Die Heckler & Koch im Anschlag, trat er mit dem Fuß dagegen, so dass sie langsam nach innen aufschwang und sich um fast 180 Grad drehte, ehe sie scheppernd gegen einen Schirmständer in der Garderobennische stieß.

Nikes Schreie wurden lauter. Er musste sich beherrschen, nicht einfach hinein zu stürmen. Lauernd blieb er im Treppenhaus stehen und schaute über den Lauf seiner Dienstwaffe in die Wohnung.

»… Ich singe bis der Tag erwacht
ein heller Schein am Firmament …«

Im finsteren Gang konnte er fünf Türen erkennen: zwei an der linken Wand hinter der Garderobe. Sie waren geschlossen und es klang, als kämen Nikes Schreie von dort.

Die Tür am Ende des Flurs und die mittlere der drei

rechten Türen waren nur angelehnt, dahinter war es dunkel.

»Ich bin jetzt hier!«, brüllte Schreiber.

Nikes Schreie verstummten.

»Pass bloß auf!«, rief sie dann.

Schreiber war sich jetzt sicher, dass ihre Stimme aus der letzten Tür links kam, gleich vor der angelehnten am Ende des Gangs.

«Bist du verletzt?«, schrie er.

»Nein!«

»Bist du alleine da drin?«

»Ja!«

»Bleib da und sei ganz leise!«

Die Türklingel schrillte in der unteren Wohnung.

»... Mein Herz brennt ...«, brüllte Till von Rammstein.

»Macht das aus!«, fauchte Schreiber zu Flora und Jasi hinunter.

In dem Sekundenbruchteil, als er sich an die Mädchen wandte, stürzte Silence aus der Küche und schoss mit gezücktem Messer auf Schreiber zu. Das Gesicht des Engländers war zu einer seltsamen Fratze verzogen, er gab ein zorniges Knurren von sich.

Reflexartig sprang Schreiber seitlich zurück, drei Schüsse krachten ohrenbetäubend durchs Treppenhaus.

Silence stolperte aus der Wohnungstür an ihm vorbei, sein Messer stieß ins Leere, er sackte neben Schreiber auf die Knie und versuchte erneut, ihn zu treffen, indem er das Messer wie bei einer Tennisrückhand nach ihm schlug.

Schreiber drückte sich mit dem Rücken gegen die Wand und wich aus, als der zusammenbrechende Engländer das Messer nach ihm warf. Es traf die Wand und landete klappernd auf den Boden.

Die nächsten Momente erlebte Schreiber wie in Trance. Auf dem Treppenabsatz versuchte Silence, sich am Geländer hochzuziehen, aus seiner linken Schulter pulsierte eine kleine Blutfontäne, hinten am Schulterblatt, saugte sich sein Overall um die Austrittswunde mit Blut voll. Zwei uniformierte Kollegen stürmten an den Mädchen vorbei, die sich noch immer die Ohren zuhielten und zum Engländer hinauf starrten. Ein Polizist verschwand sofort in Floras Wohnung und kam mit zwei Küchentüchern zurück. Er packte Silence, lehnte ihn gegen das Geländer und presste die Tücher auf die Blutungen. Der andere Polizist ließ sich Schreibers Waffe geben.

Irgendwann war Schreiber in der Wohnung, wo er mit seiner weinenden Tochter auf dem Boden der Gästetoilette kauerte, sie fest umklammert hielt und seine Nase in ihrem Nacken vergrub.

Herbst

26. September bis 15. Oktober

Nach der Schießerei im Haus am Marienplatz sprach sich schnell herum, dass der Ripper endgültig aus dem Verkehr gezogen war. Erleichterung machte sich breit, die gute Stimmung in der Stadt wurde nur durch das diesige Wetter getrübt. Kühler Wind und Nieselregen prägten die letzten Septembertage. Ende des Monats wich der Altweibersommer endgültig dem herannahenden Herbst, der kein Herbst des Grauens werden sollte, wie 1888 in London.

Am Dienstag, dem 4. Oktober, traf sich die Soko Ripper zur nachmittäglichen Sitzung ohne Kommissar Schreiber.

»Er ist noch beurlaubt«, sagte Laut. »Ich habe mit ihm telefoniert, es geht ihm und Nike soweit ganz gut, und er lässt euch alle grüßen. Ebenso wie Kollegin Steinfels. Stichtag für die Geburt ihrer Zwillinge ist übrigens der 16. Oktober.«

Laut schielte zum Stuhl, auf dem Steinfels normalerweise saß. Nach Goldschmieds Abreise war er jetzt leer. Schmoll, Aurich und Bayer schmunzelten über den zu erwartenden Kindersegen, nur Thiele rührte nachdenklich in ihrer Lieblings-Kaffeetasse mit den verliebten Mäusen.

»Weiß man schon was von der internen Ermittlung?«, fragte Aurich.

Laut nickte.

»Die Nürnberger Kollegen haben sie bereits abgeschlossen«, sagte er. »Zur vollkommenen Entlastung des Kollegen Schreiber, das heißt, es steht außer Frage, dass der Einsatz der Schusswaffe gerechtfertigt war.«

Alle klopften Beifall auf den Tischen.

»Wieso ging das so schnell?«, fragte Bayer.

»Aus verschiedenen Gründen«, antwortete der Chef. »Die Aussagen vom Kollegen Schreiber, von seiner Tochter und die der Partygäste stimmten alle überein und bestätigten, dass in Notwehr geschossen wurde. Die vorgefundene Situation in der Wohnung passte ebenfalls ins Bild, und es ergaben sich auch sonst keinerlei Unstimmigkeiten. Man hat ihm Gott sei Dank auch keinen Strick daraus gedreht, dass die gefährdete Person seine Tochter war.«

»Sie haben also auch eine emotional bedingte Überreaktion ausgeschlossen?«, fragte Thiele nach.

Der Chef nickte.

»Aber wenn die Nürnberger die Ermittlungen wirklich schon abgeschlossen haben, dann müssen die ja auch schon den Silence befragt haben«, wunderte sich Aurich.

»Haben sie ja auch«, bestätigte Laut. »Seine Aussage stimmte ebenfalls mit denen der anderen überein, und er gab frei heraus zu, mit dem Messer auf den Kollegen Schreiber losgegangen zu sein.«

Alle schauten sich überrascht an.

»Es wird sogar noch interessanter«, kündigte der Chef an. »Silence lässt uns etwas ausrichten. Er sagte, er würde bei den Ermittlungen kooperieren und umfassend gestehen – unter einer Bedingung. Er wollte nur mit dem Kollegen Schreiber persönlich reden.«

Der uniformierte Justizbeamte klopfte an die Tür und öffnete sie, ohne eine Antwort abzuwarten. Er sah kurz ins Krankenzimmer, trat wieder auf den Gang zurück und ließ die Besucher durch.

In Anzug und Krawatte traten Laut und Staatsanwalt Müller ein, stellten sich dem Engländer vor und ließen dann Schreiber durch.

»Ah, Herr Schreiber!«, rief Silence und winkte ihn ungeduldig heran. »Na endlich! Kommen Sie. Kommen Sie nur!«

Der Engländer saß aufrecht im Krankenhausbett, sein linker Arm steckte in einer Schlinge, die Schulter in einem dicken Verband. Seine Haut war bleich, und er hatte dunkle Ringe unter den Augen.

In Lederjacke und Jeans trat Schreiber näher und sah sich um. Vor dem Fenster mit einer wunderbaren Aussicht auf den Bruderwald saß ein weiterer Justizbeamter. Am kleinen Esstisch an der Wand hatten Laut und Müller Platz genommen. Vor dem rollbaren Nachttisch am Bett stand ein Stuhl bereit.

Der Kommissar nickte Silence zu und ließ sich langsam darauf nieder. Obwohl der Engländer vollkommen harmlos wirkte, hatte Schreiber ein ungutes Gefühl. Er wusste nicht, was er von dem Gespräch erwarten sollte.

»Sie wollten mich sprechen«, sagte er.

»Aber natürlich«, erwiderte Silence freundlich. »Die Polizei braucht doch meine Aussage. Und die mache ich nur vor Ihnen, nicht vor irgendwelchem Fußvolk. Sie waren schließlich als erster da. Sie haben mich geschnappt. Nur Ihnen gebührt die Ehre.«

Schreiber holte ein Diktiergerät aus der Jacke, stellte es auf den Nachttisch und schaltete es ein.

Silence nickte beiläufig und sagte: «Aber bevor wir anfangen, muss ich Ihnen schon eines sagen, mein lieber Herr Schreiber. Sie sind mir ein ganz schöner Schlingel. Ihretwegen hätte ich fast eine neue Schulter gebraucht.« Er deutete auf den Verband und schüttelte mahnend den Zeigefinger. »Das war nicht besonders nett. Aber verstehen Sie mich nicht falsch: Ich will damit nicht sagen, dass es falsch war, auf mich zu schießen, nein, nein! Es war ein absolut fairer Kampf.«

Er sah kurz hinüber zum Staatsanwalt und grinste Schreiber dann schelmisch an.

»Andererseits sind zwei Treffer bei drei Schüssen nicht gerade besonders gut – bei der Entfernung. Also, was soll's? Wie sagt ihr Deutschen? Schwamm drüber.«

Es entstand eine kleine Pause, in der Silence aus dem Fenster sah.

»Schön, dass Sie das so sehen«, sagte Schreiber, der sich wunderte, dass der Engländer ihn nicht auf Nike angesprochen hatte. Sie hatte Schreiber von ihrem Gespräch mit Rilke an der Wohnungstür erzählt – Silence musste es gehört haben und wissen, dass sie Schreibers Tochter war.

Schreiber beschloss, es nicht zu erwähnen und sagte:

»Jetzt, wo wir das geklärt haben, können wir ja über alles andere reden. Möchten Sie mir nicht einiges erzählen, Herr Silence?«

»Aber ja. Ich hoffe, Sie haben ein wenig Zeit mitgebracht. Aber vorher noch eine Kleinigkeit: Ich heiße gar nicht Donald Silence, und ich werde Ihnen auch nie sagen, welchen Namen man mir nach meiner Geburt gab. Nennen Sie mich einfach Jack.«

Und Jack gestand. Er begann mit einer Reihe von Verbrechen, die er gar nicht begangen haben konnte, da sie sich lange vor seiner Geburt ereignet hatten, darunter fünf Londoner Morde von Jack the Ripper.

Schreiber ließ ihn geduldig gewähren und nutzte die Sprechpausen, um nach den Jahreszahlen zu fragen.

Irgendwann war der Engländer im Hier und Jetzt angekommen. Er gab an, seit dem Sommer des Jahres 2002 dreiundzwanzig Menschen ermordet zu haben. Fünf obdachlose Männer: einen in Mexiko, einen in den

USA, zwei in England und einen in Deutschland. Er hatte ihre Ausweise gestohlen und die Leichen entweder vergraben oder in Gewässer geworfen. Außerdem hatte er Ruben Schiller vom Balkon gestürzt, nachdem er ihn vorher mit K.O.-Tropfen betäubt hatte.

Die anderen Opfer waren Frauen gewesen, ein Teil von ihnen Prostituierte: vier in Mexiko, fünf in den USA und vier in England, darunter Natalie Porter, das Opfer vom Volksfest in Trowbridge.

Auch in Deutschland waren es vier Frauen gewesen: 2010 Franziska Beck auf dem Münchener Oktoberfest und 2011 Sandra Hümmer, Heike Schwarz und Ines Bertold in Bamberg. Mit dem Verschwinden von Heidi Schubert aus Regensburg wollte er nichts zu tun haben.

»Sind Sie sich da sicher?«, fragte Schreiber skeptisch.

»Natürlich«, antwortete der Engländer. »Ich würde es doch zugeben.«

Schreiber schob die Unterlippe vor und nickte.

Der Engländer lächelte verschwörerisch.

»Jetzt wundern Sie sich bestimmt, warum ich Ihnen das alles einfach so erzähle. Wahrscheinlich glauben Sie, ich bin so ein armer Irrer, der sich einmal alles von der Seele reden will. Oder ein größenwahnsinniger Verrückter, der ein bisschen angeben will. Oder vielleicht sogar, dass ich mir am Ende einen Vorteil bei der Gerichtsverhandlung erhoffe. Aber nein: Nichts von dem trifft zu. Die Antwort ist eine ganz andere. Ich erzähle Ihnen alles, weil es für mich keine Rolle mehr spielt, ob Sie es wissen, oder nicht. Denn auch wenn ich jetzt hier vor Ihnen sitze, bedeutet das nicht, dass Sie mich wirklich haben. Sie wissen schließlich gar nicht, wer ich bin. Und es gibt nur den Künstlernamen aus meiner Londoner Zeit: Jack the Ripper. Und als solcher werde ich immer weitermachen. Sie können den Mann, der vor Ihnen sitzt, ein Leben lang einsperren – es wird nichts nützen. Er wird irgendwann wiederkommen, verstehen Sie?«

Er beugte sich langsam nach vorne und flüsterte: »Ich werde wiederkommen!«

Am Freitag, den 7. Oktober sorgte ein nächtlicher Dauerregen für menschenleere Straßen. Die Kneipen und Clubs in der Sandstraße waren trotzdem gut besucht, vorwiegend von Studenten, die aus den Semesterferien zurückgekehrt waren.

An der Eingangstür des *Live Club* hing das neue Plakat der *B. Bulls*. Auf dem Bild waren die vier Bandmitglieder zu sehen. Sie standen mit ihren Instrumenten hinter Gitterstäben, durch die sie verschmitzt in die Kamera lächelten. Im Vordergrund lehnte Kriminalobermeisterin Jutta Kuschke lässig an den Stäben. Einen Daumen bequem am Hosenbund eingehakt, grinste sie den Betrachter schief an. Sie hatte die oberen beiden Knöpfe ihres Hemdes geöffnet und trug die Mütze schräg auf dem Kopf. Sie war dezent geschminkt und ihre braunen Locken fielen ihr auf die Schultern. Vom Zeigefinger der anderen Hand ließ sie einen großen Schlüsselbund baumeln. Über den Bild stand in großen, roten Buchstaben der Bandname und darunter: »Blues und Rock – verboten gut«. Ganz unten klebte quer ein Papier auf dem Plakat, es verkündete: »Heute im *Live Club*«.

Mit etwa 150 Gästen waren die *B. Bulls* recht zufrieden, auch wenn der Club dreimal so viele Menschen fasste.

Der Abend war schon fortgeschritten, und sie machten noch einmal Pause vor dem letzten Set.

Thiele und Bayer standen auf der Tanzfläche und unterhielten sich mit Bassist Erwig und Keyboarder Grämer. Schreiber hockte auf dem Bühnenrand zwischen Aurich und Goldschmied, die mit ihrer Freundin Händchen hielt.

»Also noch mal zum Mitschreiben«, sagte Aurich geduldig. »Damit ich das jetzt auch wirklich richtig verstehe. Dir ist also im Traum Lemmy von *Motörhead* erschienen und hat dir gesagt, dass der Schiller unschuldig war, weil er ihn auf dem Monsters of Rock-Revival in Nürnberg gesehen hat – richtig?«

Schreiber nickte.

»Cool«, stellte Aurich fest und trank einen Schluck Bier.

Als er seine Freundin Gisela durch die hölzernen Schwingtüren kommen sah, setzte er den Glaskrug auf den Bühnenrand, klopfte Schreiber auf die Schulter, erhob sich und lief Gisela entgegen.

»Also, Schreiber, ich muss schon sagen: Du spielst echt toll Gitarre«, sagte Goldschmied. »Wenn deine Finger so über die Seiten flutschen, da werden die Mädels doch bestimmt ganz wuschig.«

»Oh, Goldschmied«, stöhnte Schreiber.

»Im Ernst«, beharrte die Münchnerin. »Die da drüben guckt dich schon die ganze Zeit an.«

Sie wies unauffällig zu einem der Tische neben der Tanzfläche, an dem eine Gruppe Frauen saß.

»Die Dunkelhaarige meine ich«, raunte sie Schreiber zu und knuffte ihm in die Seite.

»Hm«, machte der nur.

Skeptisch kniff Goldschmied die Augen zusammen.

»Was hast du denn?«, fragte sie.

»Vielleicht guckt die ja so, weil sie weiß, dass ich der Polizist bin, der geschossen hat«, brummte Schreiber.

»Das ist Quatsch – und selbst wenn …«, begann Goldschmied und stockte.

Ein paar Sekunden verstrichen.

»Wie geht's dir denn?«, fragte sie.

Schreiber zuckte die Schultern.

»Geht schon«, sagte er. »Ich führe regelmäßig Gespräche mit dem Chef. Er besteht darauf.«

Goldschmied nickte.

»Gut«, sagte sie.

Das Foto des Engländers ging in vier Ländern durch die Medien. Im Bamberger Kommissariat 1 war sich jeder sicher, dass es nur eine Frage der Zeit war, bis die wahre Identität des Mannes feststand.

Schon in der zweiten Oktoberwoche stellte sich ein erster Erfolg ein. Durch Zeugenaussagen kam heraus, dass der Engländer unter einem anderen Namen eine zweite Wohnung gemietet hatte. Diese befand sich in der Frauenstraße, der Vermieter war ein älterer Herr, der fast erblindet war. Die kleine Zweizimmerbleibe unter dem Dach war spartanisch eingerichtet und entpuppte sich als eine Art Einsatzzentrale. Man fand weitere Overalls, Handschuhe und Springmesser, sowie eine Reihe von Utensilien zum Verkleiden: Bärte, Perücken, Schminksets, Brillen, Schmuck, unterschiedliche Damen- und Herrenkleidung.

Auf dem Computer gab es eine Tabelle mit Daten zu Bamberger Frauen. Sie enthielt Namen und Adressen, sowie Angaben zu ihren Gewohnheiten, welche Orte, sie wann aufsuchten oder was sie mochten.

In einer Schreibtischschublade lagen siebenundzwanzig unterschiedliche Pässe, einige gestohlene mit Bildern von Männern, die dem Engländer ähnelten, andere waren Fälschungen unterschiedlicher Qualität.

Eine zweite Schublade enthielt weitere gefälschte Dokumente, wie Geburtsurkunden, Schulzeugnisse oder Hochschuldiplome.

Schreiber saß auf den Holzplanken über dem Wasser des linken Regnizarms, im Sommer die beliebtesten Plätze im Hainbad. Jetzt war die große Liegefläche entlang des Ufers vereinsamt. Nur ein paar Enten leisteten dem Kommissar Gesellschaft, sie schwammen quakend durchs Wasser, ein Pärchen watschelte nur wenige Schritte neben ihm auf den Brettern umher.

Obwohl die Badesaison längst beendet war und die Temperatur nur zehn Grad betrug, war Schreiber am frühen Morgen hergekommen. Er hatte wenig vom Sommer gehabt und wollte wenigstens den schönen Herbsttag nutzen. Auf einer Decke hatte er es sich in Lederjacke und Jeans bequem gemacht. Seine Sneakers standen neben ihm, im Schneidersitz beobachtete er die Enten, als sein Handy klingelte. Es war Nike.

»Hast du wieder schlecht geschlafen?«, fragte sie.

»Geht schon«, sagte er. »Es wird jede Nacht besser. Und du?«

»Ist bei mir genauso.«

»Bist du dir sicher, dass du nicht doch einmal diesen Therapeuten aufsuchen willst?«

»Ich komme zurecht. Fang nicht wieder davon an, okay?«

»Sorry, Süße.«

»Ich wollte dir nur sagen, dass ich jetzt einen Marmorkuchen backe.«

»Tochter des Jahres«, lobte Schreiber schmunzelnd.

»Und heute Abend wollen wir bei uns *Trivial Pursuit* spielen«, eröffnete sie ihm. »Du darfst natürlich auch mitspielen.«

»Wer kommt denn alles?«, fragte Schreiber und bereute die Frage im selben Moment.

»Die Tasi, die Jasi, die Kiki und die Vivi«, drang es wie kleine Nadelstiche in sein Ohr.

Schreiber verzog das Gesicht und sagte: »Bin dabei.«

»Cool, dann können wir drei Teams bilden. Bis dann«, sagte Nike und legte auf.

Als Schreiber ebenfalls auflegte, erschrak er, weil sein Handy im selben Moment eine eingegangene SMS signalisierte. Sie war von Thiele: »Hi, Tiger. Zwillinge von Julia sind da. Beide gesund. Sollen Sophie und David heißen.«

»Hi, Schnegge. Ehrlich?«, schickte er sofort die Antwort.

»Ehrlich. Wir sind die Paten«, kam es zurück.

»Cool!«

Als keine Antwort mehr kam, steckte er das Handy weg und schaute sich um. Am gegenüberliegenden Ufer strich der Herbstwind durch die verbleibenden Blätter der großen Laubbäume, über denen am Himmel weiße Schäfchenwolken hinwegzogen. Neben ihm hatten sich die beiden Enten niedergelassen und ihre Köpfe zwischen die Flügel gesteckt. Als er sie ansah, fuhr eine angenehme Müdigkeit in Schreibers Körper.

Er nahm einen tiefen Atemzug, wickelte sich in die Decke und rollte sich auf den Holzplanken zusammen. Im Wasser schwammen noch immer ein paar Enten, ihr leises Quacken drang beruhigend zu ihm herauf und Schreiber fiel in einen tiefen, traumlosen Schlaf.

Liednachweis

Moon over Bourbon Street, *Sting*, 1985;
Jumpin' Jack Flash, *The Rolling Stones*, 1968;
Mein Herz brennt, *Rammstein*, 2001

Literaturverzeichnis

Donald Rumbelow: The complete Jack the Ripper, Penguin Books, 1975/1988

Hendrik Püstow/Thomas Schachner: Jack the Ripper – Anatomie einer Legende, Verlagsgruppe Weltbild GmbH, 2006